海外小説 永遠の本棚

冬の夜ひとりの旅人が

イタロ・カルヴィーノ

脇功＝訳

白水uブックス

冬の夜ひとりの旅人が＊目次

冬の夜ひとりの旅人が

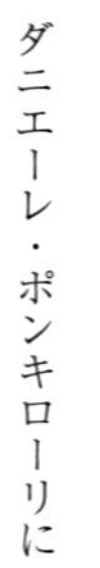

ダニエーレ・ポンキローリに

第一章

あなたはイタロ・カルヴィーノの新しい小説『冬の夜ひとりの旅人が』を読み始めようとしている。さあ、くつろいで。精神を集中して。余計な考えはすっかり遠ざけて。そしてあなたのまわりの世界がおぼろにぼやけるにまかせなさい。ドアは閉めておいたほうがいい。向こうの部屋ではいつもテレビがつけっぱなしだから。ほかの連中にすぐ言いなさい、《テレビは見たくないんだ!》と。連中に聞こえなければ、声を張り上げなさい、《本を読んでいるんだ、邪魔しないでくれ!》と。でもあんなにやかましい音では、あなたの声はおそらく連中に聞こえはしまい。そしたらもっと大きな声で怒鳴りなさい、《おれはイタロ・カルヴィーノの新しい小説を読もうとしているんだ!》と。それとも、そう言いたくなければ、黙ってなさい。そして連中があなたのことをほっといてくれるように祈ろうじゃありませんか。

楽な姿勢になりなさい、座るなり、横になるなり、身体をまるめるなり、寝そべるなり。仰向けに横たわるなり、横向きに寝るなり、うつぶせになるなり、ソファーの上なり、長椅子なり、揺り椅子なり、安楽椅子なり、クッション椅子の上なり、ハンモックがあれば、その上なり。もちろんベッドの上なり、その中なり、あるいはヨガのポーズで、逆立ちの姿勢になるなり、だがその場合は当然本をさかさまにして。

確かに、本を読むのに理想的な姿勢というのはなかなか見つけにくいものだ。昔は書見台の前に突っ立って本を読んでいた。人間はじっと立っているのに慣れていたのだ。馬に乗っていて疲れると、そんなふうにして休息したものだ。以前は馬上で本を読むなんてことを考えたものは誰ひとりいなかったが、でも今では鞍にまたがり、本を馬のたてがみの上に置くなり、特別製の馬具で馬の耳の間につるすなりして本を読むというのはなかなか気の利いた考えかも知れない。あぶみに足を入れた姿勢というのは本を読むのにとても楽にちがいなかろう。足を高くしておくというのが読書を楽しむための第一条件だからだ。

さて、あなたはなにを待っているのです？　脚をのばして、クッションの上に、またはクッションを二つ重ねにした上に、長椅子の肘かけの上に、ソファーの腕に、ティー・テーブルの上に、書物机の上に、ピアノの上に、あるいは地球儀の上に、足をのせなさい。足を高くしておきたいのなら、まず靴を脱いで。そうでなければ、靴をはいてなさい。そこで片手に靴、片手に本を持ってじっとしたりしてないで。

目が疲れないように明かりを調節しなさい。今すぐしないと、本に読みふければ、もう席を動けなくなりますよ。本のページが影にならないように、灰色の地に黒い文字が鼠の群れのように一様にくっついて見えないように。でも南国の真昼のように強すぎる光が背後から差して、紙面をやけに白っぽく反射させ、文字の影まで光でむしばんでしまわないように気をつけなさいよ。途中で読書を中断しなくてもいいようにちゃんと用意をしておきなさい。煙草を吸うなら、手の届くところに煙草と、それから灰皿も。ほかにまだなにか？　小用をたしとかなくっちゃあですって？　それならしておきなさい。

あなたはとくにこの本からなにか特別なものを期待しているわけではない。元来あなたはなにごとにあれあまり期待しないたちだ。あなたよりも若い連中、いやもっと年取った連中の中にも、本や、人間や、旅行や、いろんな出来事や、明日というものが持っているものから特別な経験を期待して暮らしている者が大勢いる。だがあなたはちがう。あなたは最善の期待は最悪のことを避けることにあると先刻承知だ。これが個人生活においても、一般的な問題やまさしく世界の諸問題においても、あなたが到達した結論なのだ。では本については？　あなたはほかの分野では期待というこの若々しい楽しみをすっかりしりぞけてきたのだから、本のように非常に限定された部門でぐらいはまだそうした楽しみを自分に許しても別に悪くはないと思うだろう、どのみち、本から受ける幻滅などというものは大して深刻なものではないからだ。

さて、あなたは新聞でここ数年作品を発表していなかったイタロ・カルヴィーノの新しい本『冬の夜ひとりの旅人が』が出たのを知り、本屋に寄って、それを一冊買った。いいことをしたってことです。

本屋のショーウィンドーの中であなたは自分が探していた題名が書いてある表紙を見て、視覚に残ったその痕跡を頼りに、陳列台や書棚からあなたを脅かすようにしかめっつらをしてあなたをにらみつけているあなたが読んだことのない本がぎっしりとひしめきあった障壁の間をかきわけるようにして店の中を進んで行った。だがあなたはなにも恐れる必要などないということを、そこには読まなくてもいい本が、読書以外の用途のために作られた本が、書かれるより以前にもう読まれてしまっているというような類に属する限りでは開く必要さえもなくすでに読んでしまったとも言える本が、長々と展開しているにすぎないことを知っている。こうして最初の防壁を突破すると、あいにくあなたの人生は今あなたが生きているものでしかないので仕方がないがあなたがもっといくつもの人生を生きることができたら喜んで読むかもしれない本からなる歩兵どもが襲いかかってくる。あなたはすばやくそれらを蹴散らすと、読むつもりではあるが先にほかのものを読むことにしている本、値段が高くて半額で再販される時に買うまで待っていてもよい本、同じくポケット版で再販されるまで待っていてもよい本、誰かに貸してくれと頼める本、みんなが読んでいるのであなたも読んでしまったような気になっているような本からなる密集陣のまっただなかに突っ込んでいく。それに風穴を開けると、あなたは砦の塔の下にたどりつく、そこを固めているのは

ずっと以前から読む予定にしていた本、

長年探していたが見つからなかった本、

現在あなたが没頭している事柄に関する本、
必要な折りにはすぐ手の届くところに置いておきたい本、
この夏にでも読むために取っておいてもよい本、
あなたの本棚のほかの本と並べて置くのに欲しい本、
はっきりした理由はわからないが不意にやたらと好奇心がそそられる本
などの面々だ。

こうしてあなたは戦場に並んだ無限の軍勢の数をまだまだ大軍ではあるがともかく勘定可能な限定された数にと減らすことができたのだが、それでほっとするわけにはいかない、ずいぶん以前に読んだため今もういっぺん読んだらいいような本や読んだふりをずっとしてきたが今本当に読んでみる気になった本などが待ち伏せして罠をはっているからだ。

あなたはすばやくジグザグを踏んでその罠を逃れ、著者なり題材なりがあなたを惹きつける新刊書の砦の中に躍り込む。この砦の内部でもあなたは防備の軍勢を（あなたにとっても絶対的に言っても）新しからざる作者あるいは題材の新刊書や（少なくともあなたにとっては）まったく未知の作者あるいは題材の新刊書とに分割してその間に突破口を開き、そしてそれらの新刊書があなたに働きかける魅力をあなたの欲求なり必要に基づき新しいものと新しからざるもの（新しからざるものの中にある新しいものと新しいものの中にある新しからざるもの）とに区別することができるのだ。

こう言ったところで、あなたは本屋に陳列された本の題名にすばやく視線を走らせ、まだ印刷したての『冬の夜ひとりの旅人が』が山と積んであるところに歩を運び、それを一冊手に取って、その本に対する所有権を確立すべくそれを勘定台に持っていっただけのことだ。

あなたはもう一度まわりの本にうらめしげな視線を投げかけ（と言うよりも、市役所の犬小屋の檻から引き取りにきた飼い主の革ひもに引かれて去っていく仲間を見送る犬たちのようにうらめしげな目であなたを見つめていたのはむしろ本の方であったが）、そして本屋を出た。

出版されたばかりの本があなたに与える楽しみというのは、格別なものだ、それは一冊の本があなたの手にあるということだけでなく、今しがた工場から出荷された品物のみがもつものでもあるその新しさ、蔵書にたちまち訪れる容色の衰えの中で、表紙が黄ばみ、本の切り口にスモッグのヴェールが沈澱し、本の背が角のところですり切れるまでは続く、本にもまた備わった若さの美をも手にしているのだ。いや、あなたはひとたび新しくあったからには永遠にそうでありつづけるような真の新しさに出会うことを望んでいるのだ。刊行されたばかりの本は読めばすぐに、最初の瞬間から、先を追って読みすすまなくても、こうした新しさを手に入れられるのであろうが、さて今度はうまくそうしたものにめぐり合うだろうか？　それはわからない。とにかくどんな具合に始まるか見てみよう。

たぶんあなたは本屋でもその本をめくり始めたことだろう。それともセロファン紙の繭にくるまれているのでそうできなかったのですか？　今あなたはバスの中で、人混みにもまれて、立ったまま、片手で吊り革を握り、あいた方の手で本の包みを開けようとしている、いささか猿みたいなしぐさだ、片手で木の枝につかまり、もう一方の手でバナナの皮を剝こうとしている猿みたいだ。肘が隣の人をこずいてますよ、せめてごめんなさいとぐらいは言いなさい。

それとも本屋は本を包まずに、袋に入れてあなたに渡してくれたかも知れない。それなら事は簡単だ。あなたは自分の車の運転席に座っている。信号で止まると、あなたは袋から本を取り出し、透明なカバーを引きはがし、最初の数行を読み始める。と、背後からクラクションの音の嵐が襲いかかる。信号が青で、あなたは交通を妨げているのだ。

あなたはデスクに向かっている。事務書類の間にまるで偶然みたいにその本がはさんである。しばらくするとあなたは椅子の背を動かして、その本を目の下に置き、なにげないふうに本を開き、机に肘をつき、握った手でこめかみを支え、仕事の検討に没頭しているふりをよそおいながら、実はその小説の最初の数ページを読んでいるのだ。あなたはしだいに背中を椅子の背にくつろがせ、本を鼻の高さにまで持ち上げ、傾けた椅子の後脚でバランスを取り、足をのせるためにデスクの横についた引き出しを開ける、読書中の足の位置というのはとても大切だ、あなたはまだ片づかない仕事の書類ののっかった机の上に脚をのばす。

でも不謹慎だと思いませんか？　もちろん、あなたの仕事に対してではない（誰もあなたの職業上の収入に文句をつけはしないだろう、あなたの仕事は国民経済や世界経済のかなりな部門を占める非生産的活動のシステムの中に合法的に組み込まれていることを認めているからだ）、本に対してである。だがもし働くということが真面目に働くことを、自分にとって以外にも他の人たちにとっても必要なというか少なくとも有益な仕事を――意図的にであれ無意識にであれ――行なうことを意味するような人間の数にあなたが属しているとすれば、ちょっと具合が悪いだろう。そうだとすれば、あなたが魔よけかお守りのように仕事場までその本を持っていくということは、コンピューターのカードのパンチのキーとか、台所のこんろとか、ブルドーザーの操作レバーとか、手術台の上に横たわった酸素吸入管をつけた患者とか、あなたが注意を払うべき肝心な対象から数秒ごとに断続的に目を逸らしたい誘惑にさらされることになるからだ。

つまり、あなたはじっと我慢して、家に帰るまでは本を開けるのを待つほうがいいということだ。今はもうそうです、あなたは自分の部屋にゆったりとくつろいでいる、あなたは最初の数ページを、いや最後のページを開ける、まずどのくらい長いか知りたいためだ。さいわいあまり長くない。現代では長い小説というのはひとつの矛盾なのだ。時間のディメンションは細分され、われわれはそれぞれの弾道に沿って遠ざかっていってはたちまち消えるミサイルのように断片的な時間しか生き、考えることができないのだ。時間の連続性は時間というものがもはやじっと停止したものでもなければ、まだ一瞬に爆発するようなものでもなかったあの時代、およそ百年間続いて、それで終わってしまったあの時代の小説の中にしか見出すことができないのだ。

あなたは手の中で本をひねくりまわし、裏表紙や袖の文句、あの曖昧な文句に目を走らせるが、結局要領は得ない。その方がいいのだ、本が直接に伝達するはずの、あなたが、多かれ少なかれ、本から汲み取るはずの解釈以外に軽々しく付け加えることのできるような解釈はないのだ。たしかに、このように本の周囲をうろつくことも、本の中味を読む前にその周囲を読むことも、新しい本の楽しみのひとつだが、それはあらゆる予備的な楽しみと同じく、行為を遂行するという、つまり実際に本を読むという、より実体のある楽しみへと駆り立てるのに役立てようと望めばうまく持続するものである。

さて今やあなたは最初のページの最初の数行に取りかかる用意が出来た。あなたはこの作者の他とはまごうかたなき調子をそこに認める気構えでいる。ところがそんなものは全然認められはしない。でも、よく考えてみれば、この作者が他とはまごうかたなき独自の調子を持っているなどといったい誰がいままで言っただろうか？　むしろ、この作者は一作一作とはなはだしく調子を変える作者として知られている。そしてまさしくそうした変化の中にこそ彼らしさが認められるのである。だがこの作品では彼がこれまでに書いた他のあらゆる作品、少なくともあなたが覚えている彼の作品はまったくなんの関係もなさそうだ。期待はずれですか？　まあ見てみましょう。それとも最初にいささか戸惑いを覚えているのでしょう、ちょうどある人物の前に出る場合、その名前とあるひとつの顔立ちとを結びつけ、そしてあなたが目にしているその輪郭とあなたの記憶にある輪郭とを一致させようとするがうまくいかない時のように。でも読み進むうちに、あなたが作者に期待していたものとは関係はないが、とにかくそれが読ませる本だということに、その本それ自体があなたの興味を惹くものだということに気づく、そしてよく考えてみればむしろそのほうが、つまり何であるかをあなたがまだよく知らない何物かを前にする方があなたには好ましいことなのだ。

冬の夜ひとりの旅人が

物語はある駅で始まる、蒸気機関車が一台鼻を鳴らしている、ピストンから噴出する蒸気が章の冒頭の部分を覆っている、立ち込めた煙が最初の書き出しの部分を包み隠している。駅の匂いの中を駅のビュッフェの匂いが吹き抜けていく。曇ったガラス戸越しに中を覗き込んでいる男がいる、男はバールのガラス戸を開ける、中も、まるで近眼の目か石炭の煤（すす）の入った目で見たように、すべてがかすんで見える。本のページが古い列車の窓ガラスのように曇らされているのだ、文章の上に煙がたゆたっているのだ。雨の夜である、男はバールに入る、濡れたオーバーコートのボタンをはずす、湯気が彼を包む、汽笛が見渡すかぎり続いた雨に光るプラットフォームに沿って響き渡る。

蒸気機関車の汽笛のような音と蒸気の噴射とが年取ったウェイターが信号を発するように押すコーヒー沸かし器から立ち昇る、と言おうか少なくとも第二段目の書き出しの文章の続き具合からみるとそうらしい、第二段目ではテーブルに座ってトランプをしている常客たちが扇状に開いたカードを閉じて胸に当て、首と肩と椅子とを曲げて、入って来た男の方を振り向く、一方カウンターにいる連中はカップを手に取って、半ば目を閉じて、唇でコーヒーの表面を吹いたり、ビールが溢れないよう大げさな素振りでジョッキのふちをすする。猫は背を丸め、レジ係はジャリンとレジスターの引き出しを閉める。こうした描写がすべて集まって、これはそこへやって来たよそ者がすぐに人目を惹く田舎の小さな駅が舞台だということを示す。

駅はどれも似たようなものだ、だから照明がそのよだれを垂らしたような暈から先は照らし出していなくても一向に構わない、つまりこれは、列車が全部出たあとも残る列車の匂い、終列車が出たあとの駅のあの独特の匂いを漂わせた、あなたが記憶の中で知っている雰囲気なのだ。駅の照明とあなたが今読んでいる文章は闇ともやとのヴェールからほの見える事物をあらわにするよりも溶解してしまう役目を帯びているみたいだ。私は今晩この駅に生まれて初めて降り立ったのだが、このバールを出たり入ったり、プラットフォームの屋根の匂いやら便所に撒いたおが屑の匂いやらがひとつに混ざりあった匂いを、期待の匂いを、呼び出した番号がなんの応答もないので電話用のコインを回収するよりない電話ボックスの匂いをかぎながら、もうここで一生を過ごしているような気がしている。

私はバールと電話ボックスの間を行ったり来たりしている男である。あるいは、あの男が《私》と呼ばれているのであり、あなたは彼についてほかには何も知らない、ちょうどこの駅がただ《駅》と呼ばれているだけで、その外にはどこか遠い町のとある暗い部屋で鳴り響く誰も出ない電話のベルの音しか存在しないのと同様である。私は受話器を置き、コインが金属の溝を滑り落ちるのを待ち、またガラス戸を押して、湯気の立ち込める中をコーヒーカップを積み重ねて乾かしてある方に向かっていく。

駅のバールのエスプレッソ・コーヒーの機械は蒸気機関車との類似性を見せる、昨日のそして今日のエスプレッソ・コーヒーの機械は昨日のそして今日の蒸気機関車や電気機関車と。私はずいぶん行ったり来たり、ぐるぐる歩いたり引き返したりしている、私は罠に、駅というものがいつも張りめぐらしているあの非時間的な罠に囚われている。石炭の粉塵が路線がすっかり電化されてもう何年にもなるのにまだ駅の空気の中を浮遊している、そして列車や駅について語る小説はこの煤煙の匂いを伝えずにすますことはできない。あなたはすでに二ページほど読み進んできたし、もうそろそろ私が延着した列車から降り立ったこの駅が昔の駅なのかそれとも現在の駅なのかはっきりさせるべきだろう、ところが文章は曖昧模糊とした中を、灰色の中を、いわば最小公分母にと約分された経験の一種の無人地帯の中を揺れ動き続ける。気をつけなさいよ、これはきっとあなたを少しずつ引きずり込むための、それと気づかぬうちにあなたを物語の推移の中に巻き込むための手管なのだ、罠なのだ。それとも作者はまだ決めかねているのだ、ちょうど他方では読者のあなたがなにを読むのがより楽しいか、過去への回帰の感覚を、失われた時と場所を取り戻すような感覚をあなたに与える昔の古い駅への到着なのか、それとも現代において生きる喜びを味わわせてくれると信じられているようなふうに現代に生きているという感覚をあなたに与えるようなあかあかと煌く照明や物音なのか、あなた自身いずれともはっきりしないのと同じように。このバール（それとも《駅のビュッフェ》と呼んでもいいが）がぼんやりとぼやけて見えるのは近眼の、あるいは煤の入った私の目のせいかも知れないが、一方ではそれは稲妻のような色の電光管から放射される溢れるばかりの照明が方々の鏡面に反射してあらゆる通路や空間の隅々まで光で満たしており、その影のない空間には振動せんばかりの増幅装置から爆発する音量いっぱいの音楽が氾濫し、玉突きゲームや競馬ゲームや人間狩りゲームなどのありとあらゆる電動遊具が作動し、テレビ受像機の透明な画面や垂直に湧き上がる空気の泡にいい気分になった熱帯魚の水槽の透明な面の中を様々な色彩を帯びた影が泳ぎまわっているせいかも知れない。そして私の手ははちきれそうないささか擦り切れた蛇腹式の古い型の鞄を下げてはいずに、小さなローラーがつき、折りたたみになったステンレス製の梶棒で操作できる堅固なプラスティック製の四角いトランクを押しているかも知れない。

読者のあなたはプラットフォームの屋根の下で私の視線が古い駅の丸い時計の槍のように鋭くとがった針の上に、まるでその針を後戻りさせ、その円形のパンテオンの中に生気なく横たわった過去の時間の墓地へと逆行しようとするかのように、じっと注がれるものと思っていたでしょう。でもいったい誰があなたに時計の文字が四角いドア越しに垣間見え、一分ごとに時計の針がギロチンの刃のようにカチッと落ちるのが私に見えると言いましたか？　いずれにしても結果は大して変わりはしないだろう。たとえ滑らかに時の流れゆく世界の中を進んでいても、ローラーのついたトランクの軽い梶棒の上にかがめている私の手はやはり私の内面を表現することを拒絶するだろう、ちょうどその自在に動かせるトランクが私にとってなんともいやになるほど厄介な重荷に感じられるように。

なにかが狂ったにちがいない、行き先を間違えたのか、延着したのか、接続に間に合わなかったのか。到着したら、失くしてしまうのが心配なのかそれとも早く厄介払いしたいためかはわからないが、とにかく私にはとても気になるらしいこのトランクの件で、おそらく私は誰かと接触することになっていたのだろう。はっきりしていると思えるのはそれはただのトランクではなくて、手荷物預かり所に預けたり、忘れたふりをして待合室に置き去りにしたりはできないということだ。時計を見ても無駄だ、誰かが私を迎えに来ていたとしたらもうとっくに立ち去ってしまっている。時計やカレンダーを逆戻りさせて、起こるべきでないことが起こった瞬間よりも前の瞬間に戻ろうとやっきになっても無駄だ。もしこの駅で私が、この駅にはなんの用もなく、私がそうすべきだったであろうように、ただ列車から降りて別の列車でまた発つことになっていた誰かに会い、そして二人のうちの一方がもう一方になにかを手渡すはずだったとすれば、たとえばまだ私の手中にあり私が手を焼いているローラーつきのこのトランクを私がもうひとりの男に委ねることになっていたとすれば、そうすればなすべきことはただひとつ、失われた接触を回復するよう努めることしかない。

もう私は二度ばかりバールを横切り、目には見えない広場に面したドアから外を覗いてみたが、そのつど闇の壁が私を線路の束ともやの立ち込めた町という二つの暗黒の世界の間に宙吊りになったこの明るい一種のリンボへと追い返す。出て行くといってもどこへ？　外の町はまだ名もついていないし、この小説の舞台の外に留まるのか、それともそのインクのような黒い闇の中にこの小説をすっかり包みこむことになるのか、われわれにはわからない。ただこの最初の章が駅とバールとにかかずらってそこからなかなか離れないことはわかっている、でもまだ私を探しに来る者がいるかも知れないこの場所から離れるのも、またこの邪魔な旅行鞄を持っているのを他の連中に見られるのもうまくない。だから私は電話用のコインを公衆電話に押しこみ続けるのだが電話はいっこうにそれを受けつけない、コインの数が多いから長距離電話みたいだ、だが私が指示を受けるべき、あるいは命令を受け取るべき相手はいったい、今、どこにいるのだろうか、私がほかの人間に左右された存在であることは確かだ、私には個人的な用件とか自分のビジネスで旅行しているようなふうは少しもない、むしろ私は単なる実行者、非常に複雑なゲームにおける歩（ふ）のような存在、巨大な装置の小さな、目にも見えないほど小さな歯車といってもいい、事実私はなんの痕跡も残さずここを通り過ぎるように前もって定められていたのだ、ところが私がここで過ごす一分ごとに痕跡を残している、私が誰とも話さないとすれば私は口を開こうとはしない男として自分を特性づけることにおいて痕跡を残しているのであり、私が話すとすれば私の発する一語一語が残るということにおいて痕跡を留めているのであり、あとからそれが引用符つきでまたは引用符なしで飛び出してくるかも知れないのだ。おそらくそのために作者は会話のない長いパラグラフの中で次々と仮定を積み重ね、その中で私が気づかれずに通り過ぎ、消え失せることができるようにと濃く不透明な封印の厚みを増しているのだろう。

　私はまったく人目を惹かぬ人物だ、余計にはっきりしない背景の上に描かれたはっきりしない存在だ、読者のあなたが列車から降りる人々の中から私を見分け、私がバールと電話ボックスの間を行ったり来たりするのを追い続けずにはいられなかったとしても、それはただ私が《私》という名だからにすぎず、そしてこれが私についてあなたが知っている唯一の事柄なのだ、だがこの知られざる私の中にあなた自身の一部を付与したいという刺激をあなたが感じるにはもうそれで充分だ。同じように作者もまた自分自身について語るつもりは毛頭ないにしても、その人物を人目に隠し、その人物に命名したり叙述したりしなくてもいいようにするために《私》と呼ぶことにしたことによって、というのも他のどんな名や属性も《私》というこの裸の代名詞に比べればより限定的だからであるが、《私》と書くただそれだけのことで作者はこの《私》の中に自分自身の一部を、作者が感じるかあるいは感じていると思っていることの一部を挿入したいという刺激を感じているのだ。今私と同化するほど容易なことはあるまい。今のところ私の外面に現われた挙動は接続列車に間に合わなかった旅行者といったところであり、こうした状況は誰しも経験するものだからだ、しかし小説の冒頭で設定された状況はそれ以前に生じた、あるいはこれから生じようとしているほかのなにかにつねに関わっていくのであり、そして読者のあなたや作者の彼にとって、私との同化に危機をもたらすのはこうしたほかのなにかなのだ、そしてこの小説の始まりが灰色のありふれて曖昧模糊としたどうともとれるものであればあるほど、ちょうど私がなんとか処置しようとしているあの旅行鞄と同じく、背後にどんな来歴を持っているのかわからない登場人物の《私》にあなたと作者とが軽はずみにも付与したあの《自我》の断片の上に増大していく危機の影をよりいっそう感じるのだ。

　旅行鞄を処置するということがそれ以前の、つまりその後に起こったすべてのことが起こる以前の状況を確定する第一条件である。ということはつまり私が時の流れを知りたいという場合、それはあるいくつかの出来事の結果を消し去り最初の状態を復元したいということを意味する。だが私の人生の各瞬間は様々の新しい事実を山とかかえているのであり、そしてこれらの新しい事実がめいめいその結果をもたらすのであるから、私が最初に出発したゼロの瞬間に戻ろうとすればするほど私はそこから遠ざかることになるわけだ。私のあらゆる行為がそれに先立つ行為の結果を消去する意図で行なわれ、即座に安堵で心を開くほどその消去作業にまずまずの成果を得ることができたにしても、しかしそれ以前の出来事を消去するための私のあらゆる行動は無数の新しい出来事を雨のように降り注がせ、前よりも悪い事態に状況を複雑化させる結果となり、私は今度はそれらをまた消し去ることに追われる羽目になることだろう。したがって私は複雑化を最小限に留めつつ最大の消去成果が得られるように私のあらゆる行為をよく計算してかからねばならないのである。

もし万事うまくいっていたら、列車を降りるとすぐに知らない男が私と出会うはずだった。ローラーのついた私のと同じような、空の旅行鞄を持った男が。ふたつの鞄はプラットフォームで、ひとつの列車から他の列車へと旅行者たちが行き来する中で、偶然のように邂逅しただろう。偶然起こる事柄と区別のつかない偶然生じるかも知れない事柄、だがその男が私に言う合い言葉があっただろう、私のポケットから覗いている新聞の、競馬の着順についての見出しを口に出して、《ああゼノーネ・ディ・エレアが勝ったのか!》などと言っただろう、そしてその間に私たちは金属の棒を操作して自分のトランクを手離し、おそらくは競馬の予想や賭け金などについてやりとりを交わしたりしたのち、めいめい自分のトランクをそれぞれの方向に押していきながら別々の列車の方へと去っていっただろう。誰も気づきはしなかっただろうが、私は彼のトランクを手にし、私のは彼が運び去ったことだろう。

　お見事な計画、それをぶち壊すのになんでもないつまづきひとつで事足りるほどまったくお見事な計画だ。さて今私はもうどうしたらいいのかわからず、あすの朝までは一本の列車も発着しないこの駅で待機している最後の旅行者としてここにいる。もう小さな田舎町がその殻の中にもぐりこんでしまう時刻だ。駅のバールにはたがいに顔見知りの土地の連中、駅には用はないがおそらく近くにはほかに開いている店がないためか、それとも田舎町で駅の発揮するあの魅力、駅のもたらす多くの目新しい事物に対する期待感、または駅が外の世界との唯一の接触の場であった時代への追憶に惹かれるために、暗い広場を横切ってここまでやって来た連中だけが残っている。

　今やもう田舎町などなく、またおそらくかつてもなかったと言ってみたところで詮方ない、あらゆる場所が即時にあらゆる場所に通じ、孤絶感などというものはある場所から他の場所への移動の際にのみ、つまりおのれがいかなる場所にもいない時にのみ感じるものだと言ってみたところで、私はほかのどこでもなくまさにここにいる、よそ者でない連中からよそ者と見られながらというか少なくともよそ者でない連中を私がそう認め羨みながら。そう、私は羨んでいる。私はなんの変哲もない小さな町のなんの変哲もない夜の人生を外側から眺めている、そしてずいぶん以前から自分がそうしたなんの変哲もない夜から断ち切られているのに気づき、この時刻には人々が夜の闇があるにまかせている何千というこのような町、何十万という明かりのともった部屋のことを私は考える、そして人々は私が頭に抱いているような考えはなにひとつ抱いてはいず、おそらくほかの考えを抱くにしてもそれはなんら羨むべきようなものではないだろう、だが今の瞬間私は彼らのうちの誰とでも喜んで入れ代わるだろう。たとえばネオンサインに対する税金に関して、市役所への陳情書の署名を商店主たちから集めて回っており、今ちょうどバールの主人にそれを読んできかせている若者たちのひとりとでも。

小説はここで田舎町の日常生活を表現するより以外の機能は持たない断片的な会話を記述する。「アルミーダ、あんたはもう署名したかい？」私には背だけしか見えない女に向かって連中がたずねる。毛皮のふちのついた、襟の高い、長いコートから垂れたベルト、カップの柄にからませた指から立ちのぼる一筋の煙。「私の店にネオンをつけたいなんて、いったい誰があんたたちに言ったかしら？」彼女は答える。「市役所が街灯を節約しようと思ったって、私は自分のお金で道路を明るくするつもりなんかないよ。それにアルミーダの皮革店がどこにあるかはみんな知ってるわ。私がシャッターを下ろして道路が暗くなればもうおねんねの時間だってことさ。」

「だからこそあんたも署名しなくちゃあ」連中が言う。彼らは他人行儀な口はきかずに、親しげに呼び合う、半分方言混じりで話している、長年にわたって毎日のように顔を合わせている連中だ、彼らの交わす話は古い話の続きだ。きつい冗談も投げかけ合う、「ほんとは、暗い方があんたのところへ忍んでくる男が誰にも見られなくてすむからいいってわけだ！　シャッターを下ろしたあとで裏口からあんたが引き込んでいる男は誰なんだい？」

こうしたやりとりははっきりとは聞き取れない声のざわめきとなって聞こえるのだが、その中からそのあとにくる言葉や台詞を決定するひとつの言葉あるいはひとつの台詞がふと現われるかも知れない。しっかりと読み取るためにはあなたはざわめきの効果もそこに隠された意味の効果も頭に留めなければならないのだが、あなたは（そして私も）まだそれを把握しうる段階ではない。したがってあなたは読んでいきながら放心すると同時に細心の注意を払ってもいなければならない、ちょうどカウンターの上で頬杖をつき耳をそばだてながらぼんやりとしている私のように。そして今小説がそのもやのかかったような印象から抜け出し、登場人物たちの容貌についてなんらかの詳細を描き出そうとしはじめているとするなら、それがあなたに伝えようと望んでいる感覚は、初めて見るのだが何千回となく見たことがあるように思える顔が与えるような感覚である。私たちは道で出会うのはいつも同じ人たちばかりであるような町にいるのだ、人々の顔は、これまで一度もここに来たことのない私のような者にも伝わってくる、習慣の重みを帯びている、これらはいつもの顔触れで、その輪郭が肥ったりたるんだりするのをバールの鏡が見てきたものであり、夜によってはその表情がくしゃくしゃにほころんだり膨れたりしてきたものだということがわかるのだ。この女はおそらく町いちばんの美人だったろう、彼女を初めて見る私には今でもまだ魅力的だと言ってもいいほどだ、だが私がバールの常連たちの目で彼女を想像的に眺めると、彼女の上には一種の疲れがよどんで見える、それは彼らの疲れ（あるいは私の、またはあなたの疲れ）の影にすぎないかも知れないが。彼らは彼女を子供の時から知っている、彼女の人生や秘蹟を、もしかしたら彼らのうちの誰かと因縁があったかも知れないが、それはもう過ぎ去り、忘れ去られた水のようなものであり、要するに彼女のイメージの上にほかのいくつものイメージがヴェールのようにたゆたい、それが彼女をおぼろにかすませ、様々な記憶の重みが私が彼女を初めて目にする人物のように見ることを妨げるのだ、電灯の下の煙草の煙のように澱み残った他人の記憶が。

　このバールの常連たちの最大の楽しみは賭けのようだ、日常生活のほんの些細な出来事にも賭けをする。たとえば、ひとりが言う、「きょうこのバールへ、マルネ先生とゴリン警部と、どっちが先に来るか賭けよう」するともうひとりが言う、「マルネ先生がここへ来たら、もとの奥さんと顔を合わせないようにするため、なにをすると思うかね？　玉突きゲームをするか、予想紙を印で埋めるか、どっちだか賭けるかい？」

　私のような存在には予測などはできないのだ。私には半時間後に自分にいったい何が起こるかもわからない、私は、ああだこうだと人が賭けることのできるような、はっきりと限定された、ごく細かいところまで取捨選択のきく人生など自分に想像してみることもできないのだ。

「わからないな」私は小声でつぶやく。

「わからないってなにが？」彼女がたずねる。

　それは口にしてもいいように思える考え、他のあらゆる私の考えについてそうするように自分のためにとっておくだけでなく、このバールのカウンターの私の横にいる女に、皮革店の女に言ってもいいようにも思える考えだ、さっきから私は彼女に話しかけたいと思っているのだ。「こうなんですか、あんたたちのところでは？」

「いいえ、そうじゃあないわ」女は答える、そう答えるだろうということは私にはわかっていた。ここでもよそと同じで何事も予測はできないと彼女は主張する、毎晩この時間にはマルネ医師は診察所を閉め、ゴリン警部は警察署での勤務を終え、どちらが先かはともかくとして、きまってここに寄るのは確かだが、それがどうしたのだというわけだ。

「でも、先生がもとの奥さんを避けようとするってことには誰も疑いをはさんでいないようですね」私は彼女に言う。

「マルネのもとの奥さんていうのは私のことよ」と彼女は答える。「あの連中の言ってることなんか聞き流すことよ。」

読者のあなたの関心は今やすっかりこの女に向けられている、数ページ前から、私はちがうが、あなたは彼女の周辺をうろついている、作者もこの女性の存在の周辺をうろついている、数ページ前からあなたはこの女性の幻が文章の上で様々な女性の幻が具体的な形を取るようにその姿形を現わすことを期待している、そして読者としてのあなたの期待が作者を彼女の方へと押しやる、まったく別のいろんな考えを頭に抱いている私もみずからが彼女に話しかけ、会話をしかけるにまかせているが、すぐにも会話を打ち切らねばならないだろう、この場を立ち去り、姿を消してしまうために。きっとあなたは彼女がどんなふうなのかもっと知りたがっているだろう、だが文章からはほんのちょっぴりしかうかがえない、彼女の顔は煙草の煙と髪とに隠されている、口の端に刻まれた苦いしわの向こうには苦いしわならざる何があるのか知る必要があろう。

「連中はなんて言ってるんです?」私はたずねる。「私にはなにもわかりませんよ。ただあなたがネオンサインのついていない店を持ってるってことしかね。でもどこにあるかさえ知らないんです。」

女は私に説明する。それはなめし革や鞄や旅行用品を扱う店で、駅前の広場にではなくて貨物線の踏切りの近くの横道にあるとのことだ。

「でもどうしてそんなこと聞くの?」

「早目にここに着いていたらよかったたな。そしたら暗い道を通って、明かりのついたあなたの店を見て、中に入って、あなたにこう言うのになあ、なんならシャッターを下ろすのを手伝いましょうかってね。」

シャッターはもう下ろしてしまったけど、帳簿をつけにまた店に戻って、夜遅くまでそこにいると彼女は言う。

バールの常連たちは冗談を言っては肩を叩き合っている。賭けのひとつに決着がついたのだ、医師が店に入って来ようとしている。

「今夜は、警部は遅いな、いったいどうしたんだろう。」

医師が入ってきて、まわりの連中に挨拶をする、彼は視線を妻の上に止めはしないが、ひとりの男が彼女と話しているのをちゃんと目にしている。彼は店の奥まで行き、店内に背を向け、電動式の玉突きゲーム機に硬貨を入れる。誰の注目も惹かずに過ごさねばならなかった私は様子を窺われ、嫉妬や苦しみの対象にかかわる何事をもまた何者をも決して忘れない目によって姿を写し取られたのであり、その目を逃れ得たとはとても信じられない。あのいささか辛そうでいささか潤んだ目を見るためだけで、彼らふたりの間にあったドラマはまだ終わってはいないことがわかる。彼は彼女を見るために、古傷を開くために、そしておそらくは彼女が今夜家に連れていく男が誰かを知るために、毎晩のようにこのバールに通って来るのだ、一方彼女の方はおそらくはわざと彼を苦しめ、苦しむという習慣が彼女と同じく彼にとっても習慣となり、そしてそれが何年来彼女の口と人生が嚙みしめてきたなんでもない味にとなるように願って、毎晩この店にやってくるのだ。

「私がこの世でいちばんしたいことはですね」今はもう彼女に話しかけ続けた方がいいと思って私は彼女に言う、「時計を逆回しするってことなんです。」

女はありふれた返事をする、たとえば、「針を動かせばいいでしょう」と。すると私は、「いや、頭の中でですよ、じっと意識を集中して時を後戻りさせるんですよ」と言う、それとも私が本当にそう言うのか、そう言いたいと思っているのか、私が口ごもっている半端な台詞を作者がそう解釈しているのかはっきりしない。「私がここに着いた時の最初の考えはそうだったんです、たぶん頭の中でずいぶんそう努力したんでしょう、時は完全に逆回転したんです、それで今こうして私は最初に出発した駅に、その時と同じまま、なんの変わりもなくいるんです。私が持ち得たかも知れないあらゆる人生がここから始まるんです、私の恋人になるかも知れなかったけどそうはならなかった女性が、同じ目と同じ髪をして、今ここにいるんです……」

彼女は、私をからかうように、まわりを見回す、私は彼女の方に顎をしゃくって合図してみせる、彼女は笑おうとするかのように口の両端を上にあげ、中途でやめた、考えを変えたのか、それともそんなふうにしか笑わないのか。「お世辞のつもりかどうか知らないけど、とにかくお世辞と受け取っておくわ。で、そして?」

「そして、今の私がここにいるわけです、この鞄を持って。」

鞄のことは瞬時も念頭から離れなかったが、口に出すのは初めてだ。

すると彼女が、「今夜はローラーつきの四角いトランクの晩みたいだわね。」

私は平然と、落着いている、私はたずねる、

「どういうことですか?」

「今日、こんなふうなトランクをひとつ売ったのよ。」

「誰に?」

「よその人だったわ、あなたみたいに。駅へ向かってたわ、発つんだといって、買ったばかりの、空の鞄を持って。あなたのと同じようなのをね。」

「それがどうかしたんですか? あなたは鞄を売ってるんでしょう?」

「こうした型のは、ずいぶん前から店に置いてるけど、ここじゃあ誰も買わないのよ。気に入らないのね。それとも用がないのか、知らないかだわ。便利なはずなのにね。」

「私にはそうでもないですよ。たとえば、今夜は私にとってすてきな夜になるかも知れないと考えるにしても、このトランクを引っ張って歩かなくちゃならないと思えば、とてもそんなこと考えられ

なくなりますよ。」

「どうしてどこかへ置いとかないの？」

「鞄屋にでもね」私は言う。

「そうね。ひとつぐらい増えても減ってもどうってことないわ。」

彼女は椅子から立ち上がり、鏡を見てコートの襟とベルトをなおす。

「あとで店の前を通りかかって、シャッターをノックすれば、あなたに聞こえますか？」

「試してごらんなさいな。」

彼女は会釈もせず、外の広場に出る。

マルネ医師は玉突きゲーム機から離れ、店のまん中へやって来る。彼は私の顔を覗いてみたいのだ、それとも他の連中からなにかほのめかしてほしいのか、あるいは単に嘲笑されたいのか。だが連中は賭けのことを、彼が聞いているのも構わず、彼についての賭けのことを話している。マルネ医師を取り巻いて、肩を叩き合い、にぎやかな、打ち解けた雰囲気がかもし出されている、いつもながらの冗談や悪ふざけ、だがそうした馬鹿騒ぎの中心に決して超えてはならない敬意の領域がある、それは医者とか衛生官とかそうしたマルネの職掌がらに由来するのみでなく、彼が友人であるから、それもおそらく不幸を背負った可哀そうな友人であるからなのだ。

「ゴリン警部は今夜は誰の予想よりも来るのが遅かったな」ひとりの男が言う、ちょうど警部がバールにやってくる。

彼は入って来る。「今晩は、御一同！」彼は私のそばに来て、トランクに、そして新聞に視線を落とし、口の中でつぶやく、「ゼノーネ・ディ・エレナか」それから煙草の自動販売機の方へ行く。

私は警察に売られたのだろうか？　それとも彼はわれわれの組織のために働いている警官なのか？

私も煙草を買うふりをして自動販売機に近づいて行く。

彼は言う、「ファンが殺られた。ずらかれ。」

「それで鞄は？」私はたずねる。

「持ってけ。今は鞄のことなどどうでもいい。十一時の特急に乗れ。」

「でもここには止まらないけど……」

「止めるさ。六番フォームへ行け。貨物操車場のあたりへ。三分ある。」

「でも……」

「早く行け、さもないとお前を逮捕しなくちゃならん。」

組織は強力だ。警察にも、鉄道にも指令が届く。私はトランクを押してレールを横切る通路を通り六番フォームまで行く。フォームに沿って歩いて行く。貨物操車場は突き当たりの、もやと闇に面した踏切りのあたりだ。警部は駅のバールのドアからじっと私を見つめている。特急が全速力でやって来る。速度をゆるめ、停車すると、警部の視野から私を消し去り、発車する。

第二章

　あなたはもう三十頁ほど読み進み、成り行きに夢中になりつつある。そのうちにあなたは気づく、《どうもこの文章は初めてお目にかかったものじゃあない。というよりも、この一節そっくりもう読んだような気がする。》もちろんそうだ、モチーフが繰り返されているのだ、この作品はこうした反復で織りなされており、それが時のたゆたいを表現するのに役立っているのだ。あなたはこうした技巧にも敏感な読者で、作者の意図をすぐさま汲み取り、何物をも見逃さない。だが、同時に、あなたはある失望を感じる、あなたが本当に興味をそそられ始めたちょうどその時になって、作者は現代文学の例の技巧のひとつを見せびらかさなければならぬと思って、同じ文章の一節を繰り返すのだ。一節だって？　一ページ全体だ、照らし合わせてみてもいい、句読点ひとつ変わってはいない。先を読み進めば、どうなるだろう？　あなたがすでに読んだページとまったく同じ叙述の繰り返しだ！

　ちょっと、ページ数を見てごらんなさい。こりゃひどい！　三十二ページから十六ページに戻っている！　あなたが作者の文体上の工夫だと思っていたのは印刷上のミスでしかなかったのだ、あなたは数ページにわたって同じところを二度繰り返して読んだのだ。製本する時にミスが生じたのだ、一冊の本はいくつかの《十六ページ折り》から出来ている、十六ページ折りというのは一枚の大きな紙に十六ページ分印刷され、それが八つに折り畳まれる、そのいくつかの十六ページ折りを綴じ合わせる際に同一のページを印刷した同じ十六ページ折りをふたつ重ねて綴じてしまうことがある、これは時折り生じるミスである。あなたは三十三ページを探して一生懸命にあとのページをめくってみる、それがあればいい、同一の十六ページ折りが重複しているだけなら大して不都合はないだろう、厄介なのは本来あるべき十六ページ折りが消失して、もう一冊の本の中で重複し、こちらにあるのが向こうで欠けている場合である。いずれにしろ、あなたはこれまで読んできた続きを読みたいわけで、ほかのことはどうでもいい、あなたは一ページも飛ばせない箇所にさしかかっているのだ。

また三十一、三十二ページとあって、その次は何ページが来るか？　また十七ページ、これで三度目だ！　いったいなんたる本をあなたに売りつけたんだろう。同一の十六ページ折りをいくつもいっしょに綴じ合わせて、本全体にまるっきりろくなページがないなんて。

あなたは本を床に叩きつける、窓の外へ、閉まっている窓の外へさえも、巻き上げ式のブラインドの刃の間を通して、ほうり出しかねない、ブラインドの刃は綴じの狂ったその本をこなごなに裁断し、文章や言葉や形態素や音素は二度とまとまったものに再構成できないほどばらばらになって飛び散る、あなたは窓ガラス越しにもほうり出しかねない、ガラスが強化ガラスならなおのことといい、本は光子、波状振動、偏光スペクトルとなって砕け散る、あるいは壁越しに、すると本は分子や原子にと粉砕され、鉄筋コンクリートの原子の間をくぐり抜け、電子に、中性子に、中性微子に、物質の究極の構成要素にといっそう微細に分解していく、または電話線越しに、すると本は電子インパルスに、情報の流れになり、反響音や騒音に激しく揺すぶられ、渦巻くエントロピーに化してしまう。あなたは本を家の外に、街区の外に、界隈の外に、市域の外に、管轄地域の外に、行政州の外に、民族共同体の外に、ヨーロッパ共同体の外に、西洋文化圏の外に、大陸の外に、大気圏の、生物圏の、成層圏の、重力圏の、太陽系の、銀河系の、星雲集団の外に投げ出し、星雲群が膨張しつつ到達するまだそのかなたへ、時空世界がいまだ到達せぬそのかなたへ、無存在が迎え入れるかなたへ、というよりも無存在すら過去にも未来にも存在せぬかなたへほうり捨て、否定しようのない絶対的に確かな否定の世界の中にその本を消滅させてしまいたいと思うだろう。そんな本はまさにそうしてしかるべきだ。

　ところがあなたはそうしない、本を拾いあげ、埃を払う、取り換えるために本屋へ持っていかなくてはならないからだ。あなたはかなり衝動的な人間だということは知っているが、あなたは自分を抑えたわけだ。あなたをいっそう腹立たしい思いにさせるのは、物事や人間の行為における偶発性、偶然性、蓋然性に自分が振り回されているということ、また自分や他人の不注意、いい加減さ、正確さの欠如のせいだということである。こうした場合にあなたを支配する感情はそうした無秩序あるいは不注意がもたらした攪乱的な要素を一刻も早く消去し、事態の正常な流れを回復したいという気持である。あなたは読み始めたその本の欠陥本でないものを早く手に入れたくて待ち切れない。もしこの時刻に本屋が閉まっていなければ、あなたはすぐにも本屋に駆けつけることだろう。でもあなたは明日まで待たねばならない。

あなたは落着かない一夜を過ごす、眠りはその小説を読むのに似て塞き止められては中途で途絶え、夢は絶えず同じ夢の繰り返しのように思えるのだ。あなたは意味も形もない人生と戦うようにその夢と取っ組み合う、ちょうど一冊の本を読み始めたものの、それがどんな方向へあなたを導いていくのかまだよくわからない時のように、そこにあるべきはずの意図を、筋道を探り求めながら。あなたが望むのは正確なまっすぐに伸びた弾道にしたがって自分が動けるような抽象的な絶対的な時空が開けることだ、だがそれが開けるかに見えた時、あなたは押し止められ、遮断され、また最初から繰り返しを余儀なくされるのに気づく。

翌日、暇が出来るとすぐに、あなたは本屋へ駆けつけ、店に入り、もう本を開いて差し出しながら、そのページを見るだけで落丁だらけの証拠は充分だとばかり、あるページを指でつっつく。「なんて本を売りつけたのかわかってるのかい……見てみろ……ちょうどいちばんいいところで……」

本屋はいっこうに慌てない。「ああ、あなたもですか？　もうずいぶん苦情がありました。で、ちょうど今朝がた出版社から通知が来ましてね。いいですか？　《当社出版目録中の最新の刊行書の配布にあたり、イタロ・カルヴィーノ著『冬の夜ひとりの旅人が』の部数の一部に欠陥があることが判明し、流通段階より引き上げる仕儀に相成りました。製本上のミスにより上記の出版物のページが他の最新刊行書ポーランド人作家タツィオ・バザクバルの小説『マルボルクの村の外へ』のページと混合をきたした次第であります。この遺憾なる不祥事をお詫びするとともに、当社は早急に欠陥本はお取り替え致す所存であります、云々》というわけです。いったい哀れな本屋の亭主が他人の不注意のためにその間に立って取りもたねばならないとでもいうのですかね。一日じゅうそんなのだったら私たち気が狂っちまいますよ。カルヴィーノの本を一冊一冊調べました。さいわい、ちゃんとなってるものも何冊かありましたから、落丁のある『旅人が』は入荷したての完全なものとすぐお取り替えできますがね。」

ちょっと待ちなさい。よく考えてみなさい。一度にどっとあなたに降りかかってきた情報を頭の中で整理してみなさい。ポーランドの小説。ではあなたがあんなに吸い込まれるように読み始めていたのは、あなたが思っていた本ではなくてポーランドの小説だったのだ。今あなたが早く手に入れたがっている本はそれなのだ。ごまかされないように。事情をはっきりさせなさい。「いや、いいかね、もう私にはそのイタロ・カルヴィーノの本なんかどうでもいいんだ。私はポーランド人作家のを読み始めたんだ。その続きを読みたいんだ。そのバザクバルってのがあるかい?」

「お好きなように。ついさっきあなたと同じことを言ってきた女のお客がいました、その方もポーランド人作家のと取り替えてほしいと言いましてね。そら、そこの陳列台にバザクバルの本が積んでありますす、ちょうどあなたの鼻の真下に見えるでしょう。どうぞお取り下さい。」

「でもこれはちゃんとなってるだろうね?」

「私はもうそんなこと請け合いませんよ。いちばんしっかりした出版社がこんなしくじりをしでかすのなら、もうなんにも信用なんかできませんよ。もうあのお嬢さんにも言いましたけど、同じことをあなたにも言っときます。まだ苦情があれば代金はお返ししますけど、それ以上のことはいたしかねますね。」

お嬢さん、本屋はあなたにひとりの若い女性を指さす。彼女は本屋の二つの書棚の間で、ペンギン・モダン・クラシックスの中からなにか探している、薄い茄子(なす)色の本の背の上にきゃしゃな、だがきっぱりと伸ばした指を走らせている。大きい、すばやく動く目、色調も色素もすてきな肌、柔らかく豊かに波打つ髪。

さてここに**女性読者**が、**男性読者**たるあなたの視野の中に、というよりもあなたの関心の領域の中に鮮やかに登場する、というよりもあなたがその逃れられぬ吸引力を持つ磁界の中に入ってしまったのだ。時機を失しては駄目だ、話しかけるのにいい話題は、共通の話の種はある、ちょっと考えてみなさい、あなたの広範にして多様な読書ぶりを披瀝することだってできる、さあ、思いきって、なにを待っているんです?

「じゃあ、あなたも、ポーランド人作家を」あなたは立て続けに話す、「でもあの始まったかと思ったら中途で途切れる本なんて、まったくいんちきですね、聞くところによるとあなたも、僕もおんなじなんですよ、試しに読んでみようと思って、あれを諦めてこれにしたんですよ、でもどちらも変な組み合わせですね。」

まあ、もっと要領よく話すこともできようが、とにかく大体の要点をあなたは言ったわけだ。今度は彼女の番である。

彼女は微笑む。えくぼが出来る。あなたはいっそう彼女が気に入る。

彼女は言う、「ええ、ほんとに、私すてきな本を一冊とても読みたかったのよ。この本は最初すぐはそうでもなかったけど、そのうちに面白くなりだして……だから中途で途切れたとわかった時には腹が立ったわ。それに作者がちがってたわ。少し読んでから彼のほかの本とはちがってるなと思ったの、そのはずだわ、バザクバルだったのね。でもこのバザクバルってなかなかいいわね。今まで彼のは読んだことはなかったけど。」

「僕も読んだことがない」あなたは安心し、元気づいて言う。

「私の好みからすれば、語り口がいささか曖昧すぎるわ。読み始めた時に小説から受けるとまどった感じというのは私きらいじゃあないけど、でも最初の印象が霧のかかったようなものだったら、その霧が消えてしまったとたんに読む楽しみも消えてしまうような気がするわ。」

あなたは考えこむような恰好をして、首をひねってみせる。「なるほど、そういうおそれもありますね。」

彼女は続ける、「私すべてが正確で、具体的で、はっきりと特徴づけられている世界にすぐ私を引き込んでくれるような小説の方が好きなの。私は物事がそれ以外にはないようなふうにはっきりと決まった形で成り立っているんだってことがわかると、とりわけほっとするの、それが人生において私に関係のないようなつまらない事柄であってもね。」

あなたも同意見ですか？　それなら彼女にそう言いなさい。「そうした本なら、そりゃあ読む値打ちがありますよ。」

すると彼女が、「でもともかく、この小説も面白いわ、それは否定できないわ。」

さあ、会話の接ぎ穂をなくさないように。なんでもいいから言いなさい、話しさえすればいいんです。「あなたはたくさん小説を読むんですか？　そうですか。僕も、作家によっては、もっとも僕は評論の方が余計に……」あなたが言えるのはそのぐらいですか？　で、それから？　それで終わりですか？　駄目ですね！　こうたずねることはできないんですか、《これは読みましたか？　で、こっちは？　この二冊ではどっちが好きですか？》ほら、半時間ぐらいは話すことがあるじゃありませんか。

具合が悪いのは彼女の方があなたよりずっとたくさん小説を読んでいることだ、とくに外国のものは、それに些細な点までよく覚えていて、細かいエピソードにまで言及しては、あなたにたずねる、「で、その時ヘンリーの叔母がどう言うか覚えてらっしゃる？」ただ題名を知っているだけなのに、読んだと思わせたくてその本のことを話題に持ち出したあなたは曖昧にごまかさなければならぬことになり、的はずれな意見を口にしかねない羽目になる、たとえば、「いささかまだるっこいですね」とか、「皮肉が利いてるから好きですね」とか。すると彼女が言い返す、「ほんとにそう思います？　私はそうじゃあないと……」そこであなたは気まずい思いをする。あなたは有名な作家を話題に持ち出す、その本を一冊、せいぜい二冊は読んでいるからだ、すると彼女は遠慮なく次々と残りの作品を全部取り上げてくる、どうもすみずみまで知っているようだ、もし彼女にうろ覚えの点があったりすれば、なおのこと具合の悪いことになる、あなたにこうたずねかけてくるからだ、「写真を切り取る有名なエピソードはあの本だったかしら、それとももうひとつの方だったかしら？　私いつもごっちゃになってしまうのよ……」彼女があやふやなのをいいことに、あなたは当てずっぽうに答える。すると彼女が、「なんですって？　そんなはずはないわ……」と。結局ふたりともあやふやだということだ。

ゆうべあなたが読んでいた本に、今ふたりとも手に持ち、そしてつい昨日の幻滅を埋め合わせてくれるはずの本に話題を戻した方がよさそうだ。「今度は」とあなたは言う、「ちゃんとページ付けされた、間違いのない本だといいですけどね、いちばんいいところで途切れたりしないような、よくあるように……」（よくあるっていつ？　なにが言いたいんです？）「とにかく、得心して終わりまで読み通したいもんですね。」

「ええ、そうね。」彼女は答える。聞きましたか？《ええ、そうね》って言いましたよ。今度はあなたが釣針に引っ掛ける番だ。

「あなたもここによく来るようだし、できたらまたお会いしたいですね、そうすれば読後感なども話し合えるし。」すると彼女が答える、「それはいいわね。」

あなたは自分の狙いがどこにあるかわかっている、あなたは細かい網を張りめぐらしつつあるのだ。

「イタロ・カルヴィーノを読んでいると思ってたところがバザクバルだったように、今度はバザクバルを読もうと思って本を開くとイタロ・カルヴィーノだったなんてことになるとさぞおかしいでしょうね。」

「いやだわ！　そんなことになれば出版社を訴えてやるわ！」

「ねえ、たがいに電話番号を教え合いましょうよ。」（ほら、ガラガラ蛇のようにまわりをぐるぐる回りながら、あなたが狙っていたのはこれだったのだ！）「そうすれば、どっちかの本にまずい箇所があった場合に、問いただしてみることができるし……ふたりの本を突き合わせれば完全な版になる可能性はそれだけ大きいでしょうからね。」

うまいこと言いましたね。**男性読者**と**女性読者**とが一冊の本を仲立ちにして連帯意識を、結びつきを、絆（きずな）を結び合うのはごく自然なことだ。

人生からなにかを期待しうる年齢はもう終わったと思っていたあなたは、満足して本屋を出る。あなたはふたつの異なった、だがともに楽しい希望の日々を約束してくれる期待を手にしている、本に内包された期待――あなたが一刻も早く再開したいと思っている読書への期待と、その電話番号に内包された期待――、あなたが近いうちに、もう明日にでも、本にかこつけた些細な口実で、たとえばその本が気に入ったかどうか、何ページ読んだかそれとも読んでいないかたずね、そしてふたりの再会を提案する電話を初めて彼女にかける時に、あなたに答える時には甲高く時にはくぐもったあの声をまた聞けるのだという期待と……

読者のあなたが何者であり、年齢、身分、職業、収入はどうなのかなどと問うのは失礼だろう。あなたについての事柄は、あなたにまかせます。重要なのはあなたが、今、自分の家でくつろぎ、本の中に没入するために完全な心の落着きを取り戻そうとして、脚を伸ばしたり、引っこめたり、また伸ばしたりしているその精神状態なのだ。だが、なにかがきのうとはちがっている。あなたの読書はもはや孤独なものではないのだ、今この同じ瞬間にやはり本を開こうとしているあの女性読者のことを考えてごらんなさい。するとこれから読もうとする小説にこれからあなたが生きることになるかも知れない小説、つまりあなたの彼女との物語の続き、と言うよりもありうべき物語の始まりが重なり合う。ほら、もうあなたはきのうとはなんと変わってしまったことか、これまで送ってきた、捉えがたく、つねに中断され、矛盾だらけの人生体験に比して、堅固なものとして、明確にそこに存在し、なんの危険もなく楽しむことのできるような本の方が好きだと主張していたあなたとは。本は道具に、連絡の手段に、出会いの場になったということなのだろうか？　それだけのことなら読書はそれほどあなたに力を及ぼしはしないだろう、それより、読書の作用になにかが加わったのだ。

この本はページの端が裁断されていない。それがあなたの待ち切れない思いを逆撫でする最初の障害だ。すてきなペーパーナイフを手にあなたはその本の秘密に分け入ろうと身構える。ナイフを一閃、あなたは本の扉と第一章の最初のページの間を切り開く。すると……

すると、最初のページからあなたは今手にしている小説はきのう読んでいた小説とはまったくなんの関係もないものだということに気づく。

マルボルクの村の外へ

フライの匂いがページの最初に漂う、少し焦げくさい玉葱のフライの匂いだ、玉葱には筋があって、それが紫色から茶色に、そしてとくにへりの部分、細切りにした玉葱のふちの部分はまず黒くそれから黄色くなる、ようやく湧きたってきた油の匂いに包まれて嗅覚作用や色彩を微妙に変化させながら葱の汁が炭化するのだ。油は菜種油と明記されている、このテキストではすべてが非常に明確である、事物にはそれぞれ名称が付されている、事物が伝達する感覚も、台所のかまどの上に同時にかけられているあらゆる食物も、食物の入ったそれぞれの容器も正確な名称で呼ばれている。シチュー鍋、浅鍋、ポットなど、また同じくそれぞれの料理の下拵えのための動作も、たとえば小麦粉をまぶすとか、卵を掻きまぜるとか、きゅうりを薄く切るとか、ローストする雛鳥にラードのかけらを詰めこむとか。ここではすべてがとても具体的で、実質感のある、まぎれようのない的確さでもって描かれている、と言おうか、とにかく読者のあなたに与える印象は的確さそのものである、もっとも翻訳者が原語のとおりにしておいた方がいいと思ってそのままの名で表わされているあなたの知らない食物も出てくる、たとえばshöeblintsjiaなどと、だがshöeblintsjiaという言葉を読みながら、あなたはそのshöeblintsjiaの存在を信じ、どんな味かはテキストに書かれてはいないが、その味まではっきりと感じ取ることができるのだ、それはすっぱい味だ、なぜなら言葉の響きや目で見た感じがすっぱい味をあなたに連想させるからでもあり、また匂いや味や言葉のこのシンフォニーにはすっぱい調子が必要だとあなたが感じるからでもある。

卵と混ぜ合わせた小麦粉の上で挽肉をこねているブリグドの黄色いそばかすの浮いた肉の締まった赤く陽に焼けた腕は生のミンチ肉がこびりついた白い粉にまみれている。大理石のテーブルの上でブリグドの上体が上下するたびにスカートのうしろが数センチ持ち上がって、腓(こむら)と太股の筋肉との間の、くぼみの皮膚がいちばん白く、青くて細い血管の透けた部分が覗く。詳細をきわめた細部描写や細かな身振りや言葉のやりとりや、たとえばハンデル老人の次のような台詞の断片などの積み重ねの中からしだいに登場人物たちが形を現わしてくる、《今年のは去年のほどお前を飛び上がらせないようだな》、数行あとであなたは赤い唐辛子のことを言ってるのだと悟る、《毎年のように辛さに飛び上がらなくなるのはあんたの方さ》とウグルド叔母が言い、木匙で鍋の味をみながら、肉桂をひとつかみ加える。

絶えず新しい登場人物があなたの前に現われる、われわれのこのだだっぴろい台所にはいったい何人の人間がいるかわかりはしないのだ、数えてみても仕方がない、クドジヴァには、われわれはいつも大勢で出入りしていたのだ、決して計算は合いはしない、というのも同一人物にいろんな名がついており、場合によって洗礼名や、あだ名や、姓や、父方の苗字で呼ばれたり、また《ファンの後家》とか《雑穀店の小僧》とかいう呼び方もされるからだ。だが重要なのは小説が強調する身体の細部描写、たとえば歯で嚙み切ったブロンコの爪とか、ブリグドの頰のうぶ毛とか、それにそれぞれの身振りや、また肉を叩き伸ばす木槌、唐辛子用のすり鉢、バターを渦巻き状に押し出す道具など、それぞれの人物によって扱われる台所用品だとかなのだ、このようにしてそれぞれの人物はこうした身振りやシンボルによってもう最初に特定されるばかりでなく、読者をしてもっと深くその人物を知りたいと思わせるようになるのだ、最初の章でバター押し出し器を手にして登場してきた人物の性格や運命がそのバター押し出し器によって決定されでもするかのように、そして読者のあなたは小説の途中でその人物が現われるたびに、《ああ、あのバター押し出し器の奴だ！》と口に出すことになるだろう、こうして作者はその最初のバター押し出し器に合わせていろんな行為や出来事をその人物に付与しなければならないのだ。

われわれのこのクドジヴァの台所はいつなんどきでもそこで大勢の人間がめいめい自分でなにかを料理できるように作られているみたいだった、エジプト豆の莢(さや)をむく者、鯉を酢漬けにする者、明け方から夜遅くまで、誰かれなくなにかを調理したり、煮炊きしたり、食べたりしては出て行くと、また別の連中が入ってくるのだった、そして私がその朝早くに起きて行くと台所はもう活気に溢れていた、というのもその日は特別な日だったからである、前夜カウデレル氏が息子を連れて到着し、今朝息子のかわりに私を連れてまた出発することになっていたからだ。私がこの家を出るのは初めてだった。私はベルギーから輸入した新しい穀物乾燥器の操作を覚えるために、ライ麦の取り入れの終わるまで、その季節の間じゅう、ペトクヴァ地方にある、カウデレル氏の所有地で過ごさなければならないのだった、そしてその期間中、カウデレル家のいちばん下の息子のポンコはここに残ってなかなかどの接ぎ木の技術を習得することになっていた。

いつもどおりのこの家の匂いや物音がその朝別れを告げるように私のまわりに溢れていた、私はそれまでに知ったすべての事を失おうとしていた、長い間たって——私にはそう思えたのだが——帰ってくれば以前どおりのものはなにひとつなく、私も同じ私ではなくなっているだろう。そのためそれは台所や、家や、ウグルド叔母の Knödel からの私の永遠の別れのように思えた、で、そのためあなたが最初の数行からすでに摑み取っていたこの具体的な感覚はその中に喪失感をも、めまぐるしい溶解感をも帯びているのだ、そしてあなたのような注意深い読者は、最初のページからそのことに気づいていたことに思い至る、あなたはこの文体の厳密さに満足しながらも実のところを言えばすべてが指の間からこぼれ去ってしまうのに気づいていたはずだ、おそらくは翻訳のせいだということになるかも知れない、翻訳はごく忠実なものであっても、それがいかなる言語であれ、原語の中にあるはずの本質を丸ごと再現しはしないからだ。それはとにかく、いちいちの文章がクドジヴァの家と私との絆の強さとそれを失う嘆きを伝えようとしているのみでなく、——おそらくあなたはまだ気づいていないだろうが思い返してみればそうと悟るはずだ——そこを離れて、未知のかなたへ駆けて行きたい衝動、ページをめくって、shöeblintsjia のすっぱい匂いから遠ざかり、アアグド沿いの無限の夕景色の中や、ペトクヴォの日曜日や、シドロの屋敷での祭りで新たな人々との出会いがある新しい章を始めたいという衝動をも示そうと意図しているのだ。

黒い髪を短く刈った長い顔をした少女の写真が一瞬ポンコの旅行鞄から覗いて見えたが、彼はすばやく防水した仕事着の下にそれを隠した。これまでは私のものだったが、これからは彼のものになる鳩小屋の下の私の部屋で、ポンコは鞄から持ち物を取り出しては私が空っぽにしたばかりの引き出しの中に整理していた。私はもう閉めた自分のトランクの上に座り、少しよじれて出っ張っているトランクの角についた補強の金具を機械的に打ち叩きながら、黙って彼の方を眺めていた、私たちは口の中でもごもごと呟くように挨拶しただけでなにも話しはしなかった、私は今起こりつつあることをはっきりと意識しようとするかのように彼の動作をいちいち目で追っていた、よそ者が私の場所を取り、私になり、椋鳥（むくどり）を入れた私の鳥籠は彼のものとなり、立体鏡や、釘にかけたドイツの槍騎兵のほんものの兜や、持って行けない私の持ち物はすっかり彼に残していくことになるのだった、と言うか、事物や場所や人々との私の関係が彼のものとなり、そして私は彼となり、彼の人生での事物や人々の間において彼の場所を占めつつあるのだった。

あの少女は……「あの娘は誰だい？」私はそうたずね、なんの気なしに手を伸ばして、木彫りの枠に入ったその写真を取り出した。その娘はみんな丸顔でもみ殻色の髪を編み毛にしたこのへんの娘とはちがっていた。その時ようやく私はブリグドのことを考えた。一瞬私は聖タッデオの祭りにポンコとブリグドがいっしょに踊るのを、ブリグドがポンコに毛糸の手袋を繕ってやるのを、ポンコが私の罠で捕えた貂（てん）の毛皮をブリグドに贈り物としてやるのを想像した。「その写真に手をかけるな！」ポンコはそう怒鳴ると私の両手を万力のような指で摑んだ。「写真を離せ、すぐに！」

《ズウィーダ・オズカルトを思い出すからだな》私は写真にそう書いてあるのを読み取った。「ズウィーダ・オズカルトって誰だい？」私がそうたずねたとたんにもう拳骨が私の顔のまん中に飛んできて、私ももう拳を固めて彼に飛びかかっていた、たがいに腕をねじ上げ、膝で蹴りあい、肋骨をへし折ろうとしながら、私たちは床の上で取っ組み合った。

ポンコの身体は骨に重くこたえた、腕や脚が容赦なく撲（なぐ）りかかってきた、仰向けにひっくり返そうとして彼の髪を摑もうとするのだが、それは犬の毛のブラシのように固かった。たがいに取っ組み合いながら私はこうして格闘しているうちに変身してしまうような感じがした、私たちが立ち上がってみると彼が私になり私が彼になっているのではないだろうかと、だがおそらくそれは今になって私が考えていることである、いやそう考えているのは読者のあなただけであって、私ではない、むしろその瞬間には彼と取っ組み合っているということは私が自分に、自分の過去にしがみついているということを意味していた、彼を殺してでもそれが彼の手に落ちないようにするために、ポンコの手に落ちないようにするために、私はブリグドを抹殺しようとしていたのだった、私はブリグドに恋しているとは考えたこともなかったし、今でも考えてはいない、だが一度、一度だけ、煖炉のうしろの泥炭の山の上で、今ポンコと揉み合っているように、嚙み合いながら、たがいに上になったり下になったりして転げまわったことがあった、そして今になって感じるのだったが、その時からもう私は彼女をかなたから来るべきはずのポンコと争っていたのだった、ブリグドとズウィーダとをいっしょに彼と争っていたのだった、その時からもうライバルに、犬の毛のような髪をした新しい私自身に手渡さないために私の過去からなにかを剝ぎ取ろうとしていたのだった、と言うかおそらくその時からもう私の過去あるいは私の未来に接ぎ木されることになる秘密をその未知の自分の過去から剝ぎ取ろうとしていたのだった。

今あなたが読んでいるページは、ずしんと重くこたえる連打や、それに対する手荒く痛烈な仕返しといった激しい身体の接触、自分の身体が他人の身体に加え、そして相手が鏡のように映し返してくる姿に合わせて自分のありったけの力の重みや自分の反応能力の確かさを生み出すこうした肉体感を伝えるものであるはずだ。だがそれを読んで喚起される感覚が実際に経験したいかなる感覚と比較しても弱いものだとすれば、それは自分の胸でポンコの胸を押しつけている時、または背中のうしろで腕をねじ上げられているのをこらえている時に私の味わっている感覚が、私が把(とら)えたいと思っているものを把(とら)えるのに必要な感覚ではないからだ、言いかえると私はブリグドを、ポンコの骨ばった堅い身体とはまるでちがった、あの娘の堅く締まった豊満な肉体を、そしてまたズウィーダを、私が想像しているズウィーダのもろく柔らかい肉体を、もはや失ってしまったものと私の感じているブリグドと、ガラスの下の写真という非物質的な存在でしかないズウィーダを把えたいのだ。私はそのまったく対照的でもあれば同一でもある、私に絡みついてくる男の四肢の中に、それとはまるっきりかけ離れた別のものとなって消え失せていくあの娘たちの幻を求めて空しく抱き締めようとしているのだ、またそれと同時に私は自分自身を、あるいは家の中で私の場所を占めつつある別の私自身を、それとも私がその別の私自身から取り上げてしまいたいと思っている、あのより私のものたる私自身を打ちのめそうとしているのだ、だが私を押しつけてくるのを私が感じているものは私には関係のない他人にすぎず、まるでもうその他人が私の場所もほかのあらゆる場所も奪ってしまって、私は世界から抹消されたかのようであった。

力まかせに突き飛ばしてやっと相手から離れ、床に手をつきながら起き上がった時には世界はまるで別のものに思えた。私の部屋も、私の身の回りのものを入れたトランクも、小さな窓からの眺めも別のものに見えた。私はもう誰ともなにともつながりを持ち得ないように思えた。私はブリグドを探しに行きたかったが、彼女になにを言い、なにをしたいのか、彼女になにを言ってもらい、してもらいたいのかわからなかった。私はズウィーダのことを考えながらブリグドの方へ歩んでいった、私が探していたのは両顔を持った女、ひとりのブリグド゠ズウィーダだった、ちょうど、コーデュロイの服についた血のしみ——私とポンコとの血、私の口とポンコの鼻から出た血のしみをつばで拭き取ろうとしながらポンコから去って行く私も両顔の存在であるように。

そして両顔の存在である私は大広間の戸口の向こうに突立ったカウデレル氏が前方の地平線を計るような大きな身振りをするのを見、こう言うのを聞いた、「まるでカウンとピットゥが、二十二と二十四だったっけが、狼狩りに使う散弾で胸をぶちぬかれているのを見た時とまるっきり同じ恰好だ。」

「でもいつのことだね？」私の祖母がたずねた、「私たちそんなことちっとも知らなかったがね。」

「出発する前におれたちは第八日のミサに出ていたんだ。」

「私たちはあんたたちとオズカルトの連中との間はもう大分以前から丸くおさまってたもんと思ってたけどね。長い年月ののち、あんたたちの古い呪われた物語の上にももう墓石がおっ立てられたもんとばかり思ってたけどね。」

カウデレル氏のまつげのない目が虚空をじっと見つめていた、グッタペルカの樹液のように黄色いその顔はぴくとも動かなかった。「オズカルト家とカウデレル家とは葬式の間しか仲直りしないのさ。おれんちじゃあ墓石にこう刻んでおっ立てるんだ、《これオズカルト家の所業なり》ってね。」

「じゃあ、向こうの連中は？」歯に衣を着せぬブロンコが言った。

「オズカルトの連中だって墓にこう書いてあるさ、《これカウデレル家の所業なり》ってね。」そして口髭を指でしごいて、「ここならやっとポンコも無事でいられるだろう。」

その時私の母が手を合わせながら言った、「ああマリア様、うちのグリツヴィは大丈夫でしょうね？　この子にまで危害はないでしょうね？」

カウデレル氏は首をたてに振ったが、私の母の顔は見なかった、「あの子はカウデレル家の者じゃあない、危ないのは、いつも、おれたちなんだ！」

戸が開いた。庭にいる馬の温かい尿から冷たいガラスのような空気の中に湯気が立ち昇った。下男が外から土気色の顔を覗かせて、告げた、「馬車の用意が出来ました！」

「グリツヴィ！　どこにいるの？　早くおし！」祖母が怒鳴った。
私は厚手のビロードの外套のボタンをはめているカウデレル氏の方に一歩進み出た。

第三章

ペーパーナイフを用いる時の悦びは触覚的、聴覚的、視覚的、かつとりわけ精神的なものである。読書の進捗(しんちょく)は本の非物質的な本体への接近を可能ならしめるためにその物質的な堅固さを乗り越える動作によって先行される。ペーパーナイフの刃はページの間を下から入っていって、刃に突き当たる繊維をひとつひとつ断ち切る一連のなめらかな動きで垂直に切り口を開きながら勢いよく上へと上がっていく、——心地よい親しみ深い音をたてて、いい紙はその最初の訪問者を迎え入れるのだが、それは風や視線に突き動かされて幾度となくページが翻(ひるがえ)ることになるのを予告するものである、——だが水平の折り目は、とくにそれが二重になっている時は、頑固な抵抗を示す、逆手ではあまりすばやくナイフを動かせないからだ、——音ももっと鈍い、押し殺したような苦痛の響きを帯びる。紙のふちは繊維組織、細かい砕木片をのぞかせてぎざぎざになる、いわゆる《耳付き》である、——切り離すと、渚(なぎさ)で泡立つ波のように目に優しい。刃先で紙の障壁を切り崩すということは言葉が包み隠しているものについての想いへと結びついていく、あなたは濃い森に分け入るように読書に入っていく。

あなたが今読んでいる小説は堅固で、濃密で、緻密な世界をあなたに示そうとするものだ。あなたは読書に没頭して、本の厚みの中に機械的にペーパーナイフを入れていく、読むのはまだ第一章の終わりまでいっていないのに、切る方はもうずっと先まで進んでいる。そして、さて、あなたがいちばん手に汗握るところで、決定的なフレーズの途中で紙をめくると、目の中にまっ白い二ページが飛びこんでくる。

あなたはびっくりする、まるで傷のように生ま生ましいその白さを見て、あなたはそれが本に光がまぶしく反射して目がくらんだせいであり、しだいに細長く文字の並んだ縞模様のインクの痕が見えてくるだろうと期待する。いや、本当にその向かい合った両のページはしみひとつないまっ白だ。その先をめくってみると、当然そうあるべきふうに印刷された二ページが現われる。あなたは本をめくり続ける、まっ白けの二ページと印刷してある二ページが交互に現われる。まっ白け、印刷、まっ白け、印刷、と最後までそうだ。印刷用紙は片面だけ印刷されて、そのまま完全なものとして折りたたまれ、綴じられたのだ。

様々の感覚で濃密に織りなされたこの小説はだしぬけに底なしの渦に呑み込まれ、まるで活力の汪溢を表現するという表向きの装いがその下にある空虚さをのぞかせたみたいだ。あなたは欠落部分を飛び越えて、ちょうどペーパーナイフで切り離した紙のへりのようにぎざぎざに切断された、あとに来る文章の端を摑まえて物語をたどりなおそうとするのだが、もうたどりようがない。登場人物も、舞台も変わってしまって、なんの話かさっぱりわからない、ヘラとか、カシミールとか、誰だかわからない人物の名前が出てくる。ひょっとしてまた別の本ではなかろうかという疑いがあなたに浮かんでくる、たぶんこれが本当のポーランドの小説『マルボルクの村の外へ』であって、初めにあなたが読んだ部分は誰の作品だかわからないがもう一冊の別の本かも知れない。

あなたには最初からもう、ブリグドとかグリッツヴィとかいった名がまぎれもなくポーランド語的な響きを帯びたものではないように思えていたのだ。あなたはとても詳しい、立派な世界地図帳を持っているのだから、索引で探してごらんなさい、ペトクヴォというのは大きな町にちがいないし、アアグドというのは川か湖にちがいなかろうから。あなたは戦争や和平条約で次々といろんな国に割譲された遠い北の平原の中でそうした地名を探す。ポーランドにも属していたかも知れない。あなたは百科事典や歴史地図帳も調べてみる、ちがう、ポーランドは関係ない、この地域は両大戦間の時期には独立国家チンメリアを形成していて、首都はウルッコ、国語はボトゥノ - ウゴール語派のチンメール語だ。百科事典の《チンメリア》の項目は次のようないささか悲しい記述で終わっている、《近隣の列強に相次ぎ領土を分割されたため歴史の浅いこの国は間もなく地図上から抹消され、原住民は四散し、チンメール語およびチンメール文化の発展は途絶えた。》

あなたはあの女性読者を探し出し、彼女の本もあなたのと同じことかどうかたずね、あなたの推測や、あなたの調べた事柄を彼女に伝えたくてたまらなくなる……手帳の中からあなたたちが自己紹介しあった時に彼女の名前の横に書き留めておいた電話番号を探し出す。

「もしもし、ルドミッラ？　小説がちがっているのに気づきましたか？　これも、少なくとも僕の本じゃあ……」

電話線の向こうの声は冷やかで、幾分皮肉っぽい。「ちがいます、ルドミッラじゃありません。姉のロターリアです。」（そうだ、彼女は言っていた、《私が電話に出なかったら、姉が出るわ》と。）

「ルドミッラはいません。なんでしょう？　なんのご用でしたかしら？」

「ただ本のことについてちょっと言おうとしただけです……大したことじゃありません、また電話しなおします……」

「小説ですか？　ルドミッラはいつも鼻の下に小説を置いてますわ。作者は誰です？」

「ええ、彼女が読んでるのもポーランドの小説だと思うんですけど、読後感を交換しようと思いましてね、バザクバルっていう名です。」

「ポーランド人作家ってどんな？」

「まあ、悪くはないと僕は思いますけど……」

あなたにはうまく通じなかったようだ。ロターリアが知りたかったのは**現代思想の諸傾向や解決を要する諸問題**に対してその作家がどういう立場にあるのかということである。彼女は問題を容易にするため大作家の名をずらっとリストアップし、その作家をその中に位置づけろという。

あなたはふたたびペーパーナイフがあなたの目の前にまっ白いページを切り開いた時のような気持を味わう。「どう言ったらいいですかね、はっきりとは。題名も作者も確かじゃないんですよ。ルドミッラに聞いて下さい。ちょっとややこしいんですよ。」

「ルドミッラは次から次へと小説を読むけど、決して問題をはっきりさせないのよ。私は時間の損だと思うけど。あなたはそう思いません？」

話し始めるともう彼女はあなたを離してはくれない。今度はあなたを大学のゼミナールに勧誘し始める、そのゼミナールでは書物が**意識的・無意識的あらゆる規準**にしたがって分析され、**支配的立場にある性**や、**階級**や、**文化**の強制するあらゆる**タブー**が撤廃されるということだ。

「ルドミッラもそれに出てるんですか？」

ちがうらしい、ルドミッラは姉の活動には首を突っ込んでいないようだ。そのかわりに、ロターリアはあなたを参加させるつもりなのだ。

あなたは巻き込まれたくはない、「考えときましょう、なるべく顔を出すようにしますけど、はっきり約束は出来ません。それでは、僕が電話したってこと妹さんにお伝え願えませんか……なんでしたら、結構ですけど、また電話しなおしますから。いろいろとどうも。」これでよしと、さあ受話器を置きなさい。

だがロターリアはあなたを引き留める、「ここに電話しても無駄ですわ、ここはルドミッラの家じゃあなくて、私の家なんです。ルドミッラはあまりよく知らない人には私の家の電話番号を教えるんです、人を避けるために私を使うんですって……」

あなたは気を悪くする。また冷たい水をぶっかけられたわけだ、あんなにも期待してよさそうだった本は中途で途切れてしまうし、何事かが始まるものと思っていたあの電話番号は、あなたを試験しようとするこのロターリアがいて、道を塞いでいる……

「ああ、わかりました……それはどうも失礼。」

「もしもし？　ああ、あなたですか、本屋でお会いした方ね？」別の声、彼女の声が電話に出た。

「ええ、ルドミッラよ。あなたもまっ白なページが？　予期できたことだわ。これも手管なんですわ。ちょうど夢中になりかけたところで、ポンコとグリッツヴィがどうなるか先を読みたいなというところで……」

あなたはうれしくてもう言葉も出ない、あなたは言う、「ズウィーダが……」

「なんです？」

「ええ、ズウィーダ・オズカルト！　僕はグリッツヴィとズウィーダ・オズカルトの間になにが起こるか知りたかったんですけどね……まさにあなたの好みのタイプの小説でしょう？」

彼女は間を置く。それからルドミッラの声がふたたび、なにかはっきりと言い表わしがたいことを表現しようとするかのように、おもむろに聞こえてくる、「ええ、そうね、とても好きですわ……でも私は読んでいる事柄がそれにさわれるような堅固なものとしてそっくりそこにあるのではなくて、そのまわりになにかは分からないけどなにか別のものの存在を感じさすようなふうであってほしいわ、なにかは分からないものの気配を……」

「そうですよ、その意味で、僕も……」

「その限りでは、と言うのではないけど、この本にもなにか謎めいた要素がありますわ……」

で、あなたが、「そうです、いいですか、その謎と言うのは、僕の考えではですね、こうなんです、つまり、あれはポーランドの小説なんかじゃあなくて、チンメリアの小説なんです、そう、チン - メ - リアの、作者も題名も別のもののはずなんです。さっぱりわからないですって？　待って下さい、今言いますから。チンメリア、人口三十四万人、首都ウルッコ、主要資源、泥炭とその副産物の瀝青など。いいえ、これはあの小説に書いてあるのではありません……」

あなたの方でも彼女の方でも、しばらく沈黙が続く。おそらくルドミッラは受話器を手でふさいで、姉にたずねているのだ。あの姉はもうチンメリアについての自分の意見を用意していることだろう、なにが飛び出してくるか知れたものではない、注意が肝要だ。

「もしもし、ルドミッラ……」

「もしもし。」

あなたの声は熱っぽく、有無を言わさぬ、切迫した調子になる、「ねえ、僕はあなたに会わなきゃならない、そのことについて、その詳細、符合する点、矛盾する点について僕たちは話さなきゃならないんです。すぐに会いたいんです、あなたはどこにいるんです、会うのにどこが便利がいいですか、僕はすぐにも飛んで行きますよ。」

彼女はあいかわらず落着いた声で、「私は大学でチンメリア文学を教えている教授を知ってますの。その教授のところへ聞きに行ってもいいですわ。いつ会ってもらえるか教授に電話でたずねてみますから待ってて下さいね。」

さてあなたは大学にいる。ルドミッラがウッツィ・トゥツィイ教授にその研究室まであなたたちが訪ねて行くと告げたのだった。電話では教授はチンメリアの作家について興味を持っている人になら なんなりと喜んで役に立ちたいということだったらしい。

あなたはまずルドミッラとどこかで会うか、それとも彼女の家まで迎えに行ってそれから大学へいっしょに行くかしたかったので、彼女に電話でそう提案したが、彼女は、いや、あなたをわずらわす必要はない、その時間には別の用事で大学の近くに行っているからと言うのだった。あなたは大学の中は不案内で、迷路のような構内で迷ってしまうかも知れないし、十五分ほど前にでもどこかのカッフェで待ち合わせた方がよくはないかと食いさがったが、それもうまくいかなかった、直接そこで、《ボトゥノ－ウゴール語研究室》で会おう、誰でもそこを知っているから、聞けばわかると言うのだった。ルドミッラは、物柔らかなふうではあるが、事態をわが手に握り、自分で万事を取りしきるのが好きなんだということがようやくあなたにわかる、あなたは彼女に従うしかないのだ。

あなたは時間どおりに大学に着き、建物の階段に座っている若い男女の間をかき分け、そしてまるで穴居人たちが洞窟の冷たい壁面の上にその鉱物性の冷やかな圧迫感を軽減し、それを親しみのあるものにし、それを内部空間にと転換させ、それに生き物の肉体性を植えつける必要を感じたのと同じように、学生たちが馬鹿でかいと言っていいほど大きく書きなぐった字やごく細かく刻み込んだ字などでなんとかうわべをまぎらわそうとしたいかめしい壁面の間を迷いながらぐるぐると歩きまわる。

読者のあなたが大学の構内を無関心に確かな足取りで歩きまわるか、それとも昔の心の傷あるいはあなたが選び取った回想が教師と学生との世界をあなたの感受性の強い敏感な魂に悪夢のようなものとして写し出して見せるか、それがわかるほどには私はあなたのことをよくは知らない。ともかく、あなたが探している研究室を誰も知らない、あなたは地下から五階まであっちへやられ、こっちへやられ、ドアを開けるたびに間違っているので、あわてて引き下がり、まるであのまっ白いページの本の中に迷いこんで、そこからいっこうに出られないみたいな気持になる。

裾の長いセーターを着た青年がひょこひょこ前からやって来て、あなたを目にすると、あなたを指さしてこう言う、「ルドミッラを待ってるんだね！」

「どうして知っているんです？」

「わかるんだ、一目見るだけでね。」

「ルドミッラが寄こしたんですか？」

「いいや、僕はいつもほうぼううろついては、いろんな奴と会い、あっちこっちでいろいろと見聞きして、それを自然に結びつけるんだよ。」

「じゃあ僕の行かなきゃならないところも知ってますか？」

「なんならウッツィ・トゥツィイ教授のところへ連れてってあげるよ。ルドミッラは少し前にもうそこへ来ているか、それともちょっと遅れて来るかも知れないけどね。」

このはなはだ外向的でなんでもよく知っている青年はイルネリオという名だ。彼はもうなれなれしい口のきき方をするのだから、あなたもそうしてもよかろう。「君は教授のところの学生かい？」

「僕は誰の学生でもないさ。よくルドミッラを連れ出しに行くからその研究室を知ってるんだ。」

「じゃあルドミッラはその研究室に出入りしてるのかい？」

「いいや、ルドミッラは隠れる場所をいつも探しているんだ。」

「誰から？」

「みんなからさ。」

イルネリオの返事はいささか言い逃れをするような感じだが、ルドミッラがとりわけ避けようとしているのは姉であるらしい。彼女が時間どおりに来ていないとすれば、それはその時間にゼミナールがあるロターリアと廊下で出会わないようにするためだ。

だが姉妹の間のこうした不和にも例外があることがあなたにはわかっている、少なくとも電話に関してだけは。このイルネリオが実際にずっと前から彼女を知っているのかどうかみるために、もう少し彼に話させてみなくてはならない。

「で君はルドミッラの友達かい、それともロターリアの友達かい？」

「もちろんルドミッラのだよ。でもロターリアとも話しはするがね。」

「彼女は君の読む本の批評はしないかい？」

「僕かい？　僕は本なんか読まないよ！」イルネリオは言う。

「じゃあ、なにを読むんだい？」

「なにも。僕は読まないことにもうすっかり慣れてしまっているからたまたま目の下に置かれたものさえも読みはしないんだ。これはたやすいことじゃあないよ。われわれは子供の時から読むことを教えられ、そして一生人々が目の前に投げてよこす文字を書かれたあらゆるものの奴隷になり果てるんだ。ものを読まないようになるためには、最初は、僕だってある程度の努力はしたんだろうがね、今ではごく自然にそうなるんだ。その秘訣は文字を見るのを拒絶しないことなんだよ、むしろ、文字が消えてしまうまでじっと見つめることが必要なんだな。」

イルネリオの目は瞳が大きく、明るくて、よく動く、狩りや木の実の採取を生業にする森の住人の目のように、その目は何物も見逃さないようだ。

「でも大学へいったいなにをしに来てるんだい、教えてくれないかね?」

「大学へ来ちゃあいけないってのかい? 大勢の人間が出入りしてるから、人に会ったり、話したりできるわけさ。僕はそのためにここへ来てるんだ、ほかの連中のことは知らないがね。」

あなたは四方八方からわれわれを取り巻く書物に満ちたこの世界が本を読まない者にはいったいどう映るかを想像してみようとする。それと同時にあの**女性読者**とこの**非読者**の間にどんな絆があるのだろうかと自問する、そして彼らの隔たりこそまさしく彼らを結びつけているのだと不意に思えてきて、あなたは嫉妬の気持を抑えることができない。

あなたはまだイルネリオにいろいろたずねたいのだが、小さな階段の上の、《ボトゥノ - ウゴール語文学研究室》という札のかかった低いドアの前に着いていた。イルネリオは力まかせにドアをノックして、《じゃあな》と言って、あなたをそこに残して去る。

やっとのことで、ドアがほんのわずか開く。ドアの取り付け柱についた石灰のしみや、羊皮になんとか芯を入れたようなジャケツの上にのっかったベレー帽の下から覗いた目などからして、あなたはその部屋が修理中で使われておらず、左官か掃除夫だけしかそこにいないのではないかという印象を受ける。

「こちらにウッツィ・トゥツィイ教授はいらっしゃいますか?」

ベレー帽の下でうなずいたその目は左官のものとはおよそちがったものだ、それは断崖絶壁の向こうへ跳ぶ気構えをして、下にも脇にも目をやらず、じっと前方を見据えながら対岸へおのれの心を投影している人の目だ。

「あなたですか?」彼以外であるはずはないとわかってはいたが、あなたはそうたずねる。

その小男はドアの隙間を拡げようとはしない。「なんのご用です?」

「失礼します、お聞きしたいことがありまして……彼女に電話したのですが……ルドミッラさんは……ここにルドミッラさんがいますでしょうか?」

「ここにはルドミッラさんなんかはいません……」教授はそう言って後ずさりし、隙間なく生い茂った生け垣のように、壁面いっぱいに詰まった書架を、その本の背や表紙の判読できない名前や題名を指し示す。「どうして私のところへ彼女を探しに来たんです?」その間にあなたはイルネリオが言っていたことを、ここがルドミッラにとって隠れ場のひとつだということを思い出す、ウッツィ・トゥツィイは自分の書斎の狭さを身振りで示してこう言っているみたいだ、《ここにいると思うのなら、どうぞ探しなさい》と、まるでルドミッラをその中に隠しているという疑いを晴らしたいとでも感じているみたいに。

「いっしょに来るはずだったのですが」あなたははっきりさせようとして言う。

「じゃあ、なぜいっしょじゃあないんですか?」ウッツィ・トゥツィイは問い返す、そしてこのいかにも論理的な台詞には、しかしながら、疑り深い調子がこもっている。

「もう来るでしょう……」あなたは請け合うが、その口調は問いかけるような響きを帯びている、あなたはなにも知らないがウッツィ・トゥツィイの方がずっとよく知っているかも知れないルドミッラの習慣について彼に確認を求めるかのようだ。「先生はルドミッラをご存知なんでしょう?」

「知ってます……なぜ私にたずねるんですか……なにを知りたいんです……」教授は焦立たしげになる。「あなたはチンメリア文学に興味があるんですか、それとも……」《……それともルドミッラにですか?》と言いたいみたいだが、言葉を途中で打ち切る、そしてあなたは正直な話チンメリアの小説に対する興味とその小説のあの**女性読者**に対する興味との区別がつかないのだと答えるべきだろう。それに今ルドミッラと教授との関係は、イルネリオの洩らした話といっしょになって、謎めいた光を投げかけ、そしてその**女性読者**の周辺に、あなたがその続きを探し求めている小説の中のズウィーダ・オズカルトに、またあなたが前の日に読み始め、今一時的に読むのをやめているあの小説の中のマルネ夫人にあなたを結びつけているのに似た焦立たしい好奇心を生み出しているのであり、そしてあなたはこうした幻を、創作上の幻も人生裡の幻も、みんないっしょに追い求めたい衝動にかられているのだ。

「僕は……僕たちはチンメリアにこういう作家がいるかどうかお聞きしたくて……」

「まあ座りなさい」教授は急になごやかになって、と言うよりも不時の一時的な気づかいを解消させて浮かび上がってくる、より恒常的で根強い気がかりに心を奪われたみたいに言う。

研究室は狭く、壁は書架に覆われ、おまけにもうひとつの本棚が置くところがないため部屋のまん中に狭い空間を仕切るように据えられており、そのため教授の机とあなたが座るべき椅子とは一種の遮断幕で隔てられ、たがいの顔を見るためには首を突き出さねばならない。

「われわれはこんな階段下みたいなところに幽閉されているんです……大学は拡張しているのに、われわれは閉じ込められているんです……われわれは現在も使われている諸言語に虐待されているんです……もしチンメリア語がまだ現在も生きている言語と見做すことができるなら……でもまさしくそこに意義があるんです！」彼は弾けるような断定的な口調で叫ぶがすぐに調子を弱めて、「近代語であると同時に死語でもあるという事実に……これは特権的な様態です、たとえ誰も気づいてはいないにしても……」

「学生は少ないんですか？」あなたはたずねる。

「誰が来たがるでしょう？　誰がチンメリア人のことをもっと想起しようとするでしょうか？　被抑圧民族の言語の分野では今では学生をもっと大勢惹きつけているものがたくさんあります……バス

ク語や……ブルターニュ語や……ジプシー語など……みんなそうした講座を受講します……連中は言語を勉強するんじゃあなくて、そんなことはもう誰もしようとしやしません……論争の種を、他の一般的な観念に結びつけるべき一般的な観念を欲しがっているのです。私の同僚たちはそれに順応して、時流を追い、その講座に《ウェールズ語の社会学》とか《プロヴァンス語の言語心理学》とかいった名をつけています……チンメリア語にはそんなことはできません。」

「どうしてですか?」

「チンメリア人たちは、まるで大地に呑み込まれたみたいに、消滅してしまったからです。」教授は忍耐力を掻き集め、百回も言ったことを繰り返すように、首を揺する。「ここは死んだ言語による死んだ文学の死んだ研究室なんです。現在、なぜチンメリア語を学ばなければならないか? 私はそれを理解し、主張する最初の人間なんです。来たくなければ来なくてもいい、私にとっては研究室は閉鎖してしまってもいいんです。だがここへしに来るのは……いや、これは余計なことだ。」

「なにをしにですか?」

「あらゆることを。あらゆることを、私は目にすることになるんです。何週間も誰ひとりやって来ない、でも誰かがやって来るといろんなことを……こんなところへ寄りつかなくったっていいだろうって私は言うんです、死滅した人間の言葉で書かれたこんな本に君たちなんの興味があるのかねって、ところが連中はわざわざやって来るんです、ボトゥノ-ウゴール語の研究室へ行こう、ウッツィ・トゥツィイのところへ行こうってね、それで私はその中に巻き込まれて、やむなく目にしたり、加わったり……」

「なににですか？」あなたはおそらくイルネリオやほかの連中といっしょにここに来て、ここに隠れていたルドミッラのことを考えながら、そう詮索する……

「いろんなことにね……たぶん連中を惹きつけるなにかがあるんでしょうね、生と死の間のこの曖昧さにね、たぶん連中はそうとは知らずに感じ取っているのはこれなんです。彼らはしたいことをしにここへやって来ますが、この講座には誰も登録しないし、授業にも出ないし、墓場の墓石の中に納まったようにここの書架の本の中に葬られたチンメリア文学に興味を持つ者は誰ひとりいません……」

「私はまさにその点に興味が惹かれたんです……私はこんなふうに始まるチンメリアの小説があるかどうかおたずねしたくて伺ったんです……いや、登場人物の名を挙げる方がいいでしょう、グリッヴィにズヴィーダ、ポンコにブリグド、話はクドジヴァで始まるんですが、ひょっとしたら農場の名なのかも知れません、それから舞台はアアグド沿いのペトクヴォに移るんですが……」

「ああ、すぐわかりました！」教授はそう叫んで、たちまち心気病みの霧を晴らし、電球のように表情を輝かせる。「間違いなく『切り立つ崖から身を乗り出して』です、今世紀の最初の四半世紀におけるチンメリアのもっとも属望された詩人のひとり、ウッコ・アフティの残した唯一の小説ですよ……ほら、これです！」教授は急流を溯る魚のように身を躍らせて、ひとつの書架の前の正確な場所までまっすぐ進むと、緑色の装丁の薄い本を取り出し、ぽんぽんと本を叩いて埃を払った。「ほかの国の言葉にはまだ一度も翻訳されてないんです。誰だって投げ出してしまうほどむつかしいんです。いいですか、《私は確信に向かいつつある……》いや、《私は伝達するという行為について自分自身確信しつつある……》動詞が両方とも反復形だってことが分かるでしょう……」

あなたにはひとつの事だけがすぐに分かる、この本はあなたが読み始めたのとはまるっきりなんの関係もないということだ。ただいくつかの固有名詞が同じだというだけで、これは確かにはなはだ奇妙なことだが、しかしあなたはそのことを深く気に留めはしない、ウッツィ・トゥツィイが苦労してその場で翻訳していくかたわらからしだいにひとつの筋が輪郭を現わし、彼が苦心して解読する言葉の塊からひとつの長い物語が浮かび出てくるからである。

切り立つ崖から身を乗り出して

私は世界が私に何事かを告げようとしていることを、私に伝言を、警告を、シグナルを送ろうとしていることを確信しつつある。ペトクヴォに来て以来私はそれに気づいている。毎朝私はペンションのクドジヴァ荘を出ていつも港まで散歩に行く。気象観測所の前を通りながら私は近づきつつある、と言うよりももうずいぶん以前から起こりつつある世界の破滅のことを考える。もし世界の破滅が生じる正確な地点を突き留めることができるとすれば、それはペトクヴォの気象観測所だろう、観測所といってもいささかぐらぐらする四本の木の柱の上にトタン板の屋根をのせただけのもので、それが棚の上に並べた気圧計や、湿度計や、寒暖計、それに振動する針の下で緩慢な時計の音とともに回る目盛りの入ったそれぞれの計器の自動記録用紙などを保護しているにすぎない。それに加えて高いアンテナのてっぺんについた風速計の羽根と雨量計のずんぐりした漏斗(ろうと)とが観測所の貧弱な装置のすべてであり、それが町の公園の斜面のはしに、一様に灰白色のどんよりした空を背に、ぽつんと離れて建っている、それは台風に対する罠、遠い熱帯の海からの大暴風をおびき寄せるために置かれた餌のようにも見え、またもうすでにハリケーンの猛威を語るにふさわしい残留物の観を呈してもいる。
　私が目にするものすべてが意味に満ち満ちて見える日がある、それは他の人に伝達したり、説明したり、言葉に置き換えたりするのは困難なメッセージなのだが、そのゆえにこそ私には決定的なものとして受け取られるのである。それは私と世界とに関する予告あるいは前兆である、そして私に関しては私の存在の外部での出来事ではなく私の内部で、奥底で起こる出来事を、世界に関してはなにか特異な事象ではなくあらゆるものの一般的な存在様式に生じる異変を予告するものである。したがって、簡略に述べようとしなくても、そのことを語る困難さをわかってもらえよう。

月曜日　今日牢獄の窓から、海に向かって、一本の手が突き出されているのを見た。私は、いつもの習慣どおりに、古い砦の裏手まで、港の防波堤の上を歩いていた。砦はその傾斜した城壁の中にすっかり閉ざされ、二重、三重の鉄格子で塞がれた窓は盲窓みたいに見える。そこには囚人たちが閉じ込められているのを知ってはいたが、私はいつも砦を生命のない自然界の、鉱物界のひとつの構成分子のように見てきた。だから手がにょっきりと現われた時にはまるでそれが岩から出てきたみたいに私を驚かせた。手は不自然なポーズを取っていた、思うに窓は監房の高いところにあって、城壁に穿たれているからだろう、囚人は腕を鉄格子と鉄格子の間をくぐらせ、その手を外気になびかせるために、軽業師みたいな、アクロバティックな努力をしているにちがいない。それは私への合図でもなければ、ほかの誰に対する合図でもなかった、とにかく、私はそうは受け取らなかったのである、と言うよりもむしろ、その時には私は囚人のことなどまるっきり考えなかったのである、その手は苦役囚のそれに見られるような無骨さはおよそなく、私の手と同じように白くきゃしゃに見えた。私にはそれが石から送られてくる合図に思えた、石はわれわれおたがいの構成要素は共通であり、したがって私の身体を構成しているものの中のなにかが世界の破滅によっても消失することなく残るだろうし、生命の存在しない砂漠、私の生命も私のあらゆる思い出も消滅した砂漠においてもなおある種の伝達が可能なのだということを告げようとしていた。最初に刻まれた印象はこうだったのであり、重要なのは第一印象である。

今日私は見晴らし台へ行った、そこからは灰色の海を前にした人気のない砂浜が下の方にわずかに見える。半円を描いて置かれた、風を避けるために高く湾曲した背のついた籐椅子が数脚、人類が消滅し、事物は人類の不在について語るよりほかは知らぬような世界を示しているかに見える。私はまるでひとつの世界からもうひとつの世界へと転落していくよりほかはなく、しかもそのおのおの世界が破滅したその直後にそこへ到達したかのような、一種の眩惑を感じた。

半時間ほどして私はまた見晴らし台のところを通った。私の方にうしろを見せている椅子のひとつからライラック色のリボンが風になびいていた。私は視角の変わる展望台まで岬の切り立った小道を下りていった、案の定、籐椅子の背にすっぽりと身体を埋めて座っているのはズウィーダ嬢だった、彼女は白い麦わら帽子をかぶり、膝の上にスケッチ・ブックを拡げていた、貝殻を写生しているのだった。私は彼女を見かけたことがうれしくなかった、今朝がたの縁起のよくないいろんな兆しのせいで彼女に話しかける気になれないのだった、もう二十日ほども前から岩礁や砂丘を散歩する途中でひとりっきりの彼女とよく出会い、私は彼女に言葉をかけることができたらとそればかり願っているのだ、と言うよりも私が毎日ペンションから散歩に出て来るのはこの目的のためだった、だが毎日なにかが私にそれを思いとどまらせるのだ。

ズウィーダ嬢は海百合ホテルに滞在している。私はホテルのボーイから彼女の名前を教えてもらった、おそらく彼女はそのことを知っているだろう、この季節にはペトクヴォでは保養客の数も少ない、それに若い人たちとなると指折って数えるほどしかいない、だからこうしょっちゅう私に出会えば、たぶん彼女の方も私がいつか彼女に声をかけるのを期待しているかも知れない。だが私たちの間を妨げる原因がひとつならず存在する。まず第一に、ズウィーダ嬢が貝殻を集め、それを描いていることだ、何年か前、まだ青年だったころ、私は貝殻の見事なコレクションを持っていた、だがその後ほったらかしにしてなくなるにまかせ、いろんな種類の貝の分類も、形態も、分布もすっかり忘れてしまった、ズウィーダ嬢と話を交わすことになれば必然的に貝殻のことが話題にのぼるだろうが、私はどういう態度を取ればいいか決めかねているのである、まったくの門外漢のふりをするかそれとも以前のもうおぼろになってしまった知識を呼び戻すか、貝殻の件は何事も最後まで行なうことなく途中で立ち消えにしてしまった私の人生と物事との関係を私に想起させるのであり、そうした気まずい思いをするのがいやで私は逃げ出してしまうのである。

その上に彼女が貝殻を描くのに熱心だということは世界が到達することができ、また到達しなければならない形態としての完璧さを追求しているということを示すものだという事実が加わる、ところが私は反対にもうずいぶん以前から完璧さなどというものは付随的に偶然にしか生まれないものであり、したがってなんら興味の対象たるに値せず、事物の真の本質はそれが崩壊する時にのみ初めて示されるのだとそう信じているのである、ズウィーダ嬢と近づきになれば彼女のデッサンについてなんらかの評価をしなくてはなるまい——そしてそれは、私の見た限りでは、非常に見事なものなのだが、——そうなると少なくとも最初のうちは私が拒否している美的、精神的理想を受け入れるふりをするか、それともしょっぱなから、彼女の気持を損ねるのを覚悟のうえで、私のものの感じ方を表明しなくてはならないことになるだろう。

第三の障害は私の健康状態である、医者の命令で海辺に逗留するようになってからずいぶんよくはなったが、外出したり知らぬ人に会ったりするのに制限を受けるのだ、私はまだ間歇的な発作に、とりわけ厄介な湿疹が再発して激化する怖れにさらされていて、それが人と交際しようという意図から私を遠ざけているのである。

時どき観測所で気象学者のカウデレル氏に会うと彼と少し言葉を交わす。カウデレル氏はいつも正午にそこへデータを記録しに立ち寄るのだ。彼は痩せて背が高く、浅黒い顔をして、いささかアメリカ・インディアンみたいである。彼は自転車でやって来るのだが、まるでサドルの上で平衡を保つのに全神経を集中せねばならないかのように、いつもじっと前方を見つめている。小屋に自転車をたてかけると、自転車のバーにかけた鞄をはずし、中から幅の広い質の悪い帳面を取り出す。そして床に上がって、一秒たりとも集中力をゆるめずに、計器の示す数字を、あるものは鉛筆で、あるものは太い万年筆で記入していく。彼は裾の長い上着を着て、その下は膝までの半ズボンだ、彼の衣服はグレーか、それとも白と黒の細かい格子縞である、庇(ひさし)のついたベレー帽もそうだ。そうした作業を終えると、ようやく私が見ているのに気づき、愛想よく私に会釈する。

私はカウデレル氏の存在が私にとって重要であることに気づいた、すべてが無駄だと自分ではわかっていても、誰かがまだ細心綿密な秩序だった注意を払っているという事実は私の気持を落着かせるのに効果があった、たぶん――私が到達した結論にもかかわらず――私が一種の罪のように感じ続けている自分のはっきりしない生き方を贖(あがな)ってくれるように感じるからだろう。それで私は立ち止まってその気象学者を眺め、彼と話を交わしさえする、もっともその会話自体は別に私の興味を惹くものではないのだが。彼は、厳密な専門用語で、天気のことや、気圧の急変が健康に及ぼす影響を話すのは当然のことだが、われわれが目下体験している不順な天候のことも、この地方でのエピソードや新聞で読んだ記事などを引用しながら語る。そうした時には彼は一見そう見えるよりもずっと遠慮のない性格になり、とりわけ大部分の人々の振舞いや考え方を非難する時には興奮して、多弁にさえなる、彼には不平家の気味があるのだ。

今日カウデレル氏は、数日間留守にすることになるので、誰かかわりにデータを書き留めておいてくれる人を探さねばならないのだが、信頼してまかせられる人が見つからないのだというようなことを私に話しながら、気象観測用の計器の読み方を習う気はないか、なんなら教えてやるがと持ちかけてきた。私はどちらとも答えなかった、と言うか少なくともはっきりした返事をするつもりはなかったが、床の上で彼のそばに立ち、彼が最大値、最小値をどんなふうに定めるか、気圧の変動、降雨量、風速をどう読み取るかを私に説明するのを聞いていた。早い話、私がそうと気づかぬままに、明日の十二時から数日間、彼の代理の仕事を託されたのだった。考えてみる余裕も、そんなにすぐには決められないということを分からせる暇もなかったので、いささか無理に押しつけられた感がなくはなかったが、私はその仕事がいやではなかった。

火曜日　今朝初めてズウィーダ嬢と話をした。気象データを書き留めるという仕事は確かに私の不決断を払拭するのにあずかって一部力があった。ペトクヴォに来て初めてなおざりにできない前もって定められた事柄ができたという意味でそうなのである。つまり私たちの会話がどう進展していようと、十二時十五分前になると私はこう言うことができるのだ、《ああ、忘れていた、データを書き留める時間だ、急いで観測所へ行かなくちゃあ》と。そして、おそらくいやいやながら、また一方ではほっとして、だがこうする以外にはないのだとはっきりと思い定めて、彼女と別れるだろう。昨日、カウデレル氏が私にこの仕事を提案してきた時からすでに、それがズウィーダ嬢に思いきって話しかける勇気を与えてくれるだろうと、漠然と感じていたのだが、そのことが今ようやくはっきりした、もっともそれがはっきりしていると仮定してのことだが。

ズウィーダ嬢は海胆(うに)をスケッチしていた。波止場に携帯用の床几(しょうぎ)を据えて座っていた。海胆は岩の上に仰向けにひっくり返されており、身体をもとに戻そうととげを縮めていた。彼女のスケッチには、まわりを濃く大ざっぱに線描し、明暗をつけて、その軟体動物の水気の多い肉が伸縮するさまが写生されていた。私が考えていたこと、自然の真の本質を隠した殻、むなしい調和の化身としての貝殻の形のことはまったく話題に上らなかった。海胆の姿もそのスケッチも、まるでさらけ出された内臓を目にするような、不快な生ま生ましい感じを伝えていた。私は海胆をスケッチするほどむつかしいものはない、とげのついた殻を上から見ても、ひっくり返して肉の部分を見ても、シンメトリックな構成にはなっているものの、線描するのに手がかりを掴みにくいだろうからと言うようなことから話を切り出した。彼女はそれがよく夢の中に現われてくるイメージであり、それから解放されたいために海胆を描いているのだと答えた。別れぎわに私は明日の朝同じ場所でまた会えるかとたずねた。彼女は明日はほかに用事があるが、あさってはスケッチ・ブックを持ってまた出かけてくるから会えるだろうと言った。

私が気圧計を調べていると、男がふたり小屋の方に近づいてきた。見かけたことのない男たちだった。黒っぽいコートの襟を立てていた。男たちはカウデレル氏はいないのか、どこへ行ったのか、彼の行き先を知らないか、いつ帰るのかなどと私にたずねた。私は知らないと答え、連中が何者で、なぜそんなことを私に問うのだとたずねた。

「なんでもない、なんでもないんだ」と言って、男たちは立ち去った。

水曜日　私は菫の花束をズウィーダ嬢に届けにホテルへ行った。ホテルのボーイがついさっき彼女は出かけたと言った。私はひょっとして彼女に会えるかと思って長い間町をぶらついた。砦の前の広場に囚人たちの身内の者が列をつくっていた、今日は監獄の面会日なのだ。スカーフで頭を包んだ女たちや泣いている子供たちの群の中にズウィーダ嬢の姿が見えた。帽子の庇から垂れた黒いヴェールが顔を覆っていたが、その物腰にはまぎれようがなかった、頭を高くもたげ、昂然と首をまっすぐに伸ばしていた。

広場の片隅で、監獄の門の前の行列を監視するように、きのう観測所で私にいろいろ質問したあのふたりの黒ずくめの男たちが立っていた。

海胆、ヴェール、ふたりの見知らぬ男たち、私の注意を促す状況には絶えず黒っぽい色彩がつきまとう、私はそれらを夜を喚起させるメッセージなのだと解釈する。ずいぶん以前から私は日々の生活の中で暗いものの存在を導き出しがちな自分に気づいていた。医者から日没後の外出を禁じられているのでこの数カ月私は昼の世界の中に押し込められていた。だがそれだけではない、私が昼の光の中に、この影ひとつない、青白く、くまなく輝いた光の中に見出したものは、夜の闇よりも濃い闇なのだ。

水曜日、夜　毎晩暗くなるとすぐに私は誰が読むことになるのかわからないこうした文章を書きながら過ごしている。ペンションのクドジヴァ荘の私の部屋の電球は未来の読者が判読するにはおそらくあまりにも神経質な私の文字を照らしている。おそらくこの日記は、私の死後長い歳月を経て、われわれの国語が変化を蒙り、今私が用いている語彙や言い回しがすたれたものや意味の曖昧なものになってしまったのちに、陽の目を見るだろう。それはとにかくとして、この私の日記を見つけ出す者は私よりも確実に有利な立場に立つだろう、と言うのは文字に記された言葉は語彙や文法を推測し、文章をその部分だけ取り出し、また他の国語に書き直したり、言葉を換えて言い直したりできるが、一方私は毎日私の前に継起する様々な事柄の中に世界の私に対する意図を読み取ろうとし、そしてそうした事柄の中にずっしりと詰まって隠されている暗示の重みを言葉に置き換えうるようなすべはないと知りながら、手探りで進んでいるのだから。私はこの日記に漂うこうした予感や疑惑が、これを読む人に私が書いていることを理解するにあたっての偶然の障害としてではなく、その本質そのものとして受け取られることを望むのだ、そしてもし根本的に改変された精神上の習性を初めとして私の思考の推移がそれを追おうとする人にとって把えどころのないものとして映るとしても、重要なのはいろんな事柄の行間で私を待ち受けているものの把えがたい意味を読み取ろうとする私の努力がその人に伝わってほしいということなのである。

木曜日　「事務局に特別に許可してもらって」とズウィーダ嬢は私に説明した、「面会日に監獄に入って、スケッチ・ブックと木炭をもって面談室の机に座っていたの。囚人の肉親たちの素朴な人間性は真実からいろいろと学ぶのに興味深い材料を提供してくれたわ。」

私はなにもたずねなかったのだが、私が昨日広場で彼女の姿を見かけたのに気づいていたのか、彼女の方はあの場所にいた理由を説明しなければならないと思ったのだ。彼女がなにも言わない方が私にはよかった、私は人体のスケッチにはなんの興味もないし、もし彼女が私にそれを見せたらどう批評していいかわからなかったからである、だが結局はそういうことにはならなかった。たぶんそのスケッチは別の紙挟みに入れて、そのつど監獄の事務室にでも置いてくるのだろう、――私はよくおぼえているが――彼女は昨日はいつも持ち歩いているスケッチ・ブックも鉛筆ケースも持っていなかったから。

「僕に絵が描けるとしたら、生命のない物の形ばかり描くでしょうね」私はやや断定的な口調で言ったが、それは話題を変えようとしたためでもあり、また実際に物体の不動の苦悩の中に私の精神状態を認めようとする性向が私にあるからでもあった。

ズウィーダ嬢はすぐ同意した、彼女が好んで描くのは小さな漁船に用いる錨爪が四つ付いた《四つ爪錨》と呼ばれる小さな錨だと言うことだった。彼女は防波堤につないである小舟のそばを通りながら、その錨をいくつか指し示して、その四つの爪を様々な傾斜や視角で把えて描くむつかしさを説明した。私はその物体が私に対するメッセージを秘めていることに気づいた、私はそれを解読しなければならなかった、錨は、漂い流れているような、表面に浮かんでいるような私の状態に終止符を打ち、自分をなにかに固定させ、しがみつかせ、がっしりと食い込ませることを私に勧告しているのだ。だがこうした解釈にも疑問の余地があった、これは錨を抜いて、沖に身を投げ出せという誘いなのかも知れなかった。四つ爪錨の形態のなにかが、先の丸くなったその四つの爪が、海底の岩に当たってすり減ったその四本の鉄の腕が、どんな決断も引き裂かれるような苦悩なしにはありえないということを私に語っていた。まだしも私の慰めとなったのは、それが深い沖合いで用いる重い錨ではなくて、軽い小さな錨だったという事実であった。つまりそれはまだ有効期限のある青春を諦めろというのではなく、しばらく立ち止まり、考え、私自身の曖昧さの底を探ってみよと告げていたのだ。

「これをあらゆる視角から思うように描くには」とズウィーダ嬢が言った、「これをひとつ手に入れてこれに馴染む必要があると思うけど、漁師から買い取ることができるかしら？」

「たずねてごらんなさいよ」私は言った。

「あなたがひとつ手に入れていただけませんか？　私自分ではできませんわ、だって都会の女が漁師の使うような道具に興味を持つなんて変に思われますもの。」

私は花束でも捧げるかのように彼女に四つ爪錨を差し出している自分の恰好を想像してみた、そのなんともそぐわないイメージにはなにか辛辣で残酷なところがあった。きっと私には把えられない意味がそこに隠されているにちがいない、そこであとからゆっくりと考えてみることにして、私は承知したと答えた。

「錨に綱もつけておいてほしいわ」ズウィーダ嬢は細かく注文をつけた、「ぐるぐる巻いた綱の山を描きながら何時間も飽かずに過ごすことができるでしょう。そのために、とても長い綱も手に入れていただきたいの、十メートル、いや二十メートルほどのを。」

木曜日、夕方　医者はアルコール飲料を少しぐらいは飲んでもよいという許可を与えてくれた。このうれしい報せに祝杯を挙げるため、日暮れごろ私は《スウェーデンの星》という居酒屋に入って、温かいラム酒を一杯飲んだ。カウンターのまわりには漁師、税関吏、肉体労働者たちがいた。客の声の中でも酔っぱらってわけのわからぬたわ言をとめどなく喋っている監守の制服を着た年配の男の声がひときわ高かった、「それで水曜日ごとに香水の匂いをさした若い上品な娘がおれに百コローネ紙幣を一枚渡して、ある囚人とふたりっきりにしてくれって頼むのさ。だけどその百コローネは木曜日にはすっかりビールに化けてしまうがね。で面会時間が終わるとその若い娘はしゃれた服に監獄の匂いをしみこませて出て行き、その囚人は囚人服に娘の香水の香りをしみこませて監房にもどり、そしておれはビールの匂いをさせながらそこに残るってわけさ。人生なんて匂いの取りかえっこにすぎないのさ。」

「人生とそれから死だってそう言えるさ」もうひとりの酔っ払いが口をはさんだ、その男の職業はすぐにわかった、墓掘り人夫だ。「おれはビールの匂いで死人の匂いを消すんだ。そしておれが墓を掘ってやることになる呑んべえたちと同じに、死人の匂いだけがお前さんからビールの匂いを消すことだろうて。」

この会話を私は用心するようにという警告だと受け取った、世界は壊滅しつつあり、その崩壊の中に私を引き込もうとしているのだ。

金曜日　漁師は急に気むづかしくなった、「なにに使いなさるんです？　四つ爪錨をどうなさるんです？」

余計な質問だ、《錨をスケッチするんだ》と答えるべきだったかも知れない、しかしズウィーダ嬢が自分の芸術活動を、それが評価されないようなところでは、ひけらかすのが嫌いなことを私は知っていた、さらに、私の側からすれば《錨のことを考えてみるためなんだ》というのが正確な答えだったかも知れないが、とてもわかってもらえるわけがなかった。

「仕事のためにね」私は答えた。私たちはゆうべ居酒屋で知り合ったこともあって、最初は愛想よく話し合っていたのだが、なんだか急にとげとげしくなった。

「船具店へ行きなされ」漁師はぶっきらぼうに言った。「わたしゃあ自分のものは売りはしません。」

船具店でも同じことだった、私が用件を切り出すと相手はたちまち顔をくもらせた。「よその方にそうしたものをお売りすることはできません」と言うのだ、「警察と面倒を起こしたくありませんからね。おまけに二十メートルの綱だなんて……あなたを疑うわけじゃありませんが、誰かが囚人を脱走さすために監獄の鉄格子に向かって四つ爪錨をほうり上げるってのは初めてのことじゃあありませんでしょうしね……」

《脱走》という言葉は頭を限りなく働かせないと感じ取ることのできない言葉のひとつだ。私が追求しようとかかずらわっている錨は私に脱走の道を、変身の、再生の道を示しているように思われる。私はぶるっとひとつ身震いをして、監獄とは私の肉体であり、私を待っている脱走とは肉体から魂が抜け出すこと、彼岸での生活の始まりを意味するのではないかという考えを払いのける。

土曜日　何カ月ぶりかの初めての夜の外出だった、それで私は用心に用心を重ねた、とくに風邪を引きやすい頭には。そこで出かける前に防寒ずきんをかぶり、その上に羅紗(らしゃ)のベレー帽、またその上にフェルトの帽子をかぶった。こんなふうに頭を包んだ上で首のまわりにマフラーを巻きつけ、腰のまわりもマフラーでくるみ、ウールの上着に、毛皮の上着に、革の上着を重ね、防寒用のブーツをはいて、なんとか安心することができた。実際に外に出てみると、夜は暖かく穏やかだった。だがカウデレル氏がなぜこっそりと謎めいた紙切れを届けて寄こして、夜更けに墓地に出向いてくるように私に伝える必要があるのかどうしてもわからなかった。もし帰って来ているのなら、どうしてこれまでのように会うことができないのだろうか？　もしまだ帰って来ていないとしたら、墓地で私が会うのは誰なんだろう?

墓地の鉄格子の門を開けると、居酒屋の《スウェーデンの星》で見かけた墓掘り人夫がいた。「カウデレル氏を探しているんだがね」私は言った。

墓掘り人夫が答えた、「カウデレル氏はいませんよ。でも墓地はいない人たちの家なんだから、どうぞお入りなさい。」

私は墓石の間を進んでいった、その時すばやい影がすっと私をかすめた、影はブレーキをかけ、サドルから下りた。「カウデレルさん！」墓石の間を明かりを消した自転車でぐるぐる回っている彼の姿を見て驚いた私は叫んだ。

「しいっ！」彼は私に口をつぐむように言った。「あなたは大きなへまをしてますね。私が観測所の仕事をあなたにまかせた時にはあなたが脱走の企ての片棒をかつぐなんて思ってもみませんでした。われわれは個人的な脱走には反対だということをわきまえといて下さい。時を待つ必要があるんです。われわれはもっと時間をかけて、もっと全体的な計画を遂行しようとしているんです。」

彼がまわりを大きく示すような身振りで《われわれ》と言うのを聞いて、私は彼が死者たちの名において語っているのだと考えた。明らかにカウデレル氏は死者たちの代弁者なのであり、そして死者たちは私をまだ彼らの仲間として受け入れたくはないと表明しているのだった。私は本当にほっとした。

「あなたのせいもあって私はもっと長く留守にすることになりそうです」彼は付け加えた。「明日かそれとも近いうちにあなたは警察署長に呼ばれて、四つ爪錨の件でいろいろたずねられるでしょう。でもあの件に巻き込まれないように注意して下さいよ。署長の質問は私の身柄に関するなにかをあなたに認めさせようとする方向に向けられてくることを頭に入れといて下さい。私が旅行中だということ以外はあなたはなにも知らない、私がいつ帰って来るかも知らない、いいですね。数日間だけ私にかわって観測データの記録を頼まれたと言えばいいんです。それから、明日からは観測所へ行く必要はありません。」

「いや、それは駄目です！」不意に絶望感にかられて、私は叫んだ、まるで観測計器を調べることだけが私が宇宙の諸力を支配し、ひとつの秩序をそこに見て取ることのできる唯一の手立てなのだとその瞬間に気づきでもしたかのように。

日曜日　朝早く私は気象観測所へ行き、台に上がって、そこに立ったまま、天球の音楽のように記録装置がチクタクと音をたてるのを聞いていた。風は朝の空に柔らかい雲を運びながら吹いていた、雲は巻き雲のレースを作り、やがて積雲となっていった、九時半ごろさっと一雨あり、雨量計に数センチリットル溜った、束の間、不完全な形の虹がかかった、それからまた空が暗くなり、自記気圧計の針がほとんど垂直な線を描いて下降した、雷鳴が轟き、雷が降ってきた。私は自分が天上で晴れ間や嵐を、雷や霧を司っているような気がした、でも気が触れたとは思わないでほしい、自分が神のように、雷神ゼウスのように感じたのではなくて、ちょうど楽譜を目の前に置き、楽器から湧き上がる音は自分が主として見守り、預かっている計画に応じているのだということを心得ているオーケストラの指揮者にいささか似た気持だった。トタン板の屋根は土砂降りの雨に打たれる太鼓のような音をたてていた、風速計は激しく回っていた、そしてその凄じい音とともに荒れ狂う宇宙のすべてが私の手帳に書き込む数字にと置き換えうるのだった、この天変地異の間隙を縫うようにこのうえなく静かな一瞬があった。

快さに満ちたその瞬間になにかが軋む音が聞こえ、私は視線を下に落とした。床へ上がる階段と小屋の支柱の間に、雨でずぶ濡れになった、ごわごわの縞の服を着た、髭もじゃの男がうずくまっていた。男は澄んだ目でじっと私を見つめていた。

「脱走してきたんです」男は言った。「私を売らないで下さい。ある人に知らせに行ってもらえませんか？　海百合ホテルにいるんです。」

たちまち宇宙の完璧な秩序の中にひびが、いかんともしがたい割れ目ができるのを私は感じた。

第四章

誰かが大きな声で音読するのを聴くのは黙読するのとずいぶんと異なる。自分で読む場合は一息入れたり文章をとばしたりすることができる、読むテンポを決めるのはあなた自身だ。ところが音読するのが他の人である場合はあなたの注意力を他人が読むテンポに合わせることはむつかしい、テンポが早すぎたり遅すぎたりする。

そのうえひとが外国語から訳し移しているのを聴くのは単語のまわりで逡巡したり、曖昧な間に合わせの注釈をこじつけたりするのに付き合わされることになる。そのテキストを読むのがあなた自身である場合はそれはあなたが取っ組み合うべきものとしてそこにある何物かであるのだが、ひとに声に出して訳してもらっている場合はそれはそこに存在し、また存在しないもの、あなたが触れることのできない何物かになるのである。

おまけに、ウッツィ・トゥツィイ教授の口頭での翻訳はひとつひとつの言葉のつながり具合がどうもおぼつかないような調子で始まった、区切りごとに文脈の乱れを整えるために後戻りして、いろいろとこねくりまわすので文章はねじ曲げられ、引きちぎられて、まったく滅茶苦茶になり、単語ごとにその特殊な用法や言外の意味を説明したり、ほぼ同じ意味の言葉を見つけてその喜びに誘うかのように抱きかかえるような身振りをまじえたり、文法の規則や語源や古典の引用を開陳するために中断したりするのだった。だが教授にはその物語の内容よりも言語学や学殖の方がずっと気になるのだとわかると、あなたはその逆こそ事実なのだと気づく、そのアカデミックな外皮は物語が語り、また語らぬものを、外気に触れるとたちまち消える内に秘められた啓示を、薄闇の中に暗黙の示唆のうちにほのめかされている失われた知恵の残響を包み隠すものでしかないのだ。

テキストの持つその意味の多様性を明らかにするため解釈の光に照らして介入する必要と、あらゆる解釈はテキストを勝手に歪曲してしまうことになるという意識とにせめがれて、教授は、ややこしい文章に突き当たると、あなたの理解を容易にするにはそれを原語のまま読むより以上にいい方法を見出しかねていた。それぞれ独自の抑揚をもったいろんな声を耳で聴いて伝えられてきたのではなく、理論的法則から演繹され、そして発音を形成しまた変化させる実地の使用の痕跡をもはや留めていないそのまったく知らない言語の発音は、いまや死滅した種に属した最後の鳥の鳴き声、あるいは発明されたばかりのジェット機が最初の試験飛行の際に空にまき散らす甲高い爆音のような、応答を望まぬ絶対的な響きを帯びていた。

そのうち、しだいに、このすっかり混乱した調子で口述される文章の間から、なにかが動き出し、流れ出始めた。小説の文章は音声の曖昧さを帯び、流動的な、透明な、途切れのないものとなっていった、ウッツィ・トゥツィイはその中を魚のように泳いでいた、身振りをまじえ（掌は魚のひれのように開いていた）、（気泡のようにぷくぷくと言葉を吐き出しながら）唇を動かし、（魚が水底をねめまわすような、また水族館の見物人が明るい水槽の中の魚の動きを追うような目でページの上に）視線を走らせながら。

もうあなたのまわりには研究室も書棚も教授も存在しなかった、あなたは小説の中に入りこみ、その北国の海岸を眺め、あのデリケートな男の歩みを追っているのだ。あなたは夢中だったのでその時ようやく横に誰かがいるのに気づく。ちらっと隣を見るとルドミッラだ。彼女は二つ折り判の本の山の上に腰かけ、同じように小説の続きにじっと耳を傾けている。

ちょうど今来たところなのか、それとも最初から朗読を聴いていたのだろうか？　ノックせずに、黙って入って来たのだろうか？　書架の間に隠れて、最初からここにいたのだろうか？（彼女はここへ隠れにやって来るんだ、とイルネリオが言っていた。連中はここへいろんな言いようのないことをしに来るんだ、とウッツィ・トゥツィイが言っていた。）それとも教授＝魔法使いの言葉が解き放つ魔術が呼び起こした幻なのか？

ウッツィ・トゥツィイは朗読を続け、まるで彼女が最初からずっとそこにいるかのように、その新たな聴き手の存在に少しも驚いた様子を見せない。朗読にやや長い間（ま）が入り、そして彼女が、「そしてそれから？」とたずねても、教授はびっくりしない。

教授はやにわに本を閉じる。「これで、終わりです。『切り立つ崖から身を乗り出して』はここで中断しているんです。小説のこの最初の部分を書いてから、ウッコ・アフティは鬱病にかかり、数年間に三度自殺を試みて失敗し、一回成功したんです。この断片は死後にほかの詩や、日記や、仏陀の化身についての著作のメモなどといっしょに遺稿集として出版されたんです。残念ながらアフティがこの物語をどんなふうに展開させようと考えていたかを示すようなプランも草稿も見つかっていません。断片だけれども、と言うよりまさにそれゆえに、『切り立つ崖から身を乗り出して』はチンメリアの散文のもっとも代表的な作品なのです、それが表明しているものゆえに、そしてそれ以上にそれが秘め隠しているもののゆえに、それが途絶え、ぼやけ、そして消え失せているゆえに……」

教授の声は今にも消え失せてしまいそうだ。あなたは彼がずっとそこにいるのを確かめようと、目の前をふさいでいる書棚の仕切りの向こうに、首を突き出す、だがもう彼の姿は見当たらない、おそらく学術出版物や雑誌の生け垣の間の埃を貪欲に吸い込む隙間の中に潜り込めるほどに身を細めて、こっそりと姿を消したか、おそらく彼の研究対象の上に重くのしかかるなにものをも消し去る運命にさらわれたのか、またおそらくだしぬけに中断した小説のそのうつろな深淵の中に呑み込まれたのだろう。その深淵のふちで、あなたはルドミッラを支え、または彼女にしがみついて、踏み留まろうとし、そしてあなたの手は彼女の手を摑もうとする……

「あなたたちはこの本の続きがどこにあるかたずねないんですか？」書棚の間のどこともわからぬ場所から鋭い悲鳴のような声が聞こえる。「あらゆる本はかなたへ続くんです……」教授の声はあっ

ち へ行ったりこっちへ行ったりする、いったいどこへ隠れているのか？　机の下を這い回っているのか、それとも天井の電灯にでもぶらさがっているのだろう。

「どこへ続くんですか？」あなたがたは崖のふちにしがみついてたずねる。「なにのかなたなんですか？」

「本は敷居ぎわの階段なんです……チンメリアの作家たちはみんなそれをまたいでいきました……そしてそこから死者たちの言語のみが表わしうる物事を語る死者たちの言葉のない言語が始まるのです。チンメリア語は生きている者たちの最後の言語であり……敷居ぎわの言語なんです！　かなたへ耳を傾けにみんなここへ来るんです……ほら、聴いてごらんなさい……」

ところが、あなたたちふたりは、もうなにも聴いてやしない。あなたたちも姿を消し、隅っこの方にへばりついて、たがいに抱き合っている。それがあなたたちの答えなのか？　あなたたちは生きている者たちもまた言葉のない言語を持っているのだということを示そうとしているのか？　ただその言語では本は書けず、一瞬一瞬を生きることができるのみで、記録することも思い出すこともできはしないのだが。まず最初にこの生きた肉体による言葉のない言語がある、――と言うのがあなたたちがウッツィ・トゥツィイに示したがっている前提なのか？――それから、本を書いたり、その最初の言語をむなしくも翻訳しようとするための言葉が生まれるのだ、そしてそれから……

「チンメリアの本はみんな中途で終わっています……」ウッツィ・トゥツィイはつぶやく、「なぜならかなたで続くからです……別の言語で、われわれが読んでいると思い込んでいるいろんな本のあらゆる言葉が最後にはそこへたどりつくことになる沈黙の言語で……」

「思い込んでいるって……どうしてです？　思い込んでいるって？　私は読むのが好きなんです、本当に読むのが……」確信をもち熱をこめてそう言うのはルドミッラだ。彼女は明るい色の、シンプルだが洒落た服を着て、教授の前に座っている。世界が与えうるものに対して興味いっぱいの彼女の生き方はおのれ自身の中に埋没してしまうこの自殺的な小説の自己中心的な奈落を退ける。彼女の声の中に、あなたは手の間から逃れゆく幻は退けて、存在する事物にしがみつき、書かれていることただそれだけを読みたいというあなたの欲求の承認を求める。（たとえあなたたちの抱擁も——白状しなさい——ただあなたの想像裡の出来事にすぎないとしても、それはやはり今にも実現するかも知れない抱擁なのだ……）

だがルドミッラはいつも少なくとも一歩あなたより先にいる。「私はまだ読むことのできる本があるってことを知りたいんです……」彼女は自分の欲求の力に、たとえ未知のものであっても、実際に、具体的に存在する事物が応じるはずだと確信して言う。あなたはとうてい彼女にはついて行けない、この女は目下読んでいる本のほかに、いつも別の本を、まだ存在はしないが、彼女が望むからには存在しないはずのない本を読みたがっているのだ。

教授は自分の机のところに座っている、スタンド・ランプの円錘形の光線の中に、いとおしげに愛撫するように、たった今閉じたばかりの本の上にじっと置かれた教授の手が浮かび出ている。

「読むということは」と彼は言う、「つねにこういうことなんです、つまり、そこにひとつの物が、文字で書かれた物がある、固形の、物質的な、変えることのできない物が、そしてそれを通じてわれわれはそこにはないなにか別のものと、非物質的な、不可視な世界に属するなにか別のものと向かい合うということなんです、そしてそのなにか別のものとは思考し、想像しうるのみであるか、それともかつては存在したが今はもう存在せず、過ぎ去り、失われ、手の届かぬ死者の国にあるかなのです……」

「……それとも、まだ存在しないためにそこにないもの、期待されているなにか、怖れられているなにか、ありうる、あるいはありえないなにかであるかも知れませんわ」ルドミッラが言う、「読むということは存在しようとしつつあり、そしてまだどんなものかは誰も知らないなにかに邂逅するということなんですわ……」（今やこの**女性読者**が印刷されたページのへりを超えてかなたの水平線に救助の船か掠奪者の船か、それとも嵐の気配が現われるのをうかがおうとしていることにあなたは気づく……）「今私が読みたい本は、まだおぼろな遠雷のような、到来しつつある歴史を感じさせるような小説、歴史的であると同時に人物たちの運命をも描いた物語、まだ名状しがたく、まだ形をなさぬある大変動を経験しつつあるのだと感じさせるような小説なんです……」

「えらいわ、進歩したわね！」書棚の間から首が長く、鳥のような顔をし、意志の強そうな目に眼鏡をかけ、ちりちりに縮らせて大きな翼のように拡げた髪をした、ゆったりしたブラウスにぴっちりしたパンタロンをはいた娘が現われた。「あんたが探していた本が見つかったから言いに来たのよ、女性革命についての私たちのゼミナールでちょうど使っている本なのよ、私たちがその本を分析したり討論したりするのを聞きたければ、いらっしゃいよ！」

「ロターリア」ルドミッラが言う、「あんたもチンメリアの作家、ウッコ・アフティの未完の小説『切り立つ崖から身を乗り出して』に行きついたと言うんじゃあないでしょうね！」

「ちがうわよ、ルドミッラ、小説はそれにちがいないけど、でも未完じゃなくて最後までちゃんとあるわ、チンメリア語じゃなくてチンブロ語で書かれていて、題もあとで『風も目眩（めまい）も怖れずに』と改題され、著者名はブォルツ・ヴィリャンディという別なペンネームになっているけどね。」

「それは偽作だ！」とウッツィ・トゥッツィイ教授が叫ぶ。「それは衆知の偽作事件なんだ。第一次大戦末期の反チンメリアの宣伝運動の際にチンブロ民族主義者たちによって流布された偽物なんだ！」

ロターリアのうしろには一群の若者たちの前衛部隊がひしめき合っている、彼らは澄んだ穏やかな目をしている、おそらくあまりに澄んで穏やかなのでいささか不安げな目でさえある。その中から青白い顔に髭を生やした、皮肉げな目つきの、したり顔をしてわざと唇をへの字に曲げた男が進み出てくる。

「尊敬すべき同僚に異を唱えるのは心苦しいが」とその男は言う、「このテキストが本物であるということはチンメリア人が隠していた原稿が発見されたことによって立証済みなんだがね！」

「これは驚いたね、ガッリガーニ教授」ウッツィ・トゥッツィイはうめくように言う、「そんな下手な瞞着のためにあんたのエルロ‐アルタイ語・文学講座の権威を賭けるのかね！　それも文学とはなんの関係もない領土回復問題に結びつけて！」

「ウッツィ・トゥツィイ教授」ガッリガーニ教授がやり返す、「どうか問題をそんなレベルに引き下げないでいただきたい。チンブロ民族主義などには私があまり関心のないことをあなたはよくご存知のはずだ、チンメリアの熱狂的国家主義に対してあなたがたもそうだろうけどね。このふたつの文学の精神を比較する際に私の提起する問いは、もろもろの価値の否定という点でいずれがより徹底しているかということなんだがね。」

チンブロ・チンメリア論争はルドミッラにはどこ吹く風のようだ、今や彼女はただひとつの考え、その中断した小説の続きがあるかも知れないという考えに取り憑かれている。「ロターリアが言ってることは本当かしら？」彼女は小声であなたにたずねる。「今度だけはロターリアの言ってることが正しいと思いたいわ、教授が読んでくれた最初の部分に続きがあれば、何語で書かれていても構いはしない……」

「ルドミッラ」とロターリアは言う、「私たち研究会に行くけど、ヴィリャンディの小説についての討論を聞きたければ、いらっしゃい。もしよければ、あんたのお友達を誘ってもいいわよ。」

さてあなたはロターリアの旗の下に馳せ参じることになった。そのグループはある部屋に陣取り、机を囲んで座る。あなたとルドミッラはロターリアが自分の前に置いてあるその問題の小説が収まっているとおぼしきぼろぼろの本にできるだけ近いところに席を取る。

「私たちはまずチンブロ文学のガッリガーニ教授に感謝しなくてはなりません」ロターリアが前口

上を述べ始める、「教授は『風も目眩も怖れずに』の貴重な原典を快くお貸し下さったばかりか、私たちのゼミナールに自らご出席下さいました。類似した講座の他の教授たちの無理解に比べて、ガッリガーニ教授のこのご寛大な態度を大いに評価に値するものとして強調したいと思います……」そこでロターリアはそれがウッツィ・トゥツィイに対する当てこすりだということを見逃すなというように妹にちらりと視線を送る。

テキストの背景説明のため、ガッリガーニ教授は簡単に歴史的事情を話すように請われる。「チンメリア国家を形成していたいくつかの州が」と彼は語る、「第二次大戦後チンブロ人民共和国の一部をなすことになったという事実を想起していただくことのみには留めておきますが、戦線の移動によってまったく混乱したチンメリアの文書館を再整理している際に、チンブロ人たちはヴォルツ・ヴィリャンディという ひとりの錯綜した個性をもった作家を再評価するに至ったのであります。彼はチンメリア語でもチンブロ語でも著述したのでありますが、チンメリア人たちは自分たちの言葉で書かれた作品のみを出版したのであります。しかしながらそれはごく僅かで、質量ともに重要なのはチンブロ語で書かれた作品なのですが、それらは、大長編小説『風も目眩も怖れずに』を初めとして、チンメリア人たちによって隠蔽されていたのであります。この小説の冒頭の部分は、ごく最初の草稿ではありますが、ウッコ・アフティという筆名を用いて、チンメリア語で書かれたものも存在するようです。いずれにしましても、この小説におきましては、チンブロ語で書いた決定稿においてこそ、作者がその真のインスピレーションを見出しているということは疑問の余地がないのであります……」

「チンブロ人民共和国においてこの本がたどった運命について」と教授は続ける、「述べるつもりはありませんが、最初は古典として出版され、外国にも広く紹介出来るようにとドイツ語にも翻訳されました（今私たちが手にしているこの翻訳がそうです）。その後イデオロギー修正運動の犠牲となって、流布を禁じられ、図書館からも回収されました。だが私たちはこの作品の革命的な内容はもっとも進歩的なものであると信じるものなのであります……」

あなたとルドミッラはこの失われた本が灰の中から蘇ってくるのを見たくてたまらない。だがそのグループの娘や青年たちがそれぞれ課題を分担しあうのを待たなければならない、講読の間に、ある者は創作方法について、ある者は抽象観念の具体化の過程について、ある者は過去の昇華について、ある者は性に関する意味論的記号体系について、ある者は肉体のメタ言語について、またある者は政治家および個人における義務違反について言及することになる。

さてロターリアはそのぼろぼろの本を開き、読み始める。鉄条網はまるでくもの巣のように取り除かれていく。あなたたちもほかの連中も、みんな黙って聴いている。

だがすぐにあなたは『切り立つ崖から身を乗り出して』とも『マルボルクの村の外へ』とも、また『冬の夜ひとりの旅人が』ともおよそ縁のないものを聴いていることに気づく。あなたたち、あなたとルドミッラとは、一度、いや、二度目くばせを交わし合う、問いかけの目くばせと了解の目くばせだ。それがどんなものであれ、小説の中にひとたび入ってしまえば、あなたがたは留まらずに先へ進んで行きたいのだ。

風も目眩も怖れずに

午前五時、町は軍用車輌で埋まった、食糧品売場の前には獣油ランプを手にした小娘たちの行列が出来つつあった、方々の壁に臨時評議会の様々な傾向の諸グループが夜の間に書きなぐったプロパガンダの文字のペンキがまだ濡れていた。

楽団員たちが楽器をケースにしまい、地下室から外へ出てみると、空気が新鮮だった。しばらく道を行く間、《新ティターニア》の常連たちがかたまって楽団員のうしろから歩いてきた、彼らは夜の間にたまたまあるいは習慣からそのクラブに集まってきた連中の間に生まれた意気投合した雰囲気をおしまいにするのが惜しいみたいに、群れをなして歩いてくるのだった、男たちは厚手の外套の襟を立て、四千年もの間収められていた石棺から外気の中に引き出され今にもぼろぼろに崩れそうなミイラみたいに、死骸じみて見えた。一方それに対して女たちはすっかり興奮して、胸元もあらわな夜会服の上に羽織ったコートの前をはだけたまま、めいめい勝手に歌ったり、水溜りの中で裾の長いスカートをひらひらさせ、おぼつかない足取りでダンスのステップを踏んだり、つい今しがたまでの幸福感が弱まり鈍るとまた新たな幸福感を湧き上がらせるあのまさしく典型的な酩酊の進行ぶりを示していた、そして連中みんなの中にはまだ宴は終わらず、楽団員たちがそのうち道のまん中に立ち止まり、楽器のケースを開いて、またサキソフォーンやコントラバスを取り出すのではなかろうかという希望が残っているみたいだった。

銃剣をおっ立てベレー帽に徽章をつけた民兵の歩哨が警戒に当たっている元レヴィンソン銀行の前まで来ると、夜遊びの一行は、まるで命令でもされたかのように、挨拶も交わさず散りぢりにそれぞれの方角に散って行った。私たち三人だけが残った、ヴァレリアーノと私は両側からイリーナの腕を抱えていた、私はベルトに吊るした重いピストルのケースが邪魔にならないようにずっとイリーナの右側にいた、一方ヴァレリアーノは重工業委員会に籍を置いていたので私服を着ており、ピストルを持っていたとしても――持っていたと思うのだが――きっとポケットに入る平たいやつだったろう。イリーナはもう、まるで沈みこんだみたいに、口数が少なくなった、そして私たちの中に一種の怖れが忍び込みつつあった、私は自分のことを言っているのだが、ヴァレリアーノも、彼とはそのことを打ち割って話したことはないにしても、私と同じ精神状態だったにちがいないと思う、――というのも、私たちふたりが彼女の虜となったのはその時であり、そして彼女の魔法の輪が私たちを囚(とら)えてひとたび閉じられてしまうと、私たちを行動へと駆り立ててきたいろんな事態がいかに狂気じみたものであったとはいえ、彼女が今、際限なく、その想像力の中で、様々な感覚の追求の中で、精神の高ぶりの中で、冷酷さの中で、組み立てつつあるものに比べれば物の数ではないだろうということを私たちは感じていたからである。有体(ありてい)に言えば私たちはみんな自分たちが体験しつつあることに対してあまりに若すぎたということである、と言ってもそれは私たち男だけであり、イリーナは年齢では私たち三人の中でいちばん若かったけれども、彼女のようなタイプの女にありがちな早熟さを持ち、思いのままに私たちを操っていたのである。

思い浮かんだ考えにひとりほくそえむように、目に笑みを浮かべて、静かに、イリーナは、口笛を吹き始めた、その口笛の音はしだいに高くなっていった、口笛は当時はやっていたオペレッタのおどけた行進曲を奏でていた、彼女が私たちになにをもくろんでいるのかと例によっていささかびくびくしながらも、私たちも彼女に合わせて口笛を吹き、犠牲者であると同時に勝利者のようにも感じながら、あらがいがたいファンファーレに歩調を合わせるみたいに行進していった。

私たちは当時コレラ患者の隔離所に使われていた聖アポロニウス教会の前を通りかかった。教会のそとには、人々が近づかないように石灰で大きな円を描いた中に台が設けられ、死人を入れた箱がいくつもその台の上で墓地へと運んで行く馬車を待っていた。教会前の広場に老婆がひとり膝まずいて祈っていたが、私たちは威勢のいい行進曲の響きに合わせて大股で歩いているうちに、あやうくその老婆を踏んづけそうになった。老婆は栗のように乾いた、黄色い、しなびた、小さな拳を振り上げ、もう一方の手を敷石について身体を支えながらこう叫んだ、「たたりを旦那がたに！」あるいはむしろ二重の呪詛をこめ、語尾を強めて、「たたりだ！　旦那がた！」と言ったのかも知れない、そして私たちを旦那がたと呼ぶことによって私たちを二重に呪われたものと見做しているみたいだった、それからその土地の方言で《ふしだらな連中》というような意味の言葉や、「とどのつまりは……」というようなことを言ったが、私の制服に気づいた途端に口をつぐみ、頭を垂れた。

私がこの出来事を仔細に語るのはそれが――直後にではないが、そのうちに――起こるべきはずのことすべてに対する予告と考えたからであり、そしてまたその当時のこうしたあらゆるイメージでもって、ちょうど車輛（この車輛という言葉は幾分大まかなイメージしか喚起しないが、当時のような混乱した状況を表現するのにはある程度の曖昧さを残すのも悪くはない）が町を埋め尽くしているように、または建物と建物の間に国債を求めるようにと民衆に呼びかけた横断幕が張りめぐらされているように、あるいはカウデレル軍需工場のストライキをあくまで継続することを主張したり、反対に町を包囲しつつある反革命軍に対して民衆を武装させるためにストライキの中止を要求したり、それぞれ反目し合う中央組合によって組織されているために、統一もなく練り歩く労働者たちのデモ隊に満ち溢れているように、このページを埋めなければならないからでもある。そしてこうした斜線がすべて交わるところに私とヴァレリアーノとイリーナが動き、私たちの物語が無から立ち現われ、その出発点と、方向と、筋書きとを見出す空間が決定されるはずである。

私がイリーナと知り合ったのは前線が市壁の東門から十二キロ足らずの地点まで後退した日だった。市民軍――十八歳未満の少年たちや年配の予備兵たち――が屠畜所の低い建物――以前からその名を口にするのは、誰にとってそうなのか誰にもわからないままに、不吉に響くのだったが――のまわりに集合し、一方氾濫した川の流れのような群衆が鉄橋を通って町に退避してきていた。鵞鳥が顔を覗かせている籠を頭にのせた百姓女たち、群衆の足の間を逃げまわる興奮した豚、それを追っかけてわめく子供たち（軍隊の徴発からなにかを救おうとして農村の家族たちは息子や家畜を、運にまかせて、出来るだけあちこちに散らばらせていた）、部隊から脱走したり、散りぢりになった部隊の本部にたどりつこうとしたりしている徒歩や騎馬の兵士たち、女中や荷馬車の隊列の先頭に立った貴族の老夫人たち、負傷者を運ぶ担架兵たち、病院から追い出された病人たち、小間物行商人たち、役人たち、修道士たち、ジプシーたち、公務員子女の寄宿女学校の旅行用の制服を着た女生徒たち、みんながまるで地図の破れ目から、戦線や国境がずたずたになったその裂け目から吹き寄せる湿った冷たい風にあおられたみたいに鉄橋の橋桁の間に流れ込んでいた。その時期には町に避難してくる者が大勢いた、暴動や掠奪が拡まるのを怖れる者や、反対に体制復興派の軍隊の進路から逃げようとする者や、臨時評議会のまだ脆弱な合法性のもとに保護を求めようとする者や、新旧問わず、法に背いて誰にも邪魔されずに立ち働くために混乱の中にまぎれこもうとする者たちなどであった。めいめいが自分の生存が危険にさらされており、そしてそうした状況下では連帯について語ることははなはだ場違いだろうと感じていた、というのも、様々な障害に対しては力を合わせるべきことは、多くを語らずともみんなわかっていたし、そのための一種の共同体意識や了解も成立してはいたけれども、いちばん肝心なのは自分の爪や歯で道を切り開くことだったからである。

こうした中で、と言うかこうした一般的な混乱の中で若さというものは己を知り、己を享受するものである、さて私はその朝群衆に混じって鉄橋を渡りながら、長らくなかったような、他の人々と、自分自身と、そして世界と調和した、軽やかな、満足した気持を感じていた。（間違った言葉使いをしたくはないので、言い直すと、私は他の人々の、自分自身の、そして世界の混乱と調和した気持を感じていたのである。）私はもう急な階段が岸へと通じている橋のたもとまで来ていた、群衆の流れは速度をゆるめ、階段をそろそろと降りていく連中の背を押さないようにうしろに圧力をかけながら人波を塞き止めていた――最初に片方の松葉杖でそれからもう一方の松葉杖で身体を支えながら降りていく脚のない負傷兵、轡を取られ蹄鉄が鉄製の階段のふちで滑らないようにとはすになって降りていく馬、持ち上げて運ばなければならないサイドカー（徒歩で行く連中にののしられないためにも、車の通れる橋を渡ればよさそうなものだが、そのためには何マイルも遠回りをしなければならないのだ）、――その時私は自分の横を降りていく女性に気がついた。その女は裾と袖口とに毛皮の折り返しのついた外套を着て、ヴェールとバラとをつけた釣鐘形の帽子をかぶっていた、すぐに気づいたのだが、若くて魅力的な上に、とにかく上品な女性だった。その横顔を見つめているうちに、彼女は目を見開き、恐怖の声を発して大きく開けた口に手袋をはめた手を当て、あとずさりをした。もし私がすばやく彼女の腕をつかんでいなければ、彼女はきっとその場に倒れ、象の群れのように押し寄せてくるその人波に踏み潰されていただろう。

「気分でも悪いのですか？」私は彼女に言う。「僕につかまりなさい。なんでもありませんよ。」

彼女は身体を硬くして、一歩も歩めなかった。

「下が、下が、虚空だわ」彼女は言うのだった、「助けて、目眩が……」目眩がしそうに見えるほどのものはなにもなかった、だが彼女は本当に恐怖にかられていた。「下を見ないで、僕の腕につかまりなさい、みんなについて行くんです、もう橋のたもとまで来ているんですよ」こう話せば彼女を落着かすことができると思って、私は言った。するると彼女は、「私こうして歩いているみんなが階段を踏みはずし、虚空の中に突き進み、落っこちてしまうように感じるの、大勢の人がまるごと落っこちてしまうみたいに……」と言って、あいかわらず立ち止まって動かない。

私は鉄製の階段の隙間から白い雲のような氷の塊を押し流している目の下の無色の川の流れを眺める。一瞬動揺した私は、彼女が感じているものを自分も感じているような気がした、あらゆる隙間が虚空へと続き、あらゆるごく些細な傾斜が別の傾斜へと続き、あらゆる渦巻きが無限の深淵へと通じているような。私は彼女の肩に腕をまわし、階段を降りようとする連中がうしろから押してくる圧力に抗しようとする、連中はののしる、「そこをどけ！　抱き合うのならほかのところでやってくれ、恥知らずが！」だが押し寄せてくる群衆の雪崩(なだ)れから逃れる唯一の道は空中に足を踏み出して、飛ぶよりほかにない……その瞬間、私もまた断崖に宙ぶらりになったように感じた……

この物語は虚空に架けられた橋のようなものだと言えよう、集団的にも個人的にも混乱をきわめた背景をかもし出すために様々な情報や感覚や動揺をまき散らしながら展開し、そしてそうした背景の中に、歴史的あるいは地理的な多くの状況を曖昧なままに残しながらも、道を切り開いていくのだ。

虚空を認めたくない私はそれを埋めるおびただしいデテールの中を進んでいく、一方その女性の登場人物は押し寄せる群衆にもまれながら階段のふちに立ち尽くすので、私は彼女を身体ごと抱き上げるようにして、一段一段、川沿いの道路の敷石の上までやっとのことで連れて降りる。

彼女は自分を取り戻し、前方を毅然と見つめ、立ち止まらずに歩き出す、彼女の歩みにためらいはない、水車場通りの方に向かって行く、私は彼女のあとから遅れないようについて行くのがやっとだ。

物語もまた私たちのあとから遅れないように精一杯ついて行かなければならない、そして虚空の上に組み立てられた会話を、ひとつひとつ、伝えねばならないのだ。物語にとっては橋はまだ終わってはいない、いちいちの言葉の下にあるのは無なのだから。

「おさまりましたか?」私は彼女にたずねる。

「もうなんでもないわ。思いがけない時に目眩が起こるの、見たところなんの危険もなさそうな時にさえ……場所の高低には関係ないのよ……夜、空を見上げて、星の遠さを考えたりすると……それに昼にだって……たとえば、ここに横たわって、空を見上げれば、目眩が起こるわ……」そして風に吹かれて飛ぶように走る雲を指さす。彼女は目眩のことをなにか魅惑的な誘惑でもあるかのように話す。

私は彼女が一言もお礼の言葉を口にしないのにいささかがっかりする。私は言い返す、「昼にしろ夜にしろ、横になって空を見上げるには、ここはあまりいい場所じゃあないですよ。僕は少しは詳しいんだから。」

橋の鉄製の階段の間と同じように、話のやりとりの間にも隙間が覗く。

「空を見るのに詳しいですって？　どうしてなの？　天文学でもなさっているの？」

「いいえ、別の種類の観測です。」そう言って私は制服の襟についた砲兵隊の徽章を示す。「毎日、砲撃下で榴散弾の弾着を観測してるんです。」

彼女の視線は襟の徽章から肩章のついていない肩に、それから袖にかろうじて見える階級章にと移った。「前線からいらっしゃったの、中尉さん？」

「アレックス・ジンノベルです」私は自己紹介する。「中尉と呼んでもらっていいかどうかわかりません。僕たちの連隊じゃあ階級制度は廃止になったんです。でもいろんな決定がしょっちゅう変更されますがね。今のところは袖に二本筋がある兵士だってことにすぎません。」

「私イリーナ・ピペリンです、革命前もそうでしたわ。これから先はわかりませんけどね。織物の図案を描いてましたの、でも織物がしだいになくなっていくので、そのうち空中に図案を描くことになりますわ。」

「革命でまるで別人のように変わる人もあれば、自分は以前とちっとも変わらないと感じている人もいます。みんな新しい状況に対して心の準備をしていたっていうことじゃあないでしょうか？」

彼女はなにも答えない。そこで私は付け加える、「いろんな変化から自分を守ろうとするのをまったく拒もうというのでない限りはね。で、あなたの場合は？」

「私？……あなたが先におっしゃいよ、どのくらい変わったのか。」

「僕は大して変わってませんね。昔の礼儀をある程度失わずにいると思ってますがね、たとえば倒れそうな女性を抱きかかえるぐらいの礼儀は、たとえ今では誰も礼など言わないにしても。」

「私たち誰だって頭がどうかなる時がありますわ、男だって女だって、中尉さん、さっきのあなたのご親切にお礼を言わないなんて言ってはいませんわ。」彼女の声には皮肉な、恨みがましいような響きがこもっていた。

ここで——これまで町の混乱した情景は置き去りにして会話にばかり夢中になっていたが——ふたりの間の話は中断される、広場とページとを埋め尽くした例の軍用車輌、または店の前の女たちの例の行列、あるいはプラカードを掲げた労働者たちの例のデモ行進が私たちを引き離すのである。イリーナはもう遠くを行っている、バラの飾りのついた帽子は灰色のベレー帽や鉄兜や頭に巻いたスカーフの海の上を漂って行く、私は彼女のあとを追おうとするが、彼女は振り返りもしない。

続く数節は将軍や代議士たちの名前や、砲撃や前線からの撤退、評議会の代表各派の分裂や統一などに関する事柄でびっしり埋められており、豪雨、霜、雲の流れ、北からの暴風といった気象に関する叙述がその間にはさまれている。しかしそうしたものはすべて、時には次から次へ押し寄せる事件の波に浮かれて身をゆだねたり、また時には、到るところに砂袋を積み重ねて作った守備陣地や（町はどうやら市街戦に備えているらしい）、夜な夜ないろんな党派のビラ張りたちが張ってまわるすぐ雨でびしょびしょになりインクが消えて読めなくなる声明文で覆われた防禦柵など、私の周囲で起こっているあらゆる事柄がまるで私をカモフラージュし、隠すことにしか役立たぬかのように、頭に付きまとって離れない計画にでも専心するみたいに自分自身の中に没入したりする、そうした私の様々な精神状態の刺身のつまのようなものにしかすぎないのだ。

　重工業委員会の事務所が置かれている建物の前を通るたびに私はこう考える、《今日は友達のヴァレリアーノに会いに行こう》と。この町に着いて以来ずっとそう繰り返し考えている。ヴァレリアーノはこの町にいる私のいちばん仲のいい友達だ。だがそのつど早く片付けなければならない重要な任務がなにかと持ち上がって会うのが延びる。私は兵役中の軍人にしてはめずらしく自由に振舞っているように人には見えたろう、私の職務もあまりはっきりしていず、まるでどの部隊組織にも属していないみたいに、参謀本部の方々の事務所の間を行ったり来たりして、兵営にもめったにいず、そうかといってひとつの机にじっとかじりついているわけでもない。

　それに対して、ヴァレリアーノは自分の机から離れることはない。その日も私が会いに行くと彼はそこにいる、だが政府の職務に一生懸命な様子でもない、彼はリヴォルヴァー式拳銃の手入れをしている。私を見ると無精髭の間から白い歯を見せて言う、「君も、われわれ同様、罠にかかりに来たのかい？」

「それとも罠をかけにね」と私は答える。

「罠は内部にいくつもあるんだ、そしてみんないっせいにぱちんと閉じるんだよ。」彼は私になにか警告しようとしているようだ。

　重工業委員会の事務所が設けられている建物は戦争成金の一族の邸宅だったが、革命によって接収されたものである。まだ一部残っている豪奢だが野暮ったい調度類が陰気なお役所式の道具類と混ざり合っている、ヴァレリアーノの事務室には中国風の装飾品がごちゃごちゃと置かれている、竜を描いた壺、漆塗りの手箱、絹の屛風。

「で君はこの御殿で誰に罠を張ろうってのかい？　東洋の王女にかい？」

屛風のうしろからひとりの女性が出て来る、髪は短く、グレーの絹の服を着て、乳色のストッキングをはいている。

「男の方の夢は革命があっても変わらないのね」その突っかかってくるような皮肉っぽい声から鉄橋で出会ったあの女性だということに私は気づく。

「ほらね、壁に耳ありって言うだろう……」笑いながら、ヴァレリアーノは言う。

「革命も夢は裁判にかけませんよ、イリーナ・ピペリン」私は彼女に答える。

「でも悪夢からも救ってはくれませんわ」彼女が言葉を返す。

ヴァレリアーノが口を挟む、「君たちが知り合いだとは知らなかったな。」

「僕たち夢の中で出会ったのさ」私は言う、「橋から落っこちようとする夢の中でね。」

すると彼女が、「ちがうわ。人はそれぞれちがう夢を持ってるものですわ。」

「どんな目眩も起こりそうにない、こんな安全な場所で目を覚ますような人にも夢はあるんですね

……」と私は絡む。

「目眩の原因はどこにでもありますわ」彼女はヴァレリアーノが組み立て終わった拳銃を手に取り、

弾倉を開け、きれいに掃除が出来ているかどうか覗くみたいに筒先に片目を当て、弾倉を回転させ、弾丸を弾倉の穴に入れ、筒先を上げて、目に当てながら弾倉を回す。「底なし井戸を覗いているみたいだわ。無の中に誘いこまれるみたい、私に呼びかける闇の中に飛び込んで行きたいような誘惑を感じるわ……」

「武器をおもちゃにしてはいけません！」そう言って私は片手を伸べたが、彼女は私に拳銃の先を向ける。

「どうして？」彼女は言う、「女はだめで、あなたたちはいいんですの？　女性が武器を取る時こそ真の革命ですわ。」

「そして男たちは武装解除されるんですか？　そうするのが道理だって言うのですか、わが同志さん？　女性が武装してどうしようって言うんです？」

「あなたがたの立場に立つためですわ。私たち女性が上に、そしてあなたがた男性が下に。女がいったいどう感じているか、あなたがたにちょっと味わっていただくのよ。さあ、動いて、そこをどいて、あなたのお友達のそばへお行きなさい。」あいかわらず私に拳銃を突きつけたまま、彼女はそう命令する。

「イリーナはゆるがぬ信念を持っているんだ」ヴァレリアーノが私に教える、「さからっても無駄さ。」

「じゃあ？」そうたずねながら、彼女の冗談をやめさせるためにヴァレリアーノが仲に入ってくるのを期待して彼に目をやる。

ヴァレリアーノはイリーナを見つめているが、その目は、まるで夢でも見ているように、無条件降伏をしたように、彼女の我儘に屈することにのみ歓びを見出すみたいに、ほうけている。

軍司令部のオートバイ兵が書類を一束かかえて入って来る。ドアが開くとともにイリーナが姿を消す。ヴァレリアーノは何事もなかったかのように手早く仕事を片付ける。

「ねえ、君……」オートバイ兵が出て行くとすぐに、私は彼にたずねる、「あんな悪ふざけをしてもいいと思うのかい?」

「イリーナはふざけてなんかいないんだ」彼は書類から目を上げずに言う、「今にわかるさ。」

その時以来時間は様相を変える、夜が膨張し、幾夜かがただの一夜のようなものとなる、今や離れがたくなった私たち三人組が町を彷徨し、最後にはイリーナの部屋できまって展開される親密であるにはちがいないが露出的で挑発的でもある情景、イリーナが祭式者でもあり神でもあり瀆神者でもあり犠牲でもあるあの秘密の生け贄の儀式で頂点に達するただの一夜のようなものとなる。物語は中断していた歩みを取り戻す、物語が歩んでいくべき空間はいろんなものがぎっしりと充満し、虚空への恐怖を呼び起こす隙間とてない、四方の幾何学模様のカーテンの間は、クッションや、私たちの裸体の匂いのしみこんだ空気や、きゃしゃな胸から僅かに突き出たイリーナの乳房や、もっと豊満な乳房にならいっそう似合いそうなその褐色の乳暈(にゅううん)や、鋭くとがった二等辺三角形をなした恥毛《二等辺》という言葉はひとたびイリーナの恥毛と結びつけられると官能性に満ち溢れた響きを帯び、歯の根をがたがたさせずには発音できないほどだ）で満たされている。その情景の中心に近づくと、物の輪郭はよじれ、かつて良俗を守ろうとする人たちの恨みを買って略奪の憂き目にあったほど阿片窟では知られたアルメニアの薬種商の手元にわずかに残っていた乏しい香料が燻っている香炉の煙のようにくねり、そして——やはり輪郭のことだが——私たち三人を結びつけ、振りほどこうともがけばもがくほど肉に食いこんでくる目に見えぬ紐帯のように絡まり合っている。このもつれ合った輪郭の中心には、私たちのこの絡まり合いのまん中には、誰にも、イリーナにもヴァレリアーノにも明かすことができずに、私の胸の中に収めている秘密がある、それは私に託された内密の使命、町を白軍の手に渡そうとして革命委員会の内部に潜り込んでいるスパイが誰かを暴き出すことだ。

風の強かったその冬、各地の都市の街路を北からの疾風のように吹き抜けた革命のまっただ中で、肉体と性に由来する権力に変化をもたらそうとする秘密の革命が生まれつつあった、イリーナはそれを信じ、そして地方判事の息子で、経済学を修め、インドの隠者やスイスの神秘学者たちの信奉者で、思考の限界を超えるあらゆる教義に元来が惹かれやすいヴァレリアーノのみでなく、厳格な学校を出て、行く行くは革命裁判所と白軍の軍事法廷の間を短期間のうちにたらい回しにされ、両者の銃殺隊が両側で銃をおっ立てて待ち構えている中に引きずり出される未来を覚悟している私にも、その秘密の革命思想を信じこませていたのである。

リズムよりも蛇のようにもつれほぐれる身体の線の方が重視される緩慢な舞踊を踊るように、くねくねと絶えず動くイリーナの肢体のうごめきに従ってその輪郭が蛇のように次々と変容する渦の中心に向かって、私は匍匐性の動きでもぐりこんで行きながら未来から逃れようとしていた。イリーナが両手で摑まえているのは双頭の蛇だ、そしてふたつの頭はまっすぐに侵入していこうといきり立って身構え彼女の抱擁に反応する、一方彼女の方はそうはさせまいとしてあたう限り爬虫類のようなしなやかさでとても不可能と思えるほど身をくねらせ折り曲げる。

なぜならこれがイリーナの創始した秘儀の第一信条であったからである、すなわち私たちの間にいかなる種類の嫉妬も優越も許さぬひとりの女の奴隷たる状態に甘んじながらも、私たちがまだ追い続けている男性の倨傲さの隠しきれぬ残滓としての垂直なもの、直線的なものへの指向を棄てさせようというのが彼女の狙いであった。「下に」イリーナはそう言って、ヴァレリアーノの後頭部を手で押さえ、その若い経済学者の亜麻色の豊かな髪の毛の中に指を埋め、自分の胸より上に彼の顔が迫り上がってこないようにするのだった、「もっと下に！」そう言いながらもダイアモンドのような目で私を見つめ、そして私にも彼女の方を見つめるようにうながし、私たちふたりの目が蛇のように長々と見続け合うことを求めるのだった。私は彼女の視線が瞬時も私から離れないのを感じていた、そしてその間にもうひとつ別の視線がいつもどこででも私の上に注がれているのを感じていた、それは私からただひとつのことのみを、死のみを期待している、ある目には見えない権力の視線なのであった、そしてその死は私が他人にもたらすべきものであれ私自身の死であれいっこうに構わないのだった。

私はイリーナの視線の紐輪がゆるむ瞬間を待っていた。彼女がうっとりと目を閉じる途端に、私は物影を、クッションや長椅子や香炉のうしろを這って、いつもの癖でヴァレリアーノがきちんと折りたたんで置いてある彼の服のところまで行くと、イリーナの伏せた睫毛（まつげ）の影の中に這いこむ、私はヴァレリアーノの服のポケットの中を、財布の中を探る、私は彼女の閉じた瞼（まぶた）の闇の中に、彼女の喉から洩れる叫び声の闇の中に身を隠す、私は四つに折りたたんだ紙切れを見つける、反逆罪による死刑宣告書だ、いくつも公印が押された下に署名と副署とがあり、その下に鉄ペンで私の名が書き込まれていた。

そこまで読み進むと議論が始まる。いろんな出来事や登場人物や雰囲気や感覚が押しのけられて一般的な概念に席をゆずる。

「多形性‐倒錯願望は……」

「市場の経済法則は……」

「意味構造の相応関係は……」

「逸脱と諸法規とは……」

「去勢は……」

あなただけが、あなたとルドミッラだけが、中途に取り残され、ほかの連中はもう読書を再開しようなどとは考えない。

あなたはロターリアに近づいて、彼女の前にあるページをめくった紙に手を伸ばしながらたずねる、のだ。残りは？

「いいですか？」あなたはその小説を手に入れたいのだ。だがそれは本ではない、本を引き裂いたも

「すみませんが、あとのページを、続きを探してるんですけど」とあなたは言う。

「続き？……あら、ここにあるだけで一カ月だって議論出来るじゃあないの、それでも足りないって言うの？」

「議論するためじゃなく、読むためですよ……」とあなたは言う。

「いいこと、この研究グループは人数が多いし、エルロ‐アルタイ研究所の図書室にはこの本は一冊しかなかったのよ。それで私たちそれを分けたの、分け方にはちょっと異論が出たわ、そういうわけで本はばらばらになったのよ、でも私はいちばんいい部分を手に入れたって思ってるわ。」

カッフェのテーブルに座って、あなたとルドミッラは状況を明らかにしようとする。――要するに、『風も目眩も怖れずに』は『切り立つ崖から身を乗り出して』とは別物だし、また後者は『マルボルクの村の外へ』ともちがうし、それはまた『冬の夜ひとりの旅人が』とも全然ちがうということになる。となるとこうした混乱の根源に溯って行くよりほかはない。

「そうだわね。私たちをこんなフラストレーションに陥れたのは出版社よ、だから出版社がなんとかすべきだわ。出版社にそう言いに行かなくちゃあ。」

「もしアフティとヴィリャンディが同一人物だとしたら？」

「まず、『冬の夜ひとりの旅人が』についてたずね、それの完全な本を一冊もらい、それから『マルボルクの村の外へ』の完全なものも一冊もらうことだわ。つまり、そういう題名がついているものと思って私たちが読み始めた小説の完全な本をね、そしてもしその本当の題名や作者がちがうのなら、そう言ってもらって、次から次へと別の本に移っていくあのページの下にある謎を説明してもらわなくちゃ。」

「そうすれば」とあなたは付け加える、「たぶん、未完なのか完結したのかはともかく、『切り立つ崖から身を乗り出して』に通じる道も見つかるかも知れないしね……」

「本当のところ」とルドミッラは言う、「あの続きが発見されたという話には私欺されたわ。」

「……そして『風も目眩も怖れずに』に到達するかも知れないしね、今僕がいちばん続きを読みたいのはあれなんだ……」

「そう、私もよ、でも私の理想の小説というんじゃあないけど……」

ほら、例のごとくだ。うまく軌道にのったかと思うと、すぐにあなたは中断や曲がり角に妨げられる、読書においても、失われた本の追跡においても、またルドミッラの好みの判別においても。

「今私がいちばん読みたい小説は」とルドミッラが説明する、「物語ろうとする欲求のみが、ストーリーにストーリーを積み重ねようとする欲求のみが原動力になっているような作品なの、世界のヴィジョンを示そうとする意図なんかなく、ただ、植物が成長し、枝や葉が繁茂していくように、作品が成長していくのに立ち合うことができるような小説なのよ……」

この点ではあなたはすぐに彼女と意見が一致する、知的分析によって引き裂かれたページはおっぽり出し、自然で、無邪気で、素朴な読書ができる状況を見出そうと夢みる……

「僕たちが見失った糸を見つけなきゃ」あなたは言う、「今すぐ出版社へ行こうよ。」

すると彼女が、「ふたりで出かける必要はないわ。あなたが行ってあとで私に知らせてよ。」

あなたは気を悪くする。こうした追跡も彼女といっしょにしてこそ熱が入るのだ、ふたりでそうした追跡を行なっている間はあなたたちはいっしょにそれを体験し、話し合うことができるからだ。ところが、あなたたちももう親しげな口を利くようになったからだけではなく、おそらくはほかの誰にも理解できないある企ての共謀者にでもなったように感じているためにこそ、ふたりがある了解に達し、親密な間柄になったとあなたが思ったその今になって。

「どうして君は行きたくないんだい?」

「原則だからよ。」

「どういうことだい?」

「境界線があって、一方に本を作る人がいて、もう一方にそれを読む人がいるの。私は読む方の側にいたいのよ、だからいつもその線のこちら側にいるように注意しているの。そうでないと、私心のない読書の悦びがなくなるというか、とにかく私が望んでいるのとはちがう、別のものになってしまうからよ。その境界線というのはかなり曖昧で、ともすれば消えてしまいそうになるのよ、職業的に本を扱う人たちの世界はしだいに人口が増して、読者たちの世界と同一化する傾向にあるわ。もちろん読者の数も増えていってるけど、別の本を作り出すために本を利用する人たちの方が、本をただ読むためだけのために愛する人たちよりもずっと増えつつあると言えるわ。たとえひょっとしたはずみで、たまたま、その境界線を越えてしまうと、勢いを増しているその潮流に私も呑みこまれることになってしまうわ、だから私は、たとえ数分間でも、出版社へは足を踏み入れたくないの。」

「じゃあ、僕は？」あなたは苦情を言う。

「あなたのことは知らないわ。自分で考えたらいいでしょう。めいめいちがった方法で反応すればいいのよ。」

この女には考えを変えさせるすべはない。あなたはひとり出かけて行って、このカッフェで、六時に、また会うことになる。

「原稿のことでいらっしゃったのですか？　今読んでいるところです、いや、勘ちがいしてました、面白く読ませていただきましたよ、もちろん覚えていますとも！　言葉の配合がまったく見事で、苦悩に満ちた告発が、手紙をお受け取りになりませんでしたか？　先日送ったのですが。それはどうも、あなたにお伝えしなければならないんですが、手紙には事情をすっかりしたためてあるんですけど、どうも郵便はいつも遅れるようで、もちろんそのうちに届くでしょうが、実は当社の出版計画がたてこんでおりまして、どうも時機が悪かったようです、手紙はお受け取りなさったので？　そのほかにどう書いてありました？　原稿をありがたく読ましていただきまして、早くお返ししようと気にはかけていたのですが、ああ、原稿をお引き取りにいらっしゃったのですか？　いいえ、原稿が見つからないなんてことは決してありません、もう少しお待ち下さい、すぐ出てくるでしょうから、どうかご心配なく、ここじゃなにひとつなくなったりいたしません、たった今も十年間探していた原稿を見つけたところです、いいえ、十年なんてことはありません、あなたの原稿はもっと早く見つかりますよ、そう期待します、なにしろ原稿がたくさんありましてね、こんなに山ほどあるんです、なんならお見せしますよ、もちろんあなたはご自分の原稿がお入り用で、ほかの原稿ではないんでしょう？　それは結構なことで、つまり私どもは役に立たない原稿をたくさんあずかっているってことでして、長い間お預かりしていたあなたの原稿を棄ててしまったりすることはありません、いえ、出版するためではなく、お返しするためにお預かりしていたんですけど。」

こんなふうに話しているのはひからびて背中の曲がった小男だ、そして誰かが彼を呼び、袖を引っぱり、仕事をゆだね、ゲラ刷りの山を彼の腕の中にどさっと渡すたびにその小男はいっそうひからび、背中が曲がっていくみたいだ、《カヴェダーニャさん》、《カヴェダーニャさん、ちょっと！》、《それはカヴェダーニャ氏にたずねよう！》すると彼はそのつど新たな相手をじっと見つめ、顎を震わせ、首を宙に据えて置こうとしてよじ曲げ、もちろんほかの質問は片付けないまま、あまりに神経質すぎる人の絶望的な忍耐力とあまりに忍耐強い人の超音波的な神経質さとで、新たな質問に注意を集中する。

あなたが出版社の社屋に入っていき、受付けで乱丁本を取り代えてほしい旨を告げると、最初に販売部へ行けと言われる。それから本を取り代えるだけでなく乱丁本になった経緯も説明してほしい旨つけ加えると、製作部へ行けと言う、そしてあなたがいちばん知りたいのは中断した小説の続きなんだと言うと、「それならカヴェダーニャ氏にお話しになる方がいいでしょう」と結論する。「控え室でお待ち下さい、ほかにも待ってる方がいらっしゃいますが、そのうちあなたの番が来るでしょう。」

こうして、あなたはほかの客たちの間に入って行き、そしてカヴェダーニャ氏が、客やほかの編者や社員たちによって話の腰を折られるたびに、そのつど、勘違いに気づかず、あなたも含めて、別の人に向かって、その見つからない原稿の件で幾度も話を最初からしなおすのを耳にしたのだった。カヴェダーニャ氏は同僚たちが厄介で骨の折れる仕事はみんな本能的に押しつけてしまいがちなどんな企業組織にも必ずいるような人物なのだ。やっとあなたが彼と話しをしようとすると、これから五年間の作業計画が延期になったとか、人名索引を入れるとページ数を全部変えなければならないとか、ドストエフスキーの版でMariaと表記してあるのは現行ではMar'jaに、PjotrはPëtrにそっくり改めなければならないとか次々に言ってくる。彼はそれにいちいち耳を傾けながらも、別の相手との会話を中断したのを心苦しく思っているものだから、飛び入りの用がひとつ片付くとすぐに、我慢しきれなくなっている連中に彼らのことを忘れているわけじゃあない、用向きは覚えているからと安心させながら焦立ちを鎮めにかかる、「幻想的な雰囲気はひじょうに高く評価しているんですが……」（「なんだって?」とニュージーランドにおけるトロツキズムの分裂について論じた歴史家が呟く。）「糞便趣味的なイメージをもう少し和らげたらと……」（「なにを言ってるんです！」と寡占企業のマクロ経済学の研究者が抗議する。）

不意にカヴェダーニャ氏の姿が見えなくなる。出版社の廊下はいろんな罠でいっぱいだ、精神病院の演劇グループや、集団の精神分析を研究しているグループや、女性運動の闘士たちが廊下をうろうろしている。カヴェダーニャ氏は一歩行くごとに連中につかまり、包囲され、呑みこまれてしまう危険があるわけだ。

あなたは出版社のまわりをうろついているのはかつてのように詩人や小説家を夢見る青年たちや詩人や小説家を志望する女性たちではなくなった時代にいるのだ、現代は（西洋文化の歴史においては）それぞれに孤立した個人ではなくて集団が紙の上に自己を実現させようとする時代なのだ、研究会や、活動グループや、調査団など、まるで現代は知的作業にひとりっきりで立ち向かうにはあまりに困難な状況下にあるかのように。著作者像は複合的なものになり、いつも集団で動きまわっている、なぜなら誰も何者をも代表する権限を持ちえないからだ、たとえばひとりは脱獄囚、三人は再収監された四人の元囚人グループが看守に付き添われ、看守が筆記した原稿を持ち歩いていたり、あるいはまたまるで結婚生活には原稿を生産するより以上の慰めがないかのように、必然的にではなく意図的に夫婦になったカップルがいたり。

そしてそうした連中はそれぞれにある部門の代表者あるいはある課の責任者との面談を申し込んでいるのだが、結局みんなカヴェダーニャ氏のところへ回されるのである。思想の様々な部門や流派の内輪だけで通じる専門的な用語に溢れた弁舌の波があなたが一目見て《ひからびて背中の曲がった小男》と規定したこの年配の編集者の上に打ち寄せる、だがあなたがそう規定したのは彼がほかの人より小男で、ひからびて、背中が曲がっているからでもなく、《ひからびて背中の曲がった小男》という言葉が彼の自己表現法の一部をなしているからでもなく、彼がある世界から、――いや、ある本から、――そう、《ひからびて背中の曲がった小男たち》が出会うような本がまだ読みうるような世界からやって来たように見えるからである。

彼は話をそらすことなく、いろんな難題がその禿げ頭の上を滑っていくにまかせて、頭をふりながら、それぞれの問題をそのもっとも実際的な面に限定しようとする。「でも、失礼ですが、まさか脚註を全部本文の中に入れてしまうわけにもいきませんし、本文をあんまり圧縮することもできないでしょう、考えてごらんなさい、本文を脚註みたいに入れるわけにもいかないでしょう?」

「僕は読者です、単なる読者で、作者ではありません」誤ちを犯そうとする者を救いに乗り出すように、あなたは急いでそう言明する。

「ああ、そうでしたか、それは結構、まったくうれしいですね!」そしてあなたに向けられたその目はまさしく好意と感謝に溢れていた。「うれしいですね。まったくこのごろは読者に会うということがしだいに少なくなりましたからね……」

彼は打ち解けた気分にとらわれ、それに浸って、ほかの用事は忘れ、あなたをわきの方へ呼ぶ、「私は長年出版社で働いています……たくさんの本が私の手を経ていきます……でも私はそれを読んでいると言えるでしょうか? 私が読書と呼んでいるのはこんなものではないんです……私の故郷には本はあまりありませんでした、でも私は読書をしていました、そうあのころのは本当の読書でした……年金生活をするようになったら私は故郷に帰り、以前のように読書をしたいといつもそう考えてるんです。時どき私は本を一冊取っておくんです、年金暮らしをするようになったらこの本を読もうと思いましてね、でもそのうちもう以前と同じにはいかないだろうって考えるんです……ゆうべ夢を見ましてね、私は生まれ故郷にいるんです、私の家の鶏小屋にね、私は鶏小屋で、鶏が卵を生む籠の中で、なにかを探しているんです、そして私がなにを見つけたと思います？　本ですよ、私が子供のころ読んでいた本です、廉価版の、ページがばらばらになった、白黒の挿絵に私がパステルで色を塗りつけた本です……子供のころ私は鶏小屋に隠れて本を読んでいたんですよ……」

あなたは訪ねてきた理由を彼に説明しようとすると、彼はたちまちそれを悟って、あなたにみなまで言わせない、「あなたも、あなたも十六ページ折りが混ざりあっていたんですね、よくわかっております、始まってもあとが続かない本ですね、当社のあの最新の刊行物はすべて滅茶苦茶なんです、あなたはそのことではなにかおわかりでしょうか？　当方では不慮の出来事というよりなにもわかっていないんですよ。」

彼は腕にゲラ刷りの山を抱えている、ちょっとでも揺すると印刷した文字の順番が滅茶苦茶になってしまうかのように、それをそっと置く。「出版社なんて脆い組織なんです」と彼は言う、「どこかでなにかが狂うとそれだけで混乱が拡がり、私たちの足元でカオスが口を開くんです。そうなんですよ、それを考えると目眩がしてくるんです。」そして微塵となってぐるぐる回転する無数のページや行や言葉の幻影に責められるかのように、彼は目をふさぐ。

「どうか、カヴェダーニャさん、そんなふうに取らないで下さい！」逆にあなたが彼を慰めることになる。「僕のは読者の単なる好奇心なんですから……なにもおっしゃることができないんでしたら別に……」

「私はわかっていることは、喜んでお話しします」、編集者は言う。「お聞き下さい。すべては当社にひとりの青年が現われた時に始まったんです、その青年は翻訳者だと言ってきたんですがね、その、なんと言いましたかね……」

「ポーランド語の？」

「いいえ、ポーランド語じゃあなくて。知っている人があまりたくさんいない、むつかしい言葉なんですがね……」

「チンメリア語ですか？」

「チンメリア語ともちがいます、もっと向こうの、なんと言いましたっけね？　その青年は何カ国語にも通じていて、知らない言葉はないということでしてね、あの言葉、チンブロ語、そうチンブロ語さえ知ってるっていうんです。そしてその言葉で書かれた本を持ってきました、ずいぶん大部の、ぶ厚い小説で、なんと言いましたっけ、『旅人』、いや、『旅人』は別の作家のだ、『村の外へ』……」

「タツィオ・バザクバルの？」

「いや、バザクバルとはちがいます、バザクバルのは『切り立つ崖』です。それ、あの……」

「アフティですか？」

「そう、それです、ウッコ・アフティです。」

「でも、失礼ですが、ウッコ・アフティはチンメリアの作家じゃあないんですか？」

「最初はチンメリアの作家だったんです、アフティは。でも戦争中に、戦後になにが起こったかと言いますと、国境の変更が行なわれ、鉄のカーテンが引かれたのです、それで今では最初チンメリアがあったところにチンブリアがあり、チンメリアはもっと向こうに移されたんです。こうしてチンメリア文学も、戦後の復興の際に、チンブロ人に吸収されたんです……」

「ガッリガーニ教授はそう主張しているんですが、ウッツィ・トゥッツィイ教授は否定していますよ……」

「大学での、研究室間の対抗意識を、競り合っているふたつの講座、反目しあっているふたりの教授の対抗意識を考えてごらんなさい、ウッツィ・トゥッツィイ教授が自分のところの言語の傑作をガッリガーニ教授のところの言語で読まなくちゃならないなんてことを認めると思いますか？」

「でも」とあなたは固執する、「『切り立つ崖から身を乗り出して』は未完の小説というか、始まったばかりで続きがないってのはどういうことになるんです……僕はオリジナルを見たんですけど……」

「『身を乗り出して』は……どうか混乱させないで下さい、題名は似ていますがあれではありません、『目眩』のつくやつです、そう、ヴィリャンディの『目眩』です。」

「『風も目眩も怖れずに』ですか？　言って下さい、それは翻訳されてるんですか？　あなたのところで出版されてるんですか？」

「まあお待ち下さい。翻訳者はエルメス・マラーナという男ですが、訳稿をちゃんと準備しているみたいでした、翻訳の見本を持ってきましてね、私どもはその題名を刊行予定のプログラムに入れたんです、彼は一度に百枚ずつきちょうめんに翻訳原稿を持ってきて、前金を受け取っていたんです、私どもでは時間をロスしないように、その翻訳を印刷所にまわして、活字に組ませ始めたんです……ところがゲラ刷りを見ていると、矛盾した箇所やおかしなところがいろいろ見つかったんです……それでマラーナを呼んで問いただしたところ、まごまごして、どうも話が食い違うんです……彼を追いつめて、原書を目の前で開けさせ、その一部を声に出して訳すように言ったんですよ……すると彼はチンブロ語は一語も知らないって白状したんですよ！」

「じゃあ彼があなたがたに渡していた翻訳は？」

「固有名詞はチンブロ語で書いてありましたがね、いや、チンメリア語かも知れませんが、テキストはほかの小説からの翻訳だったんです……」

「なんという小説ですか？」

「なんという小説かって、私たちは彼にたずねたんです。するとタツィオ・バザクバルというポーランド人（ほらポーランド人が出てきた！）の小説だって言うんです……」

「『マルボルクの村の外へ』……」

「そう、よくおわかりですね。でもまあ待って下さい。彼がそう言ったんです、それで私たちは信用したんです、本はもう印刷中でした。作業を全部止めて、扉や表紙を変えました。私どもにとっては大損害でしたが、とにかく、題名や作者はちがっていても、小説があって、翻訳され、活字に組まれ、印刷されているんです……でも印刷や製本の段階での差替えまでは、嘘の扉のついた最初の折り分のページをそっくり新しい扉のついた折りと入れ換えることまでは計算に入れてませんでした、要するにそこから混乱が生じ、それが作業中だった新しい刊行物全体に及んで、印刷したものはみんな版をつぶし、もう本屋に出回ったものは回収する羽目になったわけです。」

「ひとつわからないことがあるんですけど、今あなたが話してらっしゃるのはどの小説のことなんですか？　駅の話のものですか、農場を出て行こうとする青年のものですか、それとも……」

「もう少し辛抱して下さい。あなたにお話ししてきたのはまだいかなるものでもないんです。というのはその間に、これは当然のことですが、私たちはもうその男を信用しなくなり、はっきりと突きとめたいと思って、翻訳を原書と照らし合わせてみたんです。するとなにが飛び出してきたと思います？　バザクバルでもなかったんです、ベルトラン・ヴァンデルヴェルデという、あまり知られていないベルギーの作家のフランス語の小説を翻訳したものだったんです、題名は……ちょっと待って下さい、今お見せしますから。」

カヴェダーニャは向こうへ行って戻って来ると、写真複写した紙の束をあなたに差し出した、「ほら、『影の立ちこめた下を覗けば』っていう題です。ここにフランス語の原書の最初の方のページがあります。ご自分の目でなんというインチキか確かめてごらんなさい！　エルメス・マラーナはこの三文小説を一語一語翻訳して、それをチンメリア語の小説だ、チンブロ語のだ、ポーランド語のだと言ってきたんです……」

あなたがコピーした紙をめくってみると、一目見てベルトラン・ヴァンデルヴェルデのこの“*Regarde en bas dans l'épaisseur des ombres*”（『影の立ちこめた下を覗けば』）はあなたが途中で中断せざるを得なかったあの四つの小説とはなんの関わりもないのだということがわかる。あなたはすぐにカヴェダーニャにそう言おうとしたが、カヴェダーニャはコピーの束に挟んだ紙切れを一枚取り出して、それを持ったままあなたに見せる。「私どもが彼のインチキに抗議したところ、マラーナはいったいなんといって返事してきたか、ごらんになりたいですか？　これが彼の手紙なんですがね……」そう言ってあなたに読ますために手紙の書き出しの部分を示す。

《表紙の作者の名前になんの意味があるのでしょう？　三千年先に思いをめぐらしてみようではありませんか。そのころにはいったい現代のいかなる本が生き残り、いったいいかなる作家の名が記憶されていることでしょうか。ギルガメシュの叙事詩のように有名ではあるけれども作者不詳の本もあれば、またたとえばソクラテスの場合のように、作者の名前は有名であるけれども作品はひとつも残っていない例もあるのです、あるいはおそらくこの先き生き残る本はすべて、ホメーロスのように、謎めいたひとりの作者に帰されるかも知れません。》

「なんて屁理屈でしょう」カヴェダーニャはそう叫んで、それから付け加える、「でも道理かも知れません、美とはそういうものです……」

彼は考えにとらわれたように首を振り、かすかに笑みを浮かべかすかに溜息をつく。この彼の考えを読者のあなたは彼の額に読み取ることができる。長年カヴェダーニャは一編一編と本が作られていく間それに付き合ってきた、毎日のように本が生まれ死んでいくのを彼は見ている、だが彼にとって本当の本は別にある、それは本が彼にとって別の世界からのメッセージであったころのものである。作者にしても同じことだ、彼は毎日作者たちと付き合っている、彼らの固執観念や、迷いや、怒りっぽさや、見栄っぱりまでよく知っている、しかし彼にとって本当の作者とは表紙に書かれた名前、本の題名と分かちがたくひとつになった名前のみがそうなのだ、本の登場人物やそこに描かれた場所と同じ現実を有し、それらの登場人物や風景と同じく、存在もするが存在もしない作者のみが。作者とは本がそこから生まれ出てくる目に見えないある一点、空想の駆けめぐる虚空、彼の子供のころの鶏小屋と別の世界とを結んでいた地下のトンネルなのだった……

彼に声がかかる。彼はコピーを取り戻そうかそれともあなたに預けておこうかとちょっとためらう。「これは大事なものなんです、ここから持ち出してはいけないんです、犯罪の証拠物件ですからね、剽窃の廉（かど）で訴訟が行なわれるかも知れませんので。もしお読みになりたければ、どうぞこの机のところにお座りなさい、私が忘れていても、あとで私に返して下さるのをお忘れにならないように、なくすと大変ですから……」

あなたは別に構わない、探している小説とはちがうからと言うこともできたが、読んでみるのも悪くはないし、それに忙しそうなカヴェダーニャ氏がまた出版社の活動の渦の中に巻き込まれてしまったので、『影の立ちこめた下を覗けば』を読み始めるよりほかはない。

影の立ちこめた下を覗けば

ビニールの袋の口をぐっと引っぱり上げると、ようやくジョジョの首まで収まったが、頭は外に出たままだった。もうひとつの方法は袋の中に頭から入れることだったが、それでも問題は解決しなかった、今度は足が外にはみ出すからだ。ジョジョの膝を折り曲げればうまくいくかも知れないが、足で蹴ってみたりいろいろやっても、奴の硬直した脚は思うようにならず、やっと脚を折り曲げることが出来たと思うと袋もいっしょに曲がってしまい、運ぶのにいっそう難儀するし、頭は前よりも余計にはみ出してしまった。

「いつになったらお前を厄介払いできるんだい、ジョジョ?」そう語りかけながら、袋をくるくる回すのだが、そのつど奴の間抜けづらが、女蕩らしを気取ったその口髭が、ポマードでこてこてに固めた髪の毛が、まるでセーターの襟元から覗くみたいに袋の口から見えているネクタイの結び目が、おれのまん前に来てしまうのだった。おれの言っているセーターというのは奴が流行を追い続けていた時代の代物だ。たぶんジョジョはその時代の流行がもうどこにも見られなくなったころになってようやくそれに追いついたのだ、だが奴は若いころからそうした服装やヘア・スタイル、ポマードやビロードの飾りのついた黒エナメルの靴に憧れていて、そうした身なりをひとやま当てた証しと考えていたのだ、それでひとたびそこにたどりつくや、自分の成功に有頂天になって、周囲を見回すことを忘れ、自分が真似ようと思っていた連中が今ではすっかりちがった身なりをしているのに気がつかなかったのだ。

ポマードはこってり塗りたくられていた、袋の中に押しこもうとして頭を押さえつけても、髪の毛を撫でつけた頭は丸みを崩さず、ただ髪をとき分けたように幾条もの筋が弧を描くだけだった。ネクタイの結び目が少し曲がっていた、おれはそれを直したい衝動にかられた、まるでネクタイのゆがんでいる死体はちゃんとした死体よりも余計に人目を惹くとでもいうかのように。

「頭もすっぽり隠すにはもうひとつ袋が要るわね」とベルナデットが言った、おれはあらためてこの娘がその社会的境遇からみて人がそう思うよりははるかに利口なのを認めざるを得なかった。

厄介なことに同じぐらいの大きさのビニールの袋は見つからなかった。台所のごみ入れ用のオレンジ色の小さな袋がひとつあるだけだった、それは頭を隠すには役に立っても、人間の体を大きな袋に入れ、その頭を小さな袋でくるんでいるのだということを隠すことはできなかった。

だがそれにしても、その地下室にそんなに長くいるわけにはいかなかった、夜が明ける前にジョジョを厄介払いしなければならなかった、もう何時間もこの三人目の連れがまだ生きているふりを装ってほろが畳めるようになっているおれの車に乗せて運び回っているのだ、もう大勢の人間にそれを目撃されていた。たとえば奴を川の中にほうり込もうとした時には（その時ベルシー橋には人影がないみたいだったのだが）自転車に乗ったお巡りがふたりそっと近づいてきて、立ち止まり、おれたちの方をじっと見ていた、それでおれとベルナデットは急いで欄干からだらりと頭と手とを垂らしているジョジョの背中を平手で叩きながら、「さあ、胃の中のものをすっかり吐いちまいな、そうすりゃ頭もはっきりするぜ！」と大きな声で言った、そしてふたりで奴の腕を肩にかけ、車まで運んでいると、その瞬間死体の腹の中で膨満したガスがすごい音を洩らした、お巡りが笑い出した。死体になったジョジョは、お上品を気取った、生きていた時のジョジョとはすっかり性質が変わっちまったとおれは思った、生きていたら奴をばらしたかどでギロチンにかけられようとしているふたりの友達をうまい具合に救ってくれるほどの俠気などとてもなかったろう。

それでおれたちはビニールの袋とガソリン缶を探しだしたのだった、もうあとは場所を見つければいいだけだった。パリのような大都会で死体を焼くのに適当な場所を探すのに時間を食うなんてことはありえないように思うだろう。「フォンテーヌブローに森がなかったかな？」おれは車のエンジンをかけながら横に座っているベルナデットに言う、「道を教えてくれよな、お前の方がよく知ってるんだから。」そう言いながらおれは太陽が空を白ませるころには野菜トラックの列といっしょに市内に戻ってこられるだろうと考えていた、そしてジョジョはしでの木の森の間の空き地に臭い燃えがらとなって転がっているだろう、そしてまた同じようにおれの過去も、――というのもおれのあらゆる過去が、まるで存在などしなかったかのように、焼き棄てられ忘れ去られてしまったと自分で納得するのにこれがいいきっかけに思えたからだ。

おれの過去がおれに重くのしかかり、そして、精神的にも肉体的にも、おれに貸しがあると思っている連中が大勢いると気づくたびに、たとえばマカオでは《ジャダの園》の娘らの親たちがそうだろうが、あいつらを例に挙げるのは中国人の親類縁者ほど厄介なものはなく娘たちのまわりからそいつらを追っぱらうのは容易ではないからで、——それでもおれは娘たちの身柄を引き取る時には、娘たちやその家族とはっきり契約して、白い靴下をはき、魚の匂いのする竹の籠を頭にのせ、港の一画にみんな住みついているが、田舎から出てきたような浮草暮らしの風体を帯びた、いじけた物腰の父親や母親がおれから金をせびりに来ないように、現金でそっくり支払ってやっていたものだが、——とにかく、過去がおれにあまりにも重くのしかかってくるたびに、それからはっきりと手を切りたいという希望に、商売を、女房を、町を、——ぐるりとひとまわりするほど次から次へと世界を渡り歩いて——大陸を、習慣を、友達を、仕事を、客を変えたいという思いに幾度おれは取り憑かれたことだろう。だがそれは間違いだった、それに気づいた時には遅かった。

なぜならそんなふうにしたところで過去の上に過去を背後に積み重ね、過去を増やすだけでしかなかったし、それにひとつの生活だけでもそれを引きずって歩くのにあまりにも濃密で錯綜しこんがらがっているとすれば、それぞれがその過去とそしてたがいにもつれ合い続ける他の生活の過去とを併せ持ったいくつもの生活を引きずって歩くとなればいったいどうなるだろう。そのつどこう言ってみたところで無駄だった、これでほっとできる、走行距離計をゼロにするわけだ、黒板消しで黒板の字を拭き消すわけだ、と。だが新しい土地に移ったその翌日にはもうそのゼロが走行距離計のロールにおさまりきらないほどの幾桁もの数字になり、黒板はいろんな人間や、場所や、共感や、反感や、失敗で端から端までいっぱいになるのだった。ちょうどその夜もジョジョを燃えがらにするのにいい場所を見つけようとヘッドライトで木立ちや岩の間を探っているうちに失敗をやらかしてしまった。ベルナデットが計器板を指さして言った、「ねえ、ガソリンが切れたなんて言うんじゃないでしょうね。」本当だった。ほかのことで頭がいっぱいだったのでガソリンを入れるのを忘れてしまい、給油所も閉まっている時刻に住宅地から遠く離れた場所で今にも車が立ち往生しそうな状態だった。さいわいジョジョをまだ燃やしてはいなかった、奴を火あぶりにした場所に近いところで足止めを食い、おれのものだってことがすぐに割れてしまう車をそこに残して歩いてずらかるなんてことができようか。結局、ジョジョのブルーの三つ揃いのスーツとイニシャルのはいった絹のワイシャツにぶっかけるつもりにしていたガソリン缶の中味を車のタンクに移し、出来るだけ早く市内にもどり、別の方法で奴を始末することを考え出すよりほかはなかった。

幸運にしろ災難にしろ、絡まりついてきたあらゆるごたごたからおれはいつも抜け出してきたといってみたところで無駄だった。過去はおれの腹の中でとぐろを巻き、しだいに長く伸びていくさなだ虫みたいなもので、イギリス式あるいはトルコ式の便器の中に、刑務所の桶の中や病院のしびんの中やテント暮らしの溝の中に、それともベネズエラでの時のようにやにわに蛇が飛びついてこないように用心しながら茂みの中で、なんとかその紐のような虫を引っぱり出してもまたその切れ目から伸びてくるのだった。名前を変えることができないように過去を変えることはできない、おれはこれまで自分でも覚えきれないほどいろいろ名前を変えていくつものパスポートを使ってきたが、みんないつもおれのことをスイス野郎のルエディと呼ぶのだった、どんな土地へ行きどんな名を使っても、いつもおれが何者でどんなことをしてきた男か知っている奴が誰かいるのだった、たとえ、年とともにおれの顔つきが、とりわけStjärna号に乗り組んでいてチブスにかかり、積荷のせいで岸に近づくことも無線で救助を求めることもできず、そのためおれの頭がザボンみたいに黄色く禿げてしまった時以来、すっかり変わってしまってもやはりそうだった。

　いずれにしてもあらゆる物語がもたらす結論はある人間が生きてきた人生はひとつ、ひとつっきりで、均質で、目の細かいものであり、フェルトの布のようにそれを織りなしている糸を切り離すことができないということだ。だからある一日のちょっとした出来事に、たとえばひとりのセイロン人がブリキの桶に入れた生まれたての鰐の子を売りにやってきたというような出来事にたまたま留まっていようという気になっても、この些細な取るに足らぬエピソードの中にもおれの生きてきたすべてが、過去のすべてが、背後に棄て去ろうとしておれがむなしくもがいてきたいろんな過去が、ついにはひとつのすべてをひっくるめた生活にと織りなされるいくつもの生活が暗黙裡に含まれているのであり、そしてそれはもうここから動くまいと決心したこの場所でのおれの生活、熱帯魚の生け簀を設けた中庭のあるパリ郊外の小ぢんまりしたこの家、魚の世話は一日たりともなおざりにできないため、どんな商売にもまして腰を落着けていなくてはならないこの穏やかな商い、それにおれの年ではもう女とも新たないざこざに巻き込まれたくないと思っても当たり前だが、そうしたおれの暮らしに続いていることは確かだ。

ベルナデットの場合はまったく話が別だ、彼女との場合はひとつのへまもなく事態を進展させたと言ってもよかった、ジョジョがパリに舞い戻り、おれの跡を追っていると知ると、おれの方でもすぐに奴の行方を探った、そうしているうちに彼女と出会い、奴がなにも疑いを抱かないうちにふたりで共謀して奴に一撃くらわしたのだった。ちょうどいい頃合いにおれはカーテンをそっと開いた、――たがいに顔を合わせなくなって何年ぶりかで――奴を見た時初めに目に入ったのは彼女の白い脚の間に挟まった奴の毛深い大きな尻のピストン運動だった、それから枕の上の、やや青白い彼女の顔と並んだ、きちんと撫でつけた奴の後頭部が見えた、おれが奴に一撃くわせやすいように彼女は顔を九十度ずらした。すべてが一瞬のうちに手ぎわよく片付いた、振り向いておれに気づくすきも、いったい誰が楽しみを邪魔しにきたのか知るいとまも、生き地獄と死後の地獄との境を越えるのを意識するひまも奴には与えなかった。

その方がよかった、死んでしまってから奴の面を久しぶりに拝んだ方が。「片が付いたぜ、ええ、おい」おれは情のこもった声で奴にそう語りかけたくなった、その間にベルナデットは奴にすっかり服を着せ、黒エナメルにビロード飾りのついた靴まではかせた、立っていられないほど酔い潰れているふりをして奴を外に運び出さなければならなかったからだ。おれはもうずいぶん以前にシカゴで、ミコニコス婆さんの店の奥のそこらじゅうにソクラテスの胸像をいくつも置いてある部屋の中で、奴に初めて会った時のことを思い浮かべた、それはおれがわざと起こした火事で手にした保険金を婆さんのおんぼろスロット・マシンに投資して、それを奴と中風病みで色気狂いの婆さんとの間でいいように懐に入れられたと気づいた時のことだった。前の日、砂丘から氷の張った湖を眺めながら、おれは何年来感じたことのなかったような自由を味わっていた、そしてそれから二十四時間たつうちにおれはふたたび狭い空間の中に舞い戻り、そしてギリシャ人街とポーランド人街との間のひどい匂いのたちこめた家々の並んだ界隈ですべてが決まったのだった。いろんな意味で、こうした類の転機はおれの人生で何度かあったが、奴に対して仕返しをしてやろうとつけ狙い続けるようになったのはその時以来であり、またその時以来奴に借りを返すのがずるずると延びてきていたのだった。安物のオーデコロンの香りを通して死体の匂いがしはじめた今になっても奴との間にまだ片が付いていないことに気づくのだった、生きていた時に何度もおれをひどい目にあわせたようにジョジョは死んでからももう一度おれに煮え湯を飲ませるかも知れなかった。

おれは一度にたくさんの話を引き出そうとしすぎているみたいだが、それはひとつの物語の周囲におれが話すことのできる、または話すであろう、あるいはまたほかの折りにもう話したかも知れないほかの多くの物語がぎっしりつまっているさまを、おれの暮らした時代そのものにほかならぬであろうたくさんの物語に満ちた空間を感じさせたいからであり、そしてあるいくつかの物語をするためにはその前にほかの物語をする必要のあるようなそんな物語を探しながらそうした時代の中をちょうど空間の中と同じようにあらゆる方向に動くことができ、どんな瞬間どんな場所から物語が出発しても物語るべき題材がつねに同じ密度を持っているといったような具合にしたいのだ。と言うか、中心となる話からおれがはずしたもの全体を眺望すると、あらゆる方向へと伸び拡がった光も透さぬほどに濃く茂った森のように見えるのだ、つまりそれは今度おれが前景に置くように選んだものよりもはるかに豊かな題材からなっているのだ、そのためおれの物語をたどろうとする人は川の流れがいくつもの小さな支流に枝分かれし、肝心な事柄はただその最後のこだまや残照しか届いて来ないのを見ていささかペテンにかけられたように思うかも知れないが、しかしまさしくそれはおれが物語を始める際に意図した効果というか、おれが採用しようとしている語り方の工夫、手中にある題材についておれに語りうる能力よりもやや低いところに自分を置くという判断基準によるものでもあるのだ。

それに考えてみればこれは堅固で、また拡がりを持った真の豊かさのしるしでもあるのだ、ということはつまりもしおれが物語るべき題材をたったひとつしか持ち合わせていないと仮定すれば、おれはその物語のまわりにやたらとまつわりついて、そしてそれを正当に価値づけようと望むあまり結局はそれを焼き焦がしてしまう羽目になるだろうが、ところがおれは物語りうる題材を貯金として実際上無限に蓄えているのであって、おれはそれを自由に鷹揚に操ることができるのであり、そのことにいささかうんざりした気持さえものぞかせながら、副次的なエピソードや無意味な細部に道草を食うという贅沢もできるというわけだ。

格子戸が軋るたびに、――おれは今盥をもって庭の奥の倉庫にいる、――ここまでおれを探しに来る人物がおれのいろんな過去のうちのどれからやって来るのだろうかと考えるのだ、それはこの同じ郊外におけるつい昨日の過去の人物、たとえば十二月に集めるチップは仲間たちが全部取ってしまって自分には一文も入らないのだといって、もう十月に新年の賀状をもって一軒一軒チップを集めて回り始めている背の低いアラブ人の道路清掃夫にすぎないかも知れないが、――この年老いたルエディの背後に流れ、袋小路にあるこの格子戸を探しあててきたごく遠い過去の人物、たとえばヴァレーの密輸業者か、カタンガの傭兵か、フルヘンシオ・バティスタの独裁時代のヴァラデーロのカジノの元締めであるかも知れない。

ベルナデットはおれのいろんな過去のどんな人間ともなんのつながりも持っていなかった、あんなふうな具合に中途で断ち切らざるを得ない羽目になったジョジョとおれとの間の昔からの因縁も彼女はなにも知らなかった、たぶん彼女はおれが彼女のために、奴が彼女に強いていた暮らしのことを彼女がおれに話したために、おれがああしたんだと思っているだろう。それに、もちろん、金のためにも、それはおれの懐に入っているように感じるとはまだ言えないにしても、かなりまとまった金だった。おれたちを結びつけているのは共通の利害だった、ベルナデットは状況を即座に読み取れる娘だ、こうした厄介な事態からふたりともうまく抜け出せるか、それともふたりとも殺(や)られてしまうかといったような。だがきっともうひとつ別の考えもベルナデットの頭にはあったにちがいない、彼女のような娘が世間を渡っていくには彼女の生業(なりわい)を知っているような男に頼らなくてはならないのだ、彼女がジョジョを片付けるためにおれを呼んだとすれば、それは奴の後釜におれをすえるためだった。こうした類のことはおれの過去にはうんざりするほどあったが、一度だってそれがいい目に出たことはなかった、それでおれはああした商売から身を引いて、そこには二度と戻りたくなかったのだった。

　こうして、またきちんと服を着せたジョジョを車の後の座席にうまく座らせ、奴をしっかりと支えるために片手をうしろに伸ばした彼女を前の座席のおれのとなりに乗せ、夜の中をあちこち走り回ろうとしてエンジンをかけようとしていると彼女は左脚をギヤ・レバーごしに投げ出し、おれの右脚の上にのせかけてくる。「ベルナデット！　なにをするんだ？　今はそんなことをしている場合か！」おれが怒鳴ると、彼女はおれが部屋に押し入ったのはちょうど途中ではやめられない瞬間だったのだが、それをおれが中断させてしまったのだし、相手が奴だろうとおれだろうと構いはしない、とにかくあの瞬間からまた始めて最後まで行かなくちゃと言うのだ。その間にも彼女は片手で死体を支え、もう一方の手でおれのボタンをはずし、そしてフォーブール・サンタントアーヌの公共駐車場に止めたその小さな車の中で三人で押しくらをする恰好になった。彼女はいかにも見事に――と言うよりほかはないが――脚をねじ曲げ、それをおれの膝の上にまたがるようにして乗せ、そしてまるで山崩れのようにその胸元をおれに押しつけてくる。一方ジョジョがうしろから倒れかかってくるのを彼女は注意深く押しのけようとするのだが、白眼をむいて彼女をねめつけた死人の顔と彼女の顔はほんの数センチしか離れていなかった。おれはどうかと言えば、こんなふうに不意打ちをかけられながらも、おれの肉体は勝手に反応して、仰天したおれの気持に従うよりも明らかに彼女に従う方を選んだのだが、万事彼女がやってくれるのでおれの方は身体を動かす必要さえなかった、ところでその瞬間に気づいたのだが、死人の目の前で、おれたちふたりがしていることは彼女には特別な意味をもった儀式なのだった、そして柔らかくだがしっかりと締めつけてくる力を感じながら、おれはそれから逃れられそうにないと悟った。

《お前の思いちがいだよ、――とおれは言いたかった、――その死人はお前とは関係のない別の因縁のせいで死んだのであり、その因縁話にはまだけりがついていないんだ。》おれとジョジョの間にはもうひとり別の女がいて、その因縁話にはまだ結着がついていず、そしておれが次から次へと話をとばすのは、その女とジョジョがいっしょになっておれを破滅させようとしているのを知っておれが逃げ出したその最初の日のように、その因縁話のまわりをぐるぐる回り続けながらそれから逃げようとしているからなんだと、そうおれは言いたかったのだ。いずれそのうちにその話も彼女に話すことになるだろうが、それもほかのいろんな話と交えて、別に特別扱いはせず、物語り、思い出すという喜びのほかどんな特別な感情もそこにこめはしないだろう、というのは不幸を思い出すということもまたその不幸を幸せの中にというのではないが変化の中に、推移の中に、動きの中に混ぜいれると一種の喜びになりうるから、つまり幸せと呼んでもいいものに、物事を距離を置いて眺め、それをまるで過ぎ去ったことのように物語る喜びになりうるからだ。

「うまく切り抜けたらこれもあとで話せば楽しいだろうな」ビニールの袋に入れたジョジョといっしょにエレベーターで上に昇りながら、おれはベルナデットにそう言った。おれたちのもくろみは最上階のテラスから狭い中庭に奴を投げ落とすことだった、翌日になって死体が見つかれば、自殺かそれとも泥棒に入ろうとして誤って転落したと見なされるだろう。だがもし途中の階で誰かがエレベーターに乗ってきて袋をもったおれたちを見たら？　そうしたらゴミ袋を持って下りようとして間違ってエレベーターを上昇させてしまったんだと言えばいい。実際夜明けも近いことだし。

「あんたはどんな場合もちゃんと見越してあるのね」ベルナデットは言う。そうでなければどうしておれが無事でいられるもんかとそう彼女に言ってやりたい、長年おれは交通の要所要所に配下を手配してあるジョジョの一味から身を守ってこなければならなかったのだから。だがそれにはジョジョやあのもうひとりの女の舞台裏のことをすっかり彼女に説明してやらなければならない、連中はおれのせいで失ったと言っているものをおれから取り戻し、おれに報復の首輪をはめようとするのを決して諦めず、そしてビニールの袋の中にいるおれの古馴染みを処置しようとこうして一夜を過ごさなければならぬ羽目におれを追い込んでいるのだ。

あのセイロン人の件もなにか裏があるのではなかろうかとおれは考えた。「鰐はいらないよ、若いの」とおれは言った、「動物園にでも行きな、おれは別の商品を扱っているし、市内の店から仕入れているのさ、アパート用の養魚槽や、熱帯魚や、せいぜい亀なんかをね。ときどきイグアナをくれって言われることがあるけど、おれはイグアナは置かないんだ、あれは扱いがむつかしいからな。」

その若者は――十八ぐらいだったろうか――オレンジ色の顔の上にまっ黒い羽毛でもくっつけたような口髭と眉をして、突っ立っていた。

「誰がお前をここへ寄こしたんだい？　言ってみな」とおれはたずねた、間に東南アジアの人間が入っている時にはいつもあまり信用しないことにしているからだが、それにはおれなりの理由があるのだ。

「マドモワゼル・シビルだけど」とその若者が言う。

「おれの娘がなんでまた鰐と関係があるんだ?」おれは叫んだ、もう大分前から娘は自分で暮らしを立てているからいいようなものの、娘の消息が耳に入ってくるたびにおれは心配になるのだ。なぜだかわからないが、娘のことを考えるとおれはいつも一種の良心の呵責を感じるのだった。

こうしておれはシビルがクリシー広場のナイトクラブで鰐を相手のショーに出ていることを知った、その途端におれは不愉快な気分になってそれ以上詳しいことはたずねなかった。娘がナイトクラブで働いていることは知っていたが、鰐といっしょに客の前に姿をさらすなんてことは一人娘の将来を願う父親にとっては最低の話だ、少なくともおれのようにプロテスタントのしつけを受けてきた父親にとっては。

「そのクラブはなんて名だ?」不機嫌をあらわにおれはたずねる、「ちょっと覗きに行きたいんだがな。」

その若者は宣伝用のカードをおれに差し出した、その途端おれの背筋に冷たい汗が流れた、《新テイターニア》というその名を聞き知っていた、耳にたこが出来るほど聞き知っていたからだ、もっともそれは地球の反対側での思い出ではあったたが。

「で誰が経営してるんだ?」おれはたずねる。「そう、支配人、店の主人のことだよ!」

「ああ、マダム・タタレスクのことかね……」そう言って鰐の子を持ち帰ろうとブリキの桶をまた手に下げた。

おれは鰐の緑色のうろこや、脚や、尻尾や、ぱっくり開いた口が動くのをじっと見ていたが、その女の名を聞いた瞬間からまるで脳天を棍棒でぶん撲(なぐ)られたみたいで、耳鳴りがして、鈍い響き、地獄の喇叭(らっぱ)の響きしかおれの耳には入ってこなかった、おれはその女のまがまがしい影響力からシビルを救うために二つの大洋を渡って行方をくらまし、娘とおれのために落着いた穏やかな生活を築きあげてきたのだったが、すべては無駄だった。ヴラーダは彼女の娘のところへやって来て、彼女だけがおれに凶暴な反感と陰鬱な誘惑とをかきたてるすべを知っているあの能力で、シビルを通じてふたたびおれをその手の中に捕えたのだ。おれにはすぐに彼女だとわかるメッセージをもう送りつけてきたのだった、つまり爬虫類への執着というメッセージを、そして、それは彼女にとって不幸が唯一の活力素であり、世界はそこから到底逃れることのできない鰐の井戸のようなものだということをおれに思い出させるのだった。

鰐の井戸を覗くように、おれはテラスから身体を乗り出してそのきたならしい中庭の底を覗きこんでいた。空はもう白みかけていたが、下の中庭はまだ濃い闇に沈み、翼のように上着をひるがえしながら虚空を舞い落ちピストルのような音をたてて骨がこなごなに砕けたジョジョが不恰好なしみと化しているのがようやく見分けることが出来た。

ビニールの袋がおれの手に残った。そこにほうり出しておいてもよかったが、ベルナデットは袋から足がつくことを心配して、持って帰って始末した方がいいと言うのだった。

一階でエレベーターのドアが開くと、そこに三人の男がポケットに手を突っ込んで立っていた。

「やあ、ベルナデット。」

「あら」と彼女は口にした。

彼女がその男たちを知っているのがおれにはどうも気に入らなかった、そのうえその身なりが、ジョジョよりも当世風ではあったが、なんとなく奴の身内らしい感じを匂わせていた。

「その袋の中になにを入れてるんだい？　見せてみな」三人のなかでいちばん太った男が言う。

「見ろよ、からっぽさ」おれは落着きはらって言う。

男は袋の中に手を突っ込む。「これはなんだい？」そしてビロードの飾りのついた黒エナメルの靴の片方を引っ張り出す。

第六章

　写真複写のページはそこで終わっているが、もうあなたにはただその先を読み続けることができたらという以外の関心はない。どこかに完全なものが見つかるはずだ、それを探してあなたは周囲に視線をめぐらすが、すぐにがっかりする、このオフィスでは本は未加工の原料、取り替え部品、分解あるいは組み立てるべき装置といった形を取っているからだ。ルドミッラがあなたについて来るのを拒んだわけがあなたにもわかる、あなたもまた《向こう側》へ踏み越え、読者のみが持つ本とのあの特権的な関係を、書かれたものをそれにもうなにも付け加えたり削除したりするもののない完結した決定的なものと見なしうる立場を失ってしまったのではないかという怖れにとらわれる。だがカヴェダーニャがこの出版社のまったただなかで過ごしながらも、純粋な読書の可能性を培い続けているということを思ってあなたは慰められる。

　ちょうどその時その年老いた編集者がガラスのドアの間から現われる。彼の袖をつかんで、『影の立ちこめた下を覗けば」の続きを読みたいんだと言いなさい。

「さあ、いったいどこへいっちまいましたかね……マラーナの件に関する書類はみんななくなってしまったんです。タイプで書いた原稿も、原作も、チンブロ語版も、ポーランド語版も、フランス語版も。いつの間にか彼も姿を消し、なにもかもすっかり消えてなくなったんです。」

「じゃあもうなんにもわからないんですか？」

「そう、書いてましたね……手紙をたくさん書いて寄こしてました……天にも地にもないようなたわ言をね……さっぱりわけのわからない手紙なのであなたにお話しするってわけにはいきません。手紙を全部読むには何時間もかかるでしょうしね。」

「ちょっと見せてもらえませんか？」

あなたがとことん突き留めたがっているのを見て、カヴェダーニャは文書室から《エルメス・マラーナ氏に関する書類》を持って来させる。

「少しお暇がありますか？　じゃあ、ここに座ってお読みなさい。あとでどう思うかお聞かせ下さい。あなたになにかお分かりになることがあるかも知れませんからね。」

カヴェダーニャ宛のマラーナの手紙にはいつも具体的な理由がある、翻訳を届けるのが遅れた言い訳や、前払いの催促や、見逃すことのできない外国の新刊書の情報といった具合である。だがこうした事務的な手紙の通常の趣旨の間からいろんな企てや奸計や秘密についての仄(ほの)めかしが顔を覗かせており、そしてそうした仄めかしを説明しようとして、あるいはなぜそれ以上言いたくないかを説明しようとして、マラーナは話をいっそう錯雑としたこんがらがったものにしてしまっているのだった。

手紙は五つの大陸にまたがるいろんな地方で書かれているが、どうやら正規の郵便で直接発送したのではなく、使い走りのボーイにでも託してほかの場所で投函したらしく、封筒に貼った切手が手紙が書かれた国のものとちがっていたりしている。それに日付の順序も狂っている、前の書簡に関して言及した手紙があるが、前の書簡というのが日付ではあとから書かれたことになっていたり、詳細は追ってと書いた手紙があるが、その詳細がそれよりも一週間前の日付のある手紙の中に書いてあったりしている。

《セッロ・ネグロ》とあるのは南米の消滅してしまった村の名である――らしい――が、その村の名が最後の一連の手紙の書かれた場所になっている。だがそれが正確にはどこにあるのか、アンデス山中にあるのか、オリノコ川流域の密林の中に埋もれているのか、手紙にある短い矛盾した風景描写からはいっこうにわからない。あなたがいま目にしている手紙は一見したところ普通の業務上の手紙である、だがいったいなんだってチンメリア語関係の出版社がそんなところで営業しているのだろう？　それにそうしたチンメリア語の出版物が両アメリカ大陸に住むチンメリア人移民というごく限られたマーケットを対象としているとすれば、どうしてまた国際的に著名な作家たちの、そして作者の原語も国際的に通じる言語で書かれた、まったくの最新作のチンメリア語訳をわざわざ出版したりすることが可能なのだろう？　実際、エルメス・マラーナはそうした作家たちのマネージャーになっているらしかったが、アイルランドの有名な小説家サイラス・フラナリーの長い間待たれていた新作『絡みあう線の網目に』の優先選択権（オプション）はいらないかとカヴェダーニャに書いて寄こしているのである。

一方、やはりセッロ・ネグロからの別の手紙は、インスピレーションを喚起するような調子で書かれていた、それはその地の伝説――とおぼしきもの――に言及したもので、それによると盲（めし）いで文字も知らず、年さえも覚えていないほど長寿の、《物語の父》と呼ばれるインディオの年寄りがいて、その老人は自分のまったく知らない地方や時代に起こるいろんな話をぶっとおしで話し続けるというのだ。この珍しい現象はたちまち人類学的、または超心理学的な目的を持つ調査団を呼び寄せたが、その結果著名な作家たちによって発表された小説の多くが、それらの作品が刊行されるより何年も前にその《物語の父》のしゃがれ声によってすでに一語一語逐一語られていたことが明らかになったというのである。そのインディオの老人は物語の材料の普遍的源泉、それぞれの作家の個々の表現がそこから枝分かれして生じてくるその本源となるマグマなのだと言う者もあれば、また、幻覚を生じさせる茸（きのこ）を常食とするせいで、空想的な気質がもっとも強い人たちの内面世界と交流し、その心霊波をとらえることのできる一種の予見者だと主張する者もいるし、さらにはホメーロスや、千一夜物語の作者や、ポポル・ヴフの作者、あるいはアレクサンドル・デュマ、ジェームズ・ジョイスの生まれ変わりだと言う者もいるが、しかしこの説には、ホメーロスは生まれ変わりを必要としない、なぜなら彼は何千年と生き続け、物語り続けているからであって、彼は通常彼のものとされている幾篇かの詩のほかに、現在知られている有名な物語の大部分は彼の作品なのだといって反対する者もいる。さてエルメス・マラーナはその老人が隠棲している洞窟の入り口に録音機を持って近づき……

だが、ニューヨークからの、それに先立つ手紙では、マラーナが話を持ちかけている未刊の原稿の出所はまったく別である。

《OEPHLWの所在地は、この社用箋にも記載してあるように、ウォール街のさびれた地区にあります。ビジネスの世界がこの重々しい建物を見棄ててからは、もとはイギリスの銀行だったこの教会風の建物は今ではまったくぞっとするような代物に成り果てました。私は内線電話を鳴らして、「エルメスですけど、フラナリーの小説の冒頭の部分を持って来ましたよ」と言ったわけです。スリラー小説のその老大家がどうしても書き進めることの出来ないその小説の書き出しの部分を私に託すようにと説き伏せるのに成功したと私がスイスから電報を打って以来、連中はずっと首を長くして私を待っていたのです、というのも作者の文体や着想に完全に忠実な作品に必要なあらゆる要素をすっかりプログラムに組み込んだわれわれのコンピューターを使えば、たやすくその続きを完成させることができるからです。》

マラーナが手紙に書いているところによれば、その原稿を中央アフリカのある首都からニューヨークへ運んで行くのは容易なことではなく、彼の冒険家気質が大いに発揮されたらしい、

《……飛行機は渦巻いたクリームのような雲の中を飛び、そして私は世界の出版業界の渇望の的で、

幸運にも私が作者から手に入れることのできた貴重な未完原稿、サイラス・フラナリーの『絡みあう線の網目に』に読みふけっていました。するとその時、筒の短い自動小銃の銃口が私の眼鏡のつるに押し当てられました。》

《武装した青年たちの一隊が飛行機を乗っ取ったのです、汗の匂いが鼻につく。彼らの狙いは私の原稿を分捕ることにあるんだと私はすぐに気づきました。彼らはAPOの連中に間違いありませんでした。でも最近参加した連中の顔は私はまったく知らないのです。その気むづかしげな毛深い顔や傲慢な態度だけでは連中がその運動の両翼のいずれに属しているのか見分けることの出来る特徴はうかがえないのです。》

《……われわれの飛行機がどこの空港にも受け入れてもらえず、管制塔から管制塔へと追い払われながら飛行を続け、途方に暮れて彷徨したさまをここに長々と書くつもりはありません。ようやく人道主義的傾向をもった独裁者、ブタマタリ大統領が叢林地帯の中のだだっ広い彼専用の飛行場のでこぼこだらけの滑走路に疲労困憊したわれわれのジェット機を着陸させ、過激派グループと仰天した諸大国の当局との仲介役を買って出たのです。われわれ人質は埃っぽい砂漠の中のブリキ屋根の下でけだるく退屈な日々を送っていました。青味がかった羽根をした禿鷹が地面をつっついてはみみずをほじり出していました。》

マラーナとAPOのハイジャッカーたちとの間になんらかのつながりがあったことは、双方が顔をつき合わせた途端に彼が連中に呼びかけているその話しぶりからもはっきりしている、

《「自分たちの巣に帰りたまえ、小鳩たちよ、そして君らのボスに、もし自分の蔵書目録に最新のものを加えたいのなら、もう一度、もっと気の利いた連中を寄こせって言いたまえ……」すると彼らはカウンターアタックを食ったようにぽかんとして鈍そうな表情で私を見つめるのでした。秘密の本を求め崇めるこのセクトは、自分たちの使命についていい加減な認識しか持っていない若い連中のものになりおおせてしまったのです。「あんたはいったい誰だ?」と連中は私にたずねるのでした。私の名を耳にした途端、彼らは身体をこわばらせました。その組織の新入りたちは私とは直接面識はなく、私が放逐されて以後に流布された私についての中傷しか知らないのです、誰のため、そしてなんの目的のためめかさだかならない二重、三重、いや四重スパイという汚名しか。私が設立した非正統な権力の組織はあまり信用できない指導者たちの影響下に置かれないようにと私が統率していた間はある意味を持っていたのです。「われわれをウィング・オブ・ライト(光の翼)の連中だと思ったんだろう、そうだろう……」と彼らは言います、「参考までに言うけど、われわれはウィング・オブ・シャドー(影の翼)の者だ、あんたの罠にはかからないよ!」私が知りたかったのはそのことなんです。私はただ肩をすくめて微笑んで見せただけでした。ウィング・オブ・シャドーであれウィング・オブ・ライトであれ、どちらにとっても私は抹殺すべき裏切り者なのです。でも彼らに庇護権を認めたブタマタリ大統領が私をもその保護下に置いたために、彼らは私に手出しできないのです……》

だがいったいなぜAPOのハイジャッカーたちはその原稿を奪おうとしたのだろう? あなたはそのわけを知ろうとして手紙をめくる、しかしそこに書いてあるのはもっぱら自分が外交的手腕を発揮して取り決めた協定についてのマラーナの自慢話であり、それによるとブタマタリ大統領は連中を武装解除させて、フラナリーの原稿を取り上げると、それを作者に返すことを保証し、その見返りに自分が帝冠を戴き、近隣の領土を併合しようとするその意図を正当化するような王統物語的な小説を書くよう要求したというのである。

《協定書の作成を提案し、その交渉に当たったのは私です。私が文学作品や哲学的著作の普及宣伝活動を専門とする〈マーキュリー・アンド・ミューズ〉機関の代表としての身分を明らかにした時以来、事態は好転しました。そのアフリカの独裁者の信頼をかちえるとともに、アイルランドの作家の信用をもまた取り戻してからというものは（私は彼の原稿を剽窃することによって、種々の秘密組織がその原稿を入手しようとして企てた計画から無事にそれを守りとおしたのですが）、おたがいにとって有利な協定を交わすように両者を説得するのはたやすいことでした……》

リヒテンシュタインから出しているその前の手紙で、フラナリーとマラーナとの間のそれに先立つ関係を跡づけることができる、《このアルプス山中の公国にはベストセラーを次々に生み出すその作家の版権を所有し、契約に署名している会社の経営・経理本部があるだけで、その作家がどこに住んでいるのか、また彼が実在の人物なのかということさえ誰にもわからないというような噂が流れていますが、そんな噂は信じるべきではありません……私が最初に会ったのは秘書たちですが、彼らは私を顧問弁護士たちのところへ、顧問弁護士たちは代理人たちのところへと私をたらい回しにし、始めはどうやらあなたの情報どおりだと思わざるを得なかったと言わねばなりません……その老作家のスリルと犯罪と恋とに満ちた言葉の無尽蔵の生産能力を搾取しているその会社は、効率のいい商業銀行のような組織を持っているのです。でもそこには困惑と不安に包まれた、破産前夜のような雰囲気が漂っていました……》

《そのうちその理由がわかりました、数カ月前からフラナリーはスランプに陥っていたのです、彼は世界じゅうの出版社から前金を受け取って、すでに数多くの小説に着手していたのですが、一行も筆が進まず、それが世界じゅうの銀行の財政状態にも影響を及ぼしたのです、これらの小説はその登場人物たちが飲むアルコール類の銘柄や、登場人物たちが訪れる観光地、あるいは身につけるオート・クチュール、それに彼らが用いる調度品や小物類のブランドに至るまで専門の広告業者を通じて契約が結ばれていたのですが、その小説が作者の不可解な思いもかけぬ精神的危機のあおりを食って、いっこうに出来上がらないのです。彼の文体の技巧や微妙なニュアンスのすみずみまで模倣するのに習熟した一群のゴースト・ライターたちが、いかなる読者にもそれぞれ別の人間の手になった部分の見分けがつかないようなふうに彼の書きかけの作品を仕上げ、完成させて、その穴埋めをしようと手ぐすねをひいているのです……（わが社の最新の刊行物のかなりの部分にすでに彼らの貢献のあとが見られるようです。）でも現時点ではフラナリーは各方面にもう少し待つようにと、期限延長を要求し、構想を変更して、できるだけ早く執筆を再開することを約束し、助力の申し出を断っているようです。もっとも悲観的な噂によると、彼は日記を、いかなる事件も起こらず、ただ彼の精神状態と彼が毎日何時間もバルコニーから望遠鏡で眺めている風景のみを叙述した一種の冥想録を書き始めたのではなかろうかということです……》
数日後にマラーナがスイスから書き送っている手紙は幸福感に溢れている、《このことを特記しておいて下さい、誰も出来ないことでも、エルメス・マラーナには出来るのだということを！　私はフラナリー本人と話すことに成功したのです、彼は山荘のテラスで鉢植えの百日草に水をやっていました。身だしなみのいい、穏やかな、小柄な老人で、神経性の発作の時以外は、愛想のいい人物です……貴社の出版活動にとって貴重な、彼に関する情報をいろいろ提供出来ると思います、つきましては私名義の当座預金の番号を書いておきますので、その銀行あてに、テレックスで、その情報に対する貴社の関心の証しをお示し下さり次第情報をお教えいたします……》
マラーナがその老作家を訪れることになった理由は手紙全体を読んでもどうも判然としない、ニューヨークのＯＥＰＨＬＷ（エレクトロニクス利用同質文学作品生産協会）の代表として訪問し、小説を完成させるための技術援助を申し出たようでもあるし（《フラナリーは顔色を変え、身震いして、原稿を抱き締め、「いやだ、そんなことといやだ、絶対に許さない」と言いました……》）、またフラナリーの作品をずうずうしくも剽窃したベルギーの作家ベルトラン・ヴァンデルヴェルデを弁護しにそこへ行ったようにも受け取れる……だがそのなかなかつかまらない作家と接触するようにと要求してマラーナがカヴェダーニャに書き送っているのを溯っていくと、その作家の新しい小説『絡みあう線の網目に』の中心的なエピソードの背景として《紺碧の海原に代赭色の砂浜をくっきりと際立たせた》インド洋のある島を使うように提案することが目的であるらしい。その提案はミラノの不動産会社がその島にバンガロー村を建設して、それを分割払いや通信販売で分譲するための広告目的で行なったものだった。

この会社におけるマラーナの仕事は《開発途上国において体制がいろいろ変わっても建設工事の認可が保証されるよう、ある勢力が権力を掌握する前後の革命的な動きにとくに注意を払いつつ、それらの諸国の発展のためにP・Rする》ことにあるらしい。そうした任務のもとに、彼が最初に手掛けることになったのはペルシャ湾岸のスルタン国に超高層ビルを建設する契約の交渉にあたることだった。ところが彼の翻訳の仕事と結びついた偶然の機会が通常はいかなるヨーロッパ人にも閉ざされている門戸を彼のために開くことになったのだった……《スルタンの新しい妃は私と同国人の、感受性の強い、神経質な女性で、地理的環境の変化やその土地の風習や宮廷の礼儀作法などが彼女にもたらす疎外感にさいなまれ、その支えを飽くことのない読書への情熱に求めました……》

製本のミスであの小説『影の立ちこめた下を覗けば』の読書を途中で中断せざるをえなくなった若い妃は翻訳者に抗議の手紙を書いて寄こした。マラーナは早速アラビアに飛んでいった。《……ヴェールで顔を包み、目やにをつけた老婆が私について来るようにと合図をしました。ぶしゅかんの木が植わり、琴鳥が鳴き、噴水のさざめく、屋根のついた庭の中を、濃い藍色の衣裳をまとい、白金の線条細工をほどこした緑色の絹のヴェールで顔を包み、額に緑玉を連ねた飾り紐を巻いた彼女が向こう

からやって来ました……》

あなたはこのスルタンの妃についてもっと知りたいと思って、航空便用の薄い便箋の上に今にも彼女が姿を現わすのを期待するかのようにそわそわしながら視線を走らす……だがマラーナもページを埋めながら、あなたと同じ望みにかられて、見かけることのできなくなった彼女の姿を追い求めているようだ……一通また一通と手紙で語られる話はしだいに複雑な様相を呈してくる、《砂漠のへりに建った豪奢な邸宅》からカヴェダーニャに手紙を書いて寄こしながら、マラーナは自分が不意に姿を消した理由を、スルタンの密使からその邸宅に移って彼の以前の仕事を続けるように強制されたため（とか、それともずいぶんとうまい話に釣られたため？）とかなんとか説明している……スルタンは妃に彼女の好みに合った本を事欠かしてはいけないのだった、婚約の約款（やっかん）の一項目に、結婚に先立って彼女が高貴なる求婚者に申し出た条件としてそれが入っているのだ……語学に堪能な若い妃が主要な西欧諸国の最新の文学作品を次々と手に入れていた蜜月も終わると、状況は剣呑になっていった……スルタンは、それも無理からぬことだが、革命の陰謀を怖れたのである。陰謀者たちがアルファベットで印刷したページの中に暗号を組み込んで連絡を受け取っていることをスルタンの秘密諜報員たちが突き留めたのだ。それ以来スルタンは彼の領土内にある西洋の書籍をすべて差し押さえ、没収するよう布告を発し、彼の妃の個人的な蔵書の補給も停止された。正確な情報に裏づけられた、とおぼしき不信感が、スルタンをして自分の妃が革命派と気脈を通じているのではないかと疑うに至らしめる。しかし婚約に際してのあの衆知の約定を履行しないということは現王家にとってはなはだ大きな失態を示すことになる、ちょうど妃が読み始めたばかりの小説、まさしくあのベルトラン・ヴァンデルヴェルデの小説をその手から親衛兵たちによってひったくられた時に彼女が怒り狂ってわれを抑えることができなかった時のように……

　そこでスルタンの秘密諜報員たちは、エルメス・マラーナがその小説を妃の母国語に翻訳していることを知って、いろんなふうに理屈をつけて、彼をアラビアに移り住むように誘ったのだった。妃は毎晩その小説の一定量のページを、原本ではなくて、翻訳者の手で訳されたばかりのタイプで打った原稿で受け取るのである。もし原本の中の言葉や文字の連なりの中に暗号のコードが隠されていたとしても、訳稿ではもう解読しようがないからだ……

《スルタンはその本を翻訳し終えるのにまだ何ページ残っているかたずねるために私を呼びに寄こしました。政治上かつ夫婦間での妃の不実を疑うスルタンはその小説の読了後に妃が精神的緊張を失って、ほかの小説を読み始める前に、ふたたび自分の境遇に対して耐え切れない思いを抱くであろう瞬間をなによりも怖れているのだと私は気づきました。スルタンは陰謀者たちが反乱の狼煙(のろし)を上げるのに妃の合図を待っていることも、また彼女の読書中は、たとえ宮殿が吹っ飛ぼうとしていても、決して読書を妨げてはいけないという命令をしていることも知っているのです……一方私にもその瞬間を怖れる理由があるのでした、宮廷での私の特権を失ってしまうことになるかも知れないからです……》

　そのためマラーナはオリエントの文学的伝統からヒントを得た策略をスルタンに提案する、つまりいちばんの山場で翻訳を中断し、別の小説を翻訳して、それをたとえば最初の小説の登場人物が一冊の本を開き、読み始めるといったような方法とか、なにかそういった初歩的な手段でもって最初の小説の中に挿入する……そして第二の小説も中断して第三の小説に席を譲るのだが、それもあまり先へと進まぬうちにつながりもないまま第四の小説へと移っていくという具合にするというのだ……

こうした手紙をめくっているうちにいろんな感情があなたを揺すぶる。間に介在する登場人物によってあなたがその連続性を期待していたその本はまたもや中断してしまう……あなたにはエルメス・マラーナが読書の楽園の中に邪しまな毒を注ぎこむ蛇のように思える……世界じゅうのあらゆる小説を物語るインディオのあの予見者にかわって、ここには不実な翻訳者がでっち上げたいろんな始まりだけがあって中断してしまう陥穽小説がある……それと同じく陰謀者たちが高貴なるあの共謀者と連絡しようと空しく待ちながら、反乱も中断されたままになっており、そしてアラビアの平坦な海岸部の上に時間は停止したように重くのしかかる……あなたは読んでいるのかそれとも夢想しているのか？　筆狂患者のたわ言がそんなにもあなたに暗示を与えるのか？　あなたも石油国の妃に想いを馳せるのか？　アラビアの後宮でいろんな小説を混ぜ合わせている男の運命を羨むのか？　あなたは彼に代わって、彼女とあの排他的な絆で、ちょうどルドミッラとの場合に可能であると思ったような、ふたりの人間が同時に一冊の本を読むことによって得られるあの内面のリズムの交流で結ばれたいのか？　あなたはマラーナが喚起させる顔のないその**女性読者**にあなたの知っているあの**女性読者**の顔形を重ね合わせる、気だるいモンスーンの季節、蚊帳（かや）の中で、横向きに臥（ふ）せり、本のページの上に波打つ髪をたらしたルドミッラの姿がもうあなたの目に浮かぶ、一方宮中では密かに陰謀の刃が研がれ、そして彼女はそれが油層上の乾いた砂とそれに国家権益やエネルギー資源の分割といったことのためつねに死の危険に身をさらされることよりほかにはなにもない世界での生活で可能な唯一の行為ででもあるかのように、読書の流れに身を委ねている……

あなたはスルタンの妃に関するより新しい消息を求めて手紙の束をめくる……すると別のいろんな女性の姿が現われては消える。

インド洋上の島、《黒い大きなサングラスをかけ、くるみ油を塗り、自分の身体と土用の日差しとの間の心もとない日除けがわりにニューヨークの有名な大衆雑誌をかざした》水着姿の女性。彼女の読んでいる雑誌にはサイラス・フラナリーの新しいスリラー小説の冒頭部分が予告として掲載されている。雑誌に第一章を掲載するということはそのアイルランドの作家が小説の中にウィスキーやシャンパンの銘柄、車のニューモデル、観光地などを描き込んでもらうことに関心を持ついろんな会社との契約を受け入れる用意があることを示すものだとマラーナがその女に説明する、《あの作家の想像力は受け取る広告の手数料が多ければ多いほどいっそう刺激されるようです》その女性はがっかりする、彼女はサイラス・フラナリーの愛読者なのだ。「私の好きな小説は」とその女性が言う、「最初のページから落着かない感じが伝わってくるような作品なの……」

スイスの山荘のテラスから、サイラス・フラナリーは三脚の上に据え付けた望遠鏡で、二百メートルほど下の谷あいの別のテラスの安楽椅子で熱心に本を読んでいるひとりの若い女を眺めている。「あの女性は毎日のようにあそこに座っている」と作家は言う、「私は机に向かおうとするたびごとに彼女を眺めねばならない必要を感じるのだ。なにを読んでいるのか知らないが、私の本でないことはわかっている、それが本能的に私を苦しめ、そして彼女が読んでいるように読まれたがっている私の本たちの嫉妬を私は感じるのだ。私は飽きもせず彼女を眺めるのだ、彼女は別の時間の別の空間に宙吊りになった球面に住んでいるみたいに見える。私は机に向かうが、私が考え出すどんな物語も私が生み出したいと願っているものとは合致しないのだ。」そのために筆をもう進めることができないのかとマラーナは作家にたずねる。「いや、私は書いている」と作家は答えた、「私が本当に書いているのは今、今だけだ、彼女を眺めるようになって以来だ。私は、日々刻々、あの女性が読書しているところをただじっと見続けているだけだ。そして私は彼女が読みたいと願っていることをその顔に読み取って、それを忠実に書いているのだ……」「忠実すぎますね」マラーナは冷やかに彼の言葉を遮る、「あの女性が読んでいる小説『影の立ちこめた下を覗けば』の作者ベルトラン・ヴァンデルヴェルデの利害の代理人かつ翻訳者として、あなたにこれ以上あの作品を剽窃しつづけないよう警告します！」フラナリーは顔色を変える、ただひとつの懸念が彼の脳裡を占めるかのように見えた、「じゃあ、あの女性があんなにも夢中になって読んでいる本はヴァンデルヴェルデの小説だというのかね？そんなことは私には堪えられない……」

アフリカの空港、床の上に足を投げ出して風を入れたり、夜間の急激な気温の下降にそなえてスチュアーデスが配った毛布にくるまったりして待っている、航路を変更させられた人質たちの中に、ひとり離れたところに泰然と腰を下ろしている若い女性の姿をマラーナは感心して見つめる、その女性は長いスカートの下でちょうど書見台になるように持ち上げた膝を両腕で抱えている、本の上に垂れた髪で顔は隠れているが、あいた手でページをめくるそのしぐさはまるで重大なことはすべて次の章で決まるとでもいった様子である。《見境のない監禁が長びいて私たち全員の顔や態度に疲労の色が漂っている中で、その女性は遠い月の世界にでも包まれ、隔離され、保護されているみたいでした……》そこでマラーナはこう考える、APOのハイジャッカーたちに、おれから奪ったような本ではなく彼女が今読んでいるような本のためにこそ彼らの危険な作戦をすべて振り向けるべきだったのだと納得させなくてはならないと……

ニューヨーク、検査室に、血圧計や聴診器のコードで手首を椅子に縛りつけられ、こめかみを脳波計のくねくねとした細いコードのついた冠で締めつけられた女性読者がいる、彼女の集中力の度合と刺激の頻度とを計っているのだ。《われわれの仕事は検査にかける被験者の感受性いかんによるのです、そのうえに被験者は、実験者が持ち出してくるいろんな小説やそれらの一部に変更を加えたものを次々と間断なく読まされても、視力や神経がそれに耐えうるほどしっかりした人間でなくちゃあならないのです。読書への注意力がある程度連続してある一定の数値を示せば、その作品は合格で、マーケットに出してもいいってことになるのです。逆にその注意力が緩んだりそれたりすれば、その作品の組み立ては解きほぐされ、その構成要素は分解されて、別の作品に再利用されるのです。白衣を着た男がまるでカレンダーの紙をむしり取るように脳波記録用紙を次々とひきちぎります。「ひどくなる一方だ」とその男は言います、「しっかりした小説はさっぱり出て来ない。プログラムを検討しなおすか、それともこの女性読者が使いものにならなくなったかだ。」両眼の横の脇見除けの目隠しと目庇(まびさし)に囲まれ、その上に耳栓と顎を固定する喉当てをしているためにまったく無表情なその細い顔を私は見やります。その女の運命はどうなるのでしょう?》

マラーナがなんの気なしに放ったかのようなこの問いに対する答えはどこにも見つからない。あなたは息もつかず一通また一通と女性読者が様々に変貌して現われてくるのを、それが同一人物のことであるかのように、読んできた……だがそれがいろんな別の女性であったとしても、あなたはどの女性にもすべてルドミッラの姿形を与えている……もはやまぬかれることのできない大量生産の運命から小説を解放する最後の真の条件として、小説に求めることができるのは奥底深く隠された苦悩を目覚めさせることだけだということがおそらく彼女によって主張されているのではないだろうか? 赤道の陽光の下に裸で横たわる彼女のイメージの方が、ヴェールで顔を包んだスルタンの妃としての彼女のイメージよりもあなたには本当らしく映る、だがそのいずれもがセメント会社のブルドーザーに道を開こうとしてヨーロッパの外の各地の革命を股にかけるマタ・ハリのような存在としての同じ彼女の姿なのかも知れない……あなたはそのイメージを追い払い、アルプスの澄んだ空気を通して浮かんでくる安楽椅子に座った彼女の姿を受け入れる。するとたちまちあなたはなにもかもほっぽり出して、出かけて行き、フラナリーの隠れ家を探し出し、本を読んでいるその女性を望遠鏡で覗くかあるいはスランプに陥っているその作家の日記の中にその手掛かりを探したいという気持にかられる……（それともあなたを駆り立てるのは、たとえほかの題名ほかの作者名になっていようが、『影の立ちこめた下を覗けば』の続きを読めるかも知れないという思いなのか？）だがマラーナはしだいに痛ましい報告を書き送ってくる、ハイジャックの人質、それにマンハッタンのさびれた場所に囚われている女……責め道具に縛りつけられたあの女性はどうなったのだろうか？　なぜ彼女にとっては自然な状態である読書にまるで拷問のように苦しめられなければならないのか？　そしてまたいかなる秘められたもくろみがこれらの人物たち、つまり彼女や、マラーナや、原稿の強奪を目的とするあの謎めいたグループたちの道を絶えず交錯させせるのか？

これらの手紙のあちこちで触れられているところから読み取りうる限りでは、エルメス・マラーナが設立したその非正統の権力組織は彼の統率から逸脱して、内紛に終始し、二派に分裂したらしい、つまり光の大天使の天啓を信奉する一派と闇の支配者を信奉する虚無的な一派とである。前者は世界じゅうに氾濫している偽作本の中におそらく超人類的な超地球的な真理を伝える数少ない本を見出しうると信じ、後者は偽作、まやかし、意図的な嘘こそ本の中に絶対的な価値を、圧倒的な似非真理に汚染されていない真理を表わしうると見なしているのである。

《エレベーターの中にいるのは私だけだと思っていました、――とマラーナはまたニューヨークからの手紙に書いている、――ところが私のわきにすっと立った人影がありました、木のように長く髪を生い茂らせ、粗い布地の服に身をくるんだ、若い男がひとりエレベーターの隅っこにうずくまっていたのでした。それはエレベーターというより、折りたたみ式の格子のついた檻のような荷物運搬用の昇降機のような代物です。各階ごとに撤去した調度品や取っぱらった配管の跡のついた色の褪せた壁を見せた荒れた部屋が、黴(かび)のはえた天井や床の砂漠が垣間見えるのです。赤く陽焼けした長い手首を動かして、その若い男は階と階との間でエレベーターを止めました。》

《「原稿をよこすんだ。お前はそれをほかの連中にではなくて、おれたちに持ってきたってわけだ、お前はそうは思っていなかったろうけどな。その本の作者はずいぶんとまがいものの本を書いてきたけど、これは真の本だ。だからおれたちのものになるべきなんだ。」》

《男は柔道で私を床に叩きつけ、原稿をひったくります。その瞬間私は狂信的な青年がサイラス・フラナリーの相変わらずのスリラー小説の未完の原稿ではなく、その作家の精神的危機を記した日記を手中にしたと確信しているのを悟りました。それら秘密結社が、虚実取りまぜて、彼らの欲する情報を収集する能力は驚くべきものです。フラナリーの精神的危機は非正統の権力組織の反目しあう二派を駆り立てて、両派がそれぞれ、正反対の望みを抱いて、その作家の山荘の近くの谷あいに彼らの諜報員を潜り込ませたのでした。影の翼の連中は、大量の小説の大生産者たるその作家がもはやおのれの従来の技巧には信を置きえなくなったということを知って、彼の今度の小説こそ安手の相対的な虚妄から本質的かつ絶対的虚妄への飛躍を示すものであり、認識としての虚偽の傑作であり、したがって連中が長らく求め続けていた本だと確信したのでした。一方、光の翼の連中は彼のような練達した欺瞞の専門家がスランプに陥れば次に生まれてくるのは真実の氾濫以外にはないと考え、そして噂に高いその作家の日記こそまさにそうした類のものだと見做したのです……私が大切な原稿を彼のところから持ち出したというフラナリー自身が流した噂を知って、両派の連中はともにそれこそ彼らが求めているものだと思い、私の行方を追い、そして影の翼グループはハイジャック騒ぎを引き起こし、光の翼グループは私をエレベーターの中で襲ったのです……》

《木のようなその若い男は、原稿を上着の中に隠すと、エレベーターの外に出て、私の顔の前で扉を閉め、私を下へと送り返すためにエレベーターのボタンを押しながら、最後の脅し文句を投げて寄こしました、「お前とはまだけりがついていないんだからな、ペテン師の手先野郎！　偽作機械に縛られているおれたちの女の同志を助け出す仕事が残っているんだ！」ゆっくりと下へ沈んでいきながら、私は笑いました。「そんな機械なんてありはしないよ、間抜けの鶸野郎！〈物語の父〉がおれたちにいろんな本を口述しているんだ！」

《男はエレベーターを呼び戻しました。「今〈物語の父〉と言ったのか？」男は顔色を変えています。何年来その派の連中は地方ごとに様々に形を変えながらもその伝説が語り伝えられているあの盲目の老人を求めて世界各地を探しまわっているのです。

《「そうだよ、光の大天使に言いな！　おれが〈物語の父〉を見つけ出したってな！　あの爺さんはおれの手の中にあり、おれのために働いているんだ！　電子機械なんかなものか！」そして今度は私が自分でボタンを押して下へ降りて行きました。》

ここまで手紙を読んできてあなたの心の中に同時に三つの願望が湧いてくる。すぐさま出かけて行って、大洋を渡り、南十字星の下で大陸を探索し、エルメス・マラーナの現在の隠れ家を探し出し、彼から真実を引き出すか、せめて中断されたあれらの小説の続きを手に入れたいと思う気持と、それと同時に、ひょっとして本物の（あるいは偽の？）ヴァンデルヴェルデの『影の立ちこめた下を覗けば』と同じものかも知れない偽の（あるいは本物の？）フラナリーの『絡みあう線の網目に』を今すぐ読ましてくれるようカヴェダーニャに頼みたいという気持、そしてまたルドミッラと待ち合わせることにしているカッフェに駆けつけて行って、あなたの調査のその混乱した結果を彼女に話し、彼女の姿を見て、彼女とあの虚言症の翻訳家が世界各地で見かけたあれらの女性読者との間になんの共通性もないことを確かめたいという願望とである。

あとのふたつの願望は両方いっしょにたやすく実現しうる。カッフェで、ルドミッラを待ちながら、あなたはマラーナが送って寄こした本を読み始めればいいのだ。

絡みあう線の網目に

　この本が伝達すべき最初の感覚は電話のベルが鳴る時に感じるような感覚である、すべきと私が言うのは文字に書かれた言葉が部分的になりとその観念を与えうるかどうか疑わしいからである、私の言う感覚とはこの挑発的な威嚇的な呼び出しから逃げ出したいという拒絶反応だけではなく、苦痛と不快感しか受けないと分かっていてもそのベルの音の命ずるままに駆けつけていって返事をするように私を駆り立てるあの切迫感や、耐えがたさや、威圧感をも含むのである。こうした精神状態を叙述するのに、たとえば脇腹の肉に食い込んだ矢の鋭い痛みといったような、比喩の方が有効だとも思わない、それはよく知られた感覚を表現するのに想像上の感覚に頼ることができないからというのではない、なぜならたとえ矢で射られるとどんなふうに感じるか誰も知らなくても私たちはみんな容易にそれを想像することができるからである、——それに外部の未知の空間からやって来るなにかを前にして防ぎようもなく、無防備でいるという感覚、これは電話のベルの音にもよく当てはまるのだが、

――そうではなくて、なんの抑揚も示さぬ矢の断固たる無慈悲さからは、姿の見えない人間の声が帯びているような、そして相手がなにかを言う前にすでに、なにを言い出すかはわからないにしても、少なくとも相手が言おうとしていることが私に惹き起こすであろう反応を私が予測しうるような意図や、暗示や、逡巡をそこに読み取れないからである。完全に私の存在によって占められたような空間、まわりには、電話も含めて、生命のない物体しかなく、自分の内面の時間の中に閉じこもった私のほかはなにも包容しえないかのような空間の感覚を与えることによってこの本が始まるのが理想的なのである、そしてそれから時間の連続性は中断され、空間は電話のベルによって占められるためにもう以前の空間ではなくなり、また私の存在も私に呼びかけるその物体の意志によって条件づけられるためにもう以前の私の存在ではなくなるといった具合に、こうしたことが一度だけでなく、空間と時間の中に、空間の、時間の、そして意志の連続性を引き裂くこうした電話のベルの音がまるでばらまかれるみたいな具合にこの本は始まらねばならないのである。

最初から私と電話がたとえば私の家の中といったような限られた空間の中にあるものと決めてかかるのは間違いだ、私が伝えなければならないのはベルを鳴らしているたくさんの電話との関係における私の状況なのだ、それらの電話は私を呼んでいるのでもなく、私となんの関係もないかも知れないが、そのうちの一台の電話に私が呼び出されているのかも知れないという事実だけでどの電話にも私が呼び出されているのかも知れないという可能性、あるいは少なくともそう考えうる可能性があるのだ。たとえば私の家の隣で電話が鳴るとする、一瞬私はその電話が自分にかかってきたのではないかと疑うのだが、すぐにその疑いには根拠がないことに気づく、でもひょっとしてその電話は本当は私にかかってきたのだが、ダイヤルを回しまちがえたか混線するかして隣の家にかかったのかも知れないという疑いが尾を引く、誰も電話に出る者のいないその家で電話が鳴り続ければ続けるほど、そのベルの音が私に掻き立てるおよそ理屈に合わない論理でもって私はこう考える、ひょっとして本当に私にかかってきているのかも知れない、隣の人は家にいるのだが私にかかってきているということを知っているから電話に出ないのかも知れないし、あるいは電話をかけている人がダイヤルを回しまちがえたことに気づいているが、私が電話に出られないこと、そして電話に出なくてはならないと思っていることを知っていながら、私をそうした状態に置いておこうとしてわざとそのままにしているのかも知れないと。

あるいはアパートを出た途端、自分の部屋かそれとも別の部屋かも知れないが電話の鳴る音が聞こえ、急いで引き返し、階段を駆け上がり、息を切らして部屋に戻ってみると、電話が鳴りやみ、もうその電話が私にかかってきたのかどうかがわからない時の不安。

あるいは道を歩いていて、よその家で電話が鳴っているのが聞こえるとする、私の存在を誰ひとり知らない、見知らぬよその町にいてさえ、電話の音を聞くと、そのつどまず最初にほんの一瞬私はその電話が私にかかってきているのではなかろうかと思うのだ、そして次の瞬間には今はどんな電話の呼び出しも追いかけてこない安全なところにいるのだと思ってほっとするのだが、その安堵も束の間だけだ、というのもすぐさま今ベルが鳴っているのは知らない土地のその電話だけではなくて、何百、何千キロと離れた私の家の電話も同じ瞬間にひとけのない部屋で鳴り続けているかも知れないと考えるからである、そうするとふたたび私は電話に出なくてはと思いながらもそれができないために心が引き裂かれるのだ。

毎朝授業時間の前に私は一時間ほどジョギングをする、トレーニング服を着て、戸外を走るのだが、私を苦しめる肥りすぎを防ぎ、それに神経も少し和らげるために、医者に命じられて、身体を動かす必要があるからだった。この土地では日中はキャンパスへ行って、図書館に入るか、同僚の講義でも傍聴するか、大学のカフェテリアに座るかする以外にはどこといって行く場所がない、だからできることと言えば、大勢の学生や私の同僚たちもしているように、丘の上を、楓や柳の木の間を縫いながら走ることとぐらいしかない。葉ずれの音のする丘の小道で行き合うと、私たちは時には《Ｈｉ！》と声をかけ合ったり、時には息を無駄にしないために黙ったままですれ違う。これがまたほかのスポーツにくらべてランニングの利点でもある、めいめいが自分に合わせて行ない、他人のことは考慮に入れなくてていいからである。

丘は全体が住宅地になっていて、それぞれ違ってはいるがみんな似たような、庭つきの木造二階建ての家並みに沿って走っていると、時どき電話の鳴る音が聞こえる。それが私を焦々させ、思わず走る速度を落として、誰か電話に出る者がいるかどうか聞き耳を立てるのだが、電話が鳴り続けるようだと癇が立ってくる。走り続けながら電話が鳴っているまた別の家の前を通りかかる、すると私はこう考える、《私を追跡して電話をかけているんだ、誰かがチェスナット通りの道沿いの電話番号をみんな表にして、それで私が電話に追いつくかどうか一軒一軒電話して調べているのだ》と。

時どきどの家もみんな静まりかえって人の気配のないこともある、木の幹に栗鼠が走り、餌として木の椀に入れて置いてある穀粒をかささぎたちがついばみに舞い下りていたりする。そんな時私は走りながらなんとなく警戒するような感じになる、そして耳が電話のベルの音をとらえるよりも先に、気持の方がもう電話が鳴りそうだという予感を嗅ぎ取る、まるで電話が鳴っていないこと自体が電話のベルの音を誘い寄せ、待ち焦がれるような気持にさせるみたいだ、するとその瞬間一軒の家から最初はかすかにやがてはっきりと電話の鳴る音が聞こえてくる、この音はおそらく聴覚にとらえられるよりも大分前からもう私の内面にあるアンテナに捕捉されていたのだ、私は一種いわれのない狂気に陥ったようになる、私は輪の中に捕えられるのだ、その輪の中心にはその家で鳴っている電話があり、そして私はそこから立ち去ろうともせず、走りつづける。

《今まで誰も電話に出ないのは家に誰もいないってことだ……でもそれならなぜ電話を鳴らし続けるのだろう？　なにを期待しているのだろう？　あの家には耳の悪い人が住んでいて、それでその人に聞こえるように鳴らし続けているのかも知れない、それとも手足の麻痺した人が住んでいて、電話口に這って出るまでにずいぶん長い時間がかかるためだろうか……あるいはその家に自殺をしようとしている人がいて、電話をかけ続けている限りその最後の行為を引き留める希望が残っているからかも知れない……》その耳の悪い人、手足の麻痺している人、自殺しようとしている人の役に立ち、手を貸し、手助けしてやるべきではないだろうかと私は考える……と同時に——私の内部で展開されるおよそ馬鹿げた理屈でもって――そうすればその電話が私にかかってきているものかどうか確かめられるというふうにも思うのだった……

駆け足を止めずに私は柵格子を押し開け、庭に入り、建物をぐるりとまわって、家の裏手に足を踏み入れ、ガレージの、物置の、大きな犬小屋のうしろをまわる。人の気配はなく、空き家みたいだ。裏手の窓が開いていて、そこから取り散らかした室内が、そしてテーブルの上で鳴り続けている電話が見える。鎧戸がばたばたと音をたて、ガラス窓にぼろぼろに破けたカーテンが絡まっている。

私はその家のまわりをもう三度も回った、私が黙って入り込んできたのは泥棒が目的ではないということがはっきりと分かるように肘と踵(かかと)を高く上げてジョギングの動作を続け、走るリズムに合わせて呼吸する、もし今誰かに見咎められたら電話の音が聞こえたから入ってきたということを説明するのは厄介だろう。犬が吠えだす、この家ではない、別の家の犬だ、姿が見えない、だが《吠える犬》というシグナルが《鳴っている電話》というシグナルよりも一瞬私に強く作用し、そして私を捕えている輪の中から脱け出る道を切り開いてくれる、私はまた木立ちの間の道路を走り出し、そして電話のベルの音は私の背後でしだいにかすかになっていく。

私は家並の尽きているところまで走っていく。広っぱで立ち止まって一息入れる。屈伸運動をしたり、筋肉が冷えないように両脚をマッサージしたりする。時間を見る。もう大分遅い、学生たちを待たせたくなければすぐ引き返さなければならない。講義をするはずの時間に私が林の間を走っているなんて噂が拡まったりすれば馬鹿ばかしい……私はなにも気に留めないで急いで引き返す、あの家はもう見分けもつかないだろう、それと気づかずに通り過ぎてしまうだろう。それにあの家はほかの家とまったく同じような構えをしている、その家を見分ける唯一の手がかりは電話がまだ鳴っているということだけしかないだろうが、そんなことはありえまい……

丘を走り下りながら、頭の中でこんなことを思いめぐらしていると、また電話の鳴る音が聞こえてくるような気がする、しだいにはっきりと聞こえてくるようだ、ふたたびあの家が見えるところまで来た、あいかわらず電話が鳴っている。私は庭に入り、家の裏手にまわり、窓に駆け寄る。手を伸ばせば受話器に届く。私は息をあえがせながら言う、「誰もいませんよ……」すると受話器から少し、ほんの少しだけ焦立ったような声がするが、その声には冷やかな落着きの方が余計に感じられる、その声が言う、

「よく聞けよ。マージョリーはここにいる、もう少ししたら目を覚ますだろう、でも縛ってあるから逃げ出そうったってできやしない。ここの場所をしっかり書き留めておきな、いいかい、ヒルサイド通りの一一五番地だ。お前さんが引き取りに来るのならいいけど、さもなきゃ石油缶とプラスチック爆弾にタイマーをセットして地下室に置いてあるから、半時間もすればこの家が火事になるぜ。」

「でも私は……」と言おうとする。

だがもう相手は受話器を置いた。

どうしよう？　この同じ電話で警察と消防署を呼び出すこともできよう、だがどう説明すればいいのか、どう言い訳したらいいのか、とにかく全然関係のない私がどうしてこんなことに関わり合いに

なれよう？　私はまた走り出す、もう一度家のぐるりをひと回りして、それから道路に走り出る。

そのマージョリーとやらいう娘には気の毒だが、こんないざこざに首を突っ込むといったいどんなことに巻き込まれるやら、それに私がその娘を救おうと乗り出せば、誰も私がその娘を知らないなんて信じはせず、すっかりスキャンダルになってしまうだろう、私はほかの大学に籍があり、ここへは客員教授として招かれているのであり、両方の大学の威信を傷つけることになってしまう……

もちろん事が人命にかかわる場合にはそんな斟酌(しんしゃく)は後回しにすべきだろう……私は走る速度をゆるめる。どこかその辺の家に入っていって警察へ電話をかけさせてもらい、そして最初に私はそのマージョリーという娘を知らないし、マージョリーという名のどんな娘ともなんの関係もないことをはっきりと言っておくこともできよう……

だが実を言うとこの大学にマージョリーという、マージョリー・スタッブスという女子学生がいるのだ、私の講義を受けている女の子たちの中で彼女はすぐに私の目を惹いた。彼女は言わば私の好みのタイプの娘だった、だがまずいことにあの時彼女に本を貸してやるために私の家に呼んだことが事態を厄介なことにしてしまうかも知れない。彼女を家に呼んだのは間違いだった、それは私の講義の始まった最初のころだった、まだここでは私がどんな人間なのかよくは知られていなかった、彼女は私の意図を勘違いしたのかも知れなかった、そしてあの誤解が、嫌な誤解が生まれ、今さらそれを消し去るのはむつかしい話だった、彼女は私を皮肉っぽい目で見るし、私は私で彼女に言葉をかけようとすると口ごもってしまうし、ほかの女の子たちも皮肉げな笑いを浮かべて私を眺めるのだ……

マージョリーという名が私に呼び起こしたこうしたなんとなく妙な具合の気持、ただそれだけの理由で命が危険にさらされているもうひとりのマージョリーを助けに乗り出そうとする気持を妨げられたくはない……もしそれがほかならぬあのマージョリーだとすれば……あの電話がまさしく私にかかってきたのだとすれば……強力なギャングの一味が私を見張り、私が毎朝この道をジョギングするのを知って、丘の上に見張り所を設けて、望遠鏡で私の姿を追い、あの空き家に私が近づいた時に電話をかけたのだ、連中は私に電話しているのだ、彼らは私があの日私の家でマージョリーにへまをしたのを知って私を強請っているのだ……知らぬ間に私は、スポーツウェアに運動靴姿のまま、キャンパスの入口まで来ている、服を着かえ、本を取りに家に寄らなかったのだ、どうしたものか？　私はキャンパスの中を走り続ける、三々五々と校庭を横切って行く女の子たちに出会う、私の講義に出席しようとしている女子学生たちだ、彼女たちはなんとも耐えがたいような皮肉げな笑いを浮かべて私の方を見ている。

私は駆け足をやめずにローナ・クリフォード嬢を呼びとめて、たずねる、「ミス・スタッブスはいるかね？」

クリフォード嬢は目をしばたたいて、「マージョリーですか？　二日ほど見かけませんわ……どうかしたのですか」

私はもう走り去る。キャンパスを出て、グローヴナー・アヴェニューから、シダー通り、メイプル・ロードにと向かう。私の息は完全に切れている、ただまるで足の下には地面を、胸には肺を感じないから走れるようなものだ。やっとヒルサイド通りだ。一一、一五、二七、五一番地、番地が十番ぐらいずつとんでいるのでなんとか助かる。ほら一一五番地だ。ドアが開いている、階段を登って行く、薄暗い部屋に入って行く。ソファーの上に縛られ、猿轡（さるぐつわ）をはめられたマージョリーがいる。私は彼女の縛め（いまし）を解く。彼女は嘔吐する。軽蔑した目で私を見つめる。

「ひどい人ね」と私に言う。

第七章

あなたはカッフェのテーブルに座って、カヴェダーニャが貸してくれたサイラス・フラナリーの小説を読みながら、ルドミッラを待っている。あなたの心は同時にふたつの期待に占められている、読書の中の期待と待ち合わせの時間に遅れているルドミッラへの期待とである。あなたは本のページの中から彼女の姿が立ち現われてくるのを望むかのように、彼女への期待を本の中に移し込もうとして読書に気持を集中する。だがそれから先は読むことができない、小説は今あなたが目にしているページで中断されているからだ、まるでルドミッラがやって来て初めて事件の続きがまた動き始めるとでもいったように。

あなたの名を呼んでいる。カッフェのボーイがテーブルの間をまわりながら呼んでいるのはあなたの名だ。さあ立ち上がって、あなたに電話がかかってきているのだ。ルドミッラだろうか? そう、彼女だ。「あとで話すけど、今私そっちへ行けないの。」

「ねえ、本があるんだよ！　いや、あれじゃあない、あのどれでもないんだ、別の本だ。いいかい……」まさかあなたは電話で本の中味を話そうというのではあるまい？　彼女があなたになにを言うつもりかまず聞きなさい。

「あなたが来てちょうだい」とルドミッラが言う、「ええ、私のうちによ。今私外にいるけど、そんなに遅くはならないわ。あなたの方が早ければ、家の中に入って待っててちょうだい。鍵は靴ふきのマットの下にあるわ。」

靴ふきのマットの下に鍵を置いとくなんて、気楽な暮らしだ、隣人を信じきっているのだ、もっとも盗られるようなものもあんまりないのだろうが。彼女が教えてくれた住居へあなたは駆けつける。呼鈴を押してみたが無駄だ。言ってたように、彼女は家にはいないのだ。鍵を探し出して、ブラインドを下ろした薄暗い中へあなたは入っていく。

ひとり暮らしの若い娘の家、ルドミッラの家、彼女はひとりで暮らしている。あなたが最初に確かめたいのはそのことなのか？　男のいる気配がないかどうかを？　それともできるかぎりそれを知るのを避けたいのか、知らないままで、疑いの域に留めておきたいのか？　あたりを詮索しようとする気持をなにかが引き留める。（あなたはブラインドを上げたが、それもほんの少しだけだ。）おそらく探偵みたいに嗅ぎまわるのは彼女の信頼に値しないという良心の疑懼のせいだ。それともひとり暮らしの若い娘の小さなアパートがどんなふうなものかはもうおよそ見当がついていて、あたりを見まわす前にどんなものが置いてあるかわかっているからかも知れない。われわれは画一的な文明の中で、限定的な文化的モデルの中で暮らしているのだ、家具や、室内装飾品や、ベッドカヴァーや、レコードプレイヤーも一定の与えられた範囲内で選ぶよりないのだ。彼女が実際にはどんなふうなのかなんてことはなにがあなたに示すことが出来よう?

女性読者のあなたはどんなふうなのですか? もうこの本において二人称が、猫をかぶった私と兄弟あるいは瓜ふたつの存在である総称的な男性形のあなたのみでなく、第二章から三**人称**で顔を出してきたあなたに対しても用いるべき時であり、三**人称**女性形のあなたは、小説が小説である必要上、そして二**人称**男性形との間に、人間関係のいろんな局面にしたがって、なにかを惹き起こし、形成し、打ちたて、あるいはそこねる目的で登場してきたのだ。あるいはわれわれがそれを通じて人間関係に処するさまざまな精神的な型にしたがって。あるいはまたそれを通じて人間関係にそれを経験するに値する意義を付与するさまざまな精神上の型にしたがって。

この本はこれまでこの本の読者に本の中の**男性読者**と同一化しうる可能性を開くことにもっぱら意を用いてきた、そのために本の中の**男性読者**には名がついていない、ある三人称、ある具体的な人物と自動的に同一化してしまうからだ(一方あなたには、三**人称**である限りは、ルドミッラという名をつける必要があった)、そして彼はいかなる属性、いかなる行為も自由に取りうるように、抽象的な代名詞の状態の中に保たれているのである。**女性読者**のあなたについてこの本が、あなたを四方から取り囲む額縁から始めて顔形の輪郭まで、あなたの真の肖像を描き出しえるかどうか見てみよう。

あなたは本屋の中であの**男性読者**の前に初めて姿を現わした、あなたは書棚の壁からはがれるように立ち現われた、まるで大量の本がひとりの**女性読者**の出現を必要としたかのように。あなたの家は、あなたが読書をする場所であるから、あなたの生活において本の占める位置がどんなものであるかをわれわれに示してくれる、本はあなたが外の世界を遠ざけておくために前面に並べた防禦陣地なのか、麻薬のようにその中に耽溺する一種の夢なのか、それとも外に、あなたが興味を抱き、本を通じてその次元を増幅、拡大しようとしている外界に向かって架けられた橋なのか。それを知るためには、まず台所を覗いてみることだということをこの**男性読者**は心得ている。

台所はあなた自身よりもずっと多くのことを語ってくれる、あなたが食事を作っているのかどうか（たぶんそうだろう、毎日とは言わなくても、まずは規則正しく）、自分だけのためかそれともほかの人の分もなのか（大抵は自分だけのために、だがほかの人たちのために作るように念入りに、しかし時にはほかの人たちのためにも作るが、自分だけのためみたいにぞんざいに）、必要最小限に作るのかそれとも食道楽の傾向があるのか（食料の買い込みぶりや台所道具から見れば一風変わったものを念入りに作るようだが、だからといってあなたが食いしんぼうだというのではない、フライパンで卵を二つ目玉焼きにして夕食にするのではわびしすぎるからだろう）、こんろのそばに立つのがあなたにはやむをえぬ苦痛なのかそれとも楽しみなのか（小さな台所はあまり苦労せずに手際よく動けるように用具が設備、配置されていて、長時間そこにいるのはなんだけどいやいやそこにいなくてもいいようになっている）。家庭用電気器具がよく役に立つ召使いがわりをしているが、その長所はとりたてて大事にしなくてもその手際のよさを忘れない点である。いろんな台所用品には一種の耽美主義が認められる（ひとつで事足りるだろうに、同じ半月形の包丁が一揃い大きい順に並べてある）だが大体において実用品がそのまま装飾的要素をなしていて、可愛らしさといったものはあまり見られない。買い入れてある食料を見ればあなたのことをなにか語ってくれるだろう、まず植物性香料だが、もちろん現在一般に用いられているもののほかに、コレクションを完全なものにするために置いてあるかのようなものまで揃えてある、同じことが香辛料についても言える、だがにんにくを数珠つなぎの輪にして手の届くところに掛けてあるのがとりわけあなたと食べ物との間の見逃せない、あるいは一般的な関係を示している。冷蔵庫を覗けばもっと別の貴重なデータが得られるかも知れない、卵ケースの中には卵がひとつ残っているだけだ、レモンは半分、それもしなびた半分があるだけだ、要するに必要不可欠な補給をなおざりにしている節が見られる。そのかわり栗のクリームや、黒いオリーブの実や、バラモンジンの根のびん詰めなどがある、買物をする際にあなたは家で必要なものを考えるよりも陳列されている商品の方に気を取られるということがよくわかる。

そういうわけであなたの台所を観察すると空想力に実際的な感覚を奉仕させるような、外向的で明晰な、感覚的で几帳面な女性としてのあなたのイメージが引き出しうる。誰かあなたの台所を見ただけであなたに恋する者がいるだろうか？　いるとしたら、おそらくあの**男性読者**だろう、彼にはもう充分にその下地があるから。

彼、**男性読者**はあなたが鍵を渡した家の詮索を続けている。あなたの周囲にはいろんなものがいっぱい積み重なっている、扇や、葉書や、ガラスびんや、壁に掛けた首飾りなど、だが近くで見るとそれぞれの品がいずれも独特の、なにか思いがけぬものに見える。物とあなたの関係は選り好みした親密な関係である、あなたが自分のものと感じる物だけがあなたのものとなる、それは物の肉体性との関係であり、それを見たり触れたりする行為に取って換わる知的あるいは感情的な観念との関係ではない。そしてひとたびあなたの手に取られ、あなたの所有の刻印を押されると、その品はもはやたまたまそこにあるようには見えず、談話の一部、標識や表象で織りなされた追憶としての意味を帯びるのである。あなたは所有欲が強いのだろうか？　まだそうだと決めつけるだけの充分な要素はない、今のところはあなた自身に対して所有欲が強く、あなたのなにかをそこに認めることのできる表象に執着し、それといっしょに自分がなくなることを怖れているのだと言えるだけだ。

壁面の一画に額縁に入れた写真がびっしりと無数に掛けてある。誰の写真だろう？　いろんな年齢のあなたの写真や、さまざまの男や女の写真、なかには家族のアルバムから抜き取ったらしいとても古い写真もあるが、それらは全体として見るとそれぞれ特定の人物を思い出すための役割を持つというよりも人間の存在の諸層をひとつのモンタージュに構成しているみたいだ。十九世紀ふうの花柄模様形式の額縁は銀、銅、七宝細工、亀甲、皮、木彫りのものなど、ひとつひとつちがっている、額縁はそれら人生の諸断片それぞれに対する価値評価の意図に対応しているのかも知れないが、しかし単なる額縁のコレクションで、写真はただ額縁を埋めるためだけのものでしかないかも知れない、事実、額縁によっては新聞から切り抜いた人物写真や、字がよく読めないほど古い手紙が入れてあったり、なかにはなにも入れていないものもある。

残りの壁面にはなにも掛かっていず、家具も寄せかけていない。家全体がいささかこんな具合だ、まるでいろんな表象を一種濃密な書体で一カ所に集中させ、その周囲は休息と慰安のために空っぽにしておく必要があるかのように、こっちの壁はびっしりと埋まり、あっちの壁はまるっきり裸である。家具や家具の上に置いてある装飾品の配置もまるでシンメトリックではない。あなたが得ようとしている秩序は（あなたの自由になる空間は狭いが、それをより広く見せるように利用する配慮のあとが認められる）ひとつの計画の積み重ねによるものではなく、そこにある物との間の合意によるものである。

要するに、あなたは几帳面なのか乱雑なのか？　こうした断定を求める問いにはあなたの家はイエスともノーとも答えない。あなたには秩序についての、それも結構小うるさい観念があるのは確かだが、実践面での組織的な適用がそれに応じないのだ。家に対するあなたの関心は間歇的であり、その日の疲れ具合や機嫌のよしあしに左右されるということがわかる。

あなたはふさぎやか、それともはしゃぎやか？　賢明にもあなたの家はあなたがはしゃいでいる時の気分を利用してふさいでいる時のあなたを受け入れられるように用意を整えているらしい。

あなたは本当にもてなしがいいのか、それとも知っている人間をこんなふうに家に入らせるのは無関心なしるしなのか？　その**男性読者**はあなたが明らかにあなた自身のために取っておいてある空間を侵害せずに座って本を読むのに具合のいい場所を探している、あなたの家では客はあなたの規範に従いさえすればはなはだ居心地よくしていられるという思いが彼に湧きつつある。

ほかにはなにが？　鉢の植物には数日前から水をやってはいないらしい、でもたぶんあなたはあまり世話をする必要のないものとしてわざわざ植物を選んだのだ。それに部屋には犬や猫やあるいは小鳥を飼っている痕跡がない、あなたは世話のかかることはなるべく省きたいたちの女性なのだ、そしてそれはエゴイズムのしるしかも知れないし、またそれに劣らず本質的なほかの動機に集中しようとするしるし、つまり他者に没入し、彼らの物語に、すなわち人生の中に、本の中に参加するようにあなたをいざなう自然な衝動にかかわる象徴的な代用品をあなたは必要としていないというしるしなのかも知れない。

本を見てみよう。少なくともすぐ目の届くところに置いてある本を見た限りで、最初に気づくことはあなたにとって本は直接に読むためのものであって、学習したり調べたりするための道具ではなく、またなんらかの順序に従って並べられた図書室の本のような要素は持っていないということだ。ひょっとしたら時には書棚の整理をしようとしたことがあるのだろうが、どんな分類の仕方をしても異種のものが混じってきてたちまち混乱してしまったのだろう。本を順番に並べる主要な動機には、寸法の高低によるもののほかに、手に入れた順に並べるという場合もあるが、いずれにしてもあなたはいつでも探し出すことができる、と言うのも本の数はあまり多くないからだが（ほかの書棚は以前暮らしていた別の家に置いてきたのにちがいない)、おそらくあなたが一度読んだ本をまた探すなんてことは滅多にないだろう。

要するに、あなたは**もう一度読み直す読者**ではないようだ。あなたは一度読んだものはとてもよく覚えている(それはあなたが自らのことについて明らかにした最初の事柄のひとつだ)、おそらくあなたにとってはあらゆる本が、ひとたび読んでしまうと、ある特定の機会に行なったその読書体験と同一化してしまうのだ。そしてそれを記憶の中に大切にしまいこむのと同じように、物としてのその本も自分のそばに置いておくのが好きなのだ。

あなたの本の中で、図書室のような形態を取らぬその全体の中で、しかしながら死んでいる、あるいは眠っている部分、というか読んでしまったり稀には読み直しをして、もうほっておかれたりまたは読んでもいないしまた読みもしないだろうけれどもとにかく取っておいてある(したがって埃をかぶった)本と、生きている部分、というか今読んでいるか、読むつもりでいるか、またはまだ手を切っていないか、それともそばに置いておいていじるのが楽しい本とに区別することができる。台所の食料の蓄えとはちがって、ここには今すぐ消費でき、あなたについてより多くのことを語ってくれる、生きている部分がある。開いたままの本や、即席の栞(しおり)を挿んだり、ページの角を折ってある本が何冊かそのあたりに散らばっている。あなたは同時に何冊もの本を読む習慣があるようだ、一日のそれぞれ異なった時間に異なった本を選び、狭いあなたの家の方々の隅で。ナイト・テーブル用に充てられた本もあれば、ソファーのそばや、台所や、浴室に置いてある本もある。

あなたの肖像に付け加えるべきもうひとつの重要な輪郭がある、あなたの頭の中には壁があって様々な時間を区切ることができ、そしてその時間の中を併行して走る水路に沿ってあなたは留まったり、流れていったり、没入したりするのである。ということはあなたが同時にいくつもの人生を生きたいということを示しているのか？　あるいは実際にそのように生きているということなのか？　ある場所である人物といっしょに過ごす人生と他の場所で他の人物と過ごす人生とを区分しているということなのか？　あなたはそれぞれの経験につきひとつの不満足を割引きし、そしてそれはすべての不満足を総計したものの中ではじめて帳尻が合うようにしているということなのか？

男性読者よ、耳をそばだてていなさい。それはまだそうとは認められていないあなたの嫉妬の苦しみを育もうと、あなたの中に忍びこんでくる疑惑なのだ。一度にいろんな本を読む読者であるルドミッラは、それぞれの物語が彼女を待ち受けている幻滅によって不意を襲われないように、ほかの物語もいっしょに読み進めようとするのだ……

（**男性読者**よ、この本があなたの姿を見失うなどとは思わないで下さい。女性読者にと移ったあなたという呼称はいずれまたあなたのことを指すかも知れないのだ。あなたは相変わらずあなたでありうる多くのあなたのひとりなのだ。あなたがあなたという呼称を失ったところで誰があなたを責めよう、その破局は私という自我を失うよりもまだしもましであろう？　二人称での話し方が小説になるためには彼や彼女や彼らといった呼称の群れから離れた、はっきりと区別され、また共存するふたつのあなたが少なくとも必要なのだ。）

それでも、ルドミッラの家の本の眺めがあなたを安心させる。読書は孤独だ。ルドミッラはちょうど殻の中にいる牡蠣のように開いた本の貝殻によって守られている。ほかの男の影は、たぶん、というよりもきっと、消し去られるとは言わないまでも、端の方に追いやられるだろう。ふたりでいる時でも本はひとりで読むものだ。だがそうだとすると、あなたはここでなにを探しているのか？　彼女が読んでいる本のページの間にもぐり込み、彼女の貝殻の中に入り込もうというのか？　それとも**男性読者と女性読者**との間の関係はふたつの別々な貝殻のようなもので、それぞれ排他的なふたつの経験を部分的に比較対照することを通じてしか交流しえないものなのか？

あなたはカッフェで読んでいた本を手に持っている、早くその続きを読んでしまい、彼女にそれを手渡し、他人の言葉によって掘られた水路を通じてなおも彼女と交流したくてたまらないのだ、そうすることによって知らぬ声で、インクと活字で作られたその黙した、誰のものでもない声で発音された他人のものであるその言葉はあなたたちのものに、あなたたちの間の言葉に、暗号に、ふたりの間で合図をかわし、互いに認識しあう手段となるのだ。

鍵穴で鍵がまわる。あなたは彼女をびっくりさせようとするかのように、またあなたがここにいるのは当たり前だということを自分にも彼女にも納得させるかのように、静かに待つ。だが足音は彼女のものではない。ゆっくりとひとりの男が入り口を進んでくる、カーテンの間からその影が、皮のジャケットが、いかにも勝手を知ったような、だがなにかを探しながら手間取っているような足取りが見える。それが誰かあなたにわかる。イルネリオだ。

どんな態度を取るべきかあなたはすぐに決めねばならない。彼が自分の家にでも入るような調子で彼女の家に入ってくるのを目にした失望の方が、あなたがまるで隠れるようにここにいることの気まずさよりも強い。それに、ルドミッラの家が友人たちに解放されていることはあなたもよく知っていた、鍵は靴ふきのマットの下に置いてあるのだ。あなたがここに入って来た時から顔のない幻にそばをかすめられるような気がしていたのだ。少なくともイルネリオはあなたの知っている幻だ。ちょうどあなたが彼にとってそうであるように。

「ああ、あんたがいたのか」彼はあなたに気づくが、別に驚いたふうはない。さっきまであなたが望んでいたこの自然さも今はもういっこうに嬉しくない。

「ルドミッラは家にいないよ」あなたは情報入手の、あるいは端的に領土占有の優先権を主張するかのようにそう言う。

「知ってるよ」彼はこともなげに言い、あたりを探して、次々と本をいじる。

「君の役に立つことはないかね？」あなたは挑発するかのように続ける。

「本を探してたんだがね」イルネリオは言う。

「君は本を読まないと思ってたけどな」あなたは言い返す。

「読むためじゃないのさ。作るためだよ。本で物を作るんだ。オブジェを。そう、作品をね、彫刻というか、絵というか、好きなように呼んでくれたらいいよ。展覧会も開いたんだ。本をニスでいろいろくっつけ、そのままの状態にしておくんだ。閉じたままや、開いたままや、あるいはいろんな形にしたり、えぐったり、穴を開けたりしてね。本は細工をするのにすてきな材料だよ。いろんな物が作れるんだ。」

「で、ルドミッラは承知してるのかね？」

「彼女は僕の仕事が気に入ってるんだ。いろいろ意見も出してくれるよ。批評家たちも僕の仕事は注目すべきものだと言ってくれてるしね。今僕の全作品を一冊の本に収めているんだ。みんなカヴェダーニャ氏と話をするようにとすすめたもんだから。僕の本を全部写真に取って一冊の本にするんだけど、その本が出たらそれを使って作品をひとつ、いやたくさん作るつもりなんだ。それからまたそれを本に収めるという具合にね。」

「僕の言うのはルドミッラは君が本を持っていくのを承知してるのかってことだよ……」

「彼女は本をたくさん持ってるし……時には彼女の方からいらなくなった本を細工に使うようにってくれることもあるよ。だけど僕にしてみればどんな本でもいいってわけじゃあないんだ。感じるものがあって初めて作品が生まれるんだけど、本によってはそれでなにが作れるかすぐに考えが浮かぶものもあれば、全然駄目なものもあるしね。それに構想があってもそれに適した本が見つからない限りその構想を実現できないってこともあるからね。」彼は本棚の本の順番を滅茶苦茶にしている、本を掲げてみては背表紙や小口を仔細に眺め、それを本棚に戻す。「感じのいい本もあれば、どうにも我慢ならないような代物なのにしょっちゅう手に触れることになる本もあるんだ。」

こうしてこの野蛮な侵入者をルドミッラから隔てておくようあなたが期待していたその本で作った大長城も、彼にはおもちゃのようなものでしかなく、まったくなれなれしげに彼はそれをばらばらに壊してしまうのだ。あなたは歪んだ笑いを浮かべる。「君はルドミッラの蔵書をすっかり全部知っているといったみたいだな……」

「ああ、大抵はいつも同じような代物だがね……でもたくさんの本を全部いっしょに眺めるのはすてきだな。僕は本が好きだよ……」

「どういうことだね。」

「ああ、僕はまわりに本があるのが好きなんだ。だからこのルドミッラのところは居心地がいいんだよ。あんたはどうだい？」

本の生け垣がまるで濃い森の中の鬱蒼とした木の葉の茂みのように、いや、層をなした岩のように、幾枚もの厚板状の粘板岩、葉片状の片岩のように、部屋を囲んでいる、そこであなたはルドミッラの現し身がその上に立ち現われるべき背景をイルネリオの目を通じて眺めてみようとする。もしあなたがイルネリオと打ち解けることができたら、彼はあなたの気になっている秘密を、すなわち**非読者**と**女性読者**との間の関係を、明かしてくれるだろう。さあ早く、なんでもいいから、その点に関して彼になにかたずねてみなさい。「で、君は」とあなたの頭に浮かんでくる唯一の質問をする、「彼女が本を読んでいる間、なにをしてるんだね？」

「彼女が本を読んでいるのを見てるのも悪くはないさ」とイルネリオは言う。「それに本を読む人間だって必要だろうしね、そうだろう？　少なくとも本を読む必要のない僕のような人間をそっとしといてもらえるからね。」

あなたはあんまり気が晴れない。あなたが悟った秘密は、彼と彼女との間の親密さは、ふたつの生命のリズムの相互補完性にあるということだ。イルネリオにとっては一瞬一瞬の生命のみが重要なのである、彼にとって芸術は生命力の消費として価値を持つのであって、あとに残るものとして、ルドミッラが本の中に求めるような生命の蓄積として価値があるのではないのだ。だが彼もまたなんらかの形でその蓄積されたエネルギーを認識しているのであり、本を読む必要は感じなくても、そのエネルギーを循環利用する必要を感じており、そのためにせめて一瞬でも自己のエネルギーを投入しうる作品の材質としてルドミッラの本を使うのだ。

「これは具合がよさそうだ」イルネリオはそう言って、一冊の本を上着のポケットに入れようとする。

「いや、そいつは駄目だ。僕が読んでいる本だよ。それに僕の本じゃない、カヴェダーニャに返さなくちゃならないんだ。ほかの本にしてくれたまえ。ほら、これはどうだね、それに似てるじゃあないか……」

あなたは赤い帯のついている一冊の本を手に取った、《サイラス・フラナリーの最新のベストセラー》とこう帯に書いてあることがもうそれが似ているわけを説明している、フラナリーの一連の小説は同じような特徴のある装丁だからだ。だが装丁だけではない、表紙の上に浮き出た題名が『……線の網目に』……ふたつは同じ本なのだ！　あなたには思いがけぬことだった。「こいつはまったく不思議だ！　ルドミッラがもうこの本を持ってるなんて思いもしなかった……」

イルネリオは手を引っこめる。「これはルドミッラのじゃあない。こんな代物はごめんだよ。もう出まわっていないもんだと思っていたがね、そんなものは。」

「なぜだね？　誰のだね？　どういうことなんだね？」

イルネリオはその本を二本の指でつまみ、小さなドアの方へ行き、そのドアを開け、その本を中へほうり込む。あなたはあとからついていって、その暗い小部屋の中に首を突っ込む、タイプライターののっかった机と、テープレコーダーと、何冊かの辞書と、大きな椅子が見える。あなたは椅子から本の扉の部分のページを拾い上げ、明るいところへ持っていって読む、エルメス・マラーナ訳。


あなたはまるで雷に打たれたみたいになる。マラーナの手紙を読んでいた時あなたは次々とルドミッラの姿に出会うような気がしていた……あなたは彼女のことを考えずにはいられなかったからだ、とあなたはそれをそういうふうに解釈していた、あなたが彼女に恋している証拠だというふうに。ところが今、ルドミッラの家の中をうろついていて、マラーナの足跡に出くわしたのだ。それはあなたにつきまとう強迫観念なのだろうか？　いや、それは最初からふたりの間になにか関係がありそうだという予告だったのだ……今までは自分自身との一種の遊びであった嫉妬は今やあなたを完全に囚えてしまう。嫉妬だけではない、それは疑惑、不信感、何事をも誰をも信じられないといった感情だ……あの女性読者といっしょに行なっていた限りでは一種特異な興奮をあなたにもたらしていた中断された本の追跡は錯綜とした謎、錯覚、変貌の中に逃げ込んでしまう彼女を追い求めるのと同じことだということがあなたに分かってくる……

「でも……マラーナがまたどうして？」とあなたはたずねる。「彼はここに住んでいるのかね？」

イルネリオは首を振る。「以前いたことがあるんだ。もう大分前のことだがね。もう戻ってくることはあるまい。でも今まであいつの話はどれもこれも嘘で固められてるからあいつに関するどんな噂もでたらめさ。少なくともその点じゃあ奴はうまくやったってことさ。あいつがここに持ち込んだ本は、外から見れば、ほかの本と同じように見えるけど、僕には、遠くからでも、それが見分けられるんだ。あいつの本はあの小部屋から外にはもうないはずなんだがな。でも時々奴の痕跡が飛び出してくるんだ。誰もいない時にあいつがやってきて、いつもそっと取り換えをして、痕跡を残しているんじゃあないかと疑いたくなることがあるんだ……」

「取り換えるってなにを？」

「よくは知らないけど……ルドミッラは、あいつが触れるものはなんであれ、もとは偽物でなくてもそうなってしまうって言うんだ。僕はただあいつのものだった本で作品を作ろうとすると、いつも作るのと同じようなものが出来たとしても、どうもまがいものしか生まれないってことがわかるだけだけどね……」

「でもどうしてルドミッラは彼のものをあの小部屋に置いておくんだね？　彼が戻ってくるのを待

っているのかね?」

「あいつがここにいた時にはルドミッラは不幸せだったんだ……本も読んでいなかったし……そのうちに彼女は出て行った……最初に出て行ったのは彼女の方だったんだ……それから今度はあいつが出て行った……」

影が遠ざかる。あなたはほっと安堵の息をつく、過去は閉じられた。「もしまた彼が姿を現わしたら?」

「彼女はまた出て行くだろうね……」

「どこへ?」

「さあ……スイスにでもね……僕の知ったことじゃあないけどね……」

「スイスに誰かほかの男がいるのかね?」本能的にあなたはあの望遠鏡の作家のことを思い浮かべる。

「ほかの男がね、でもそれはまた別の話なんだ……推理小説を書く爺さんでね……」

「サイラス・フラナリーかね?」

「マラーナが本物と贋物との間の相違なんてものはわれわれの偏見によるもんだってことを彼女に納得させようとする時には、彼女の台詞によると、まるでかぼちゃの蔓(つる)がかぼちゃを実らすように次々と本を生み出す男に会う必要を感じるんだって言ってたがね……」

だしぬけにドアが開く。ルドミッラが入ってきて、ソファーの上にコートと小さな包みとを投げ出す。「あら、うれしいわ！　お友達がたくさんだこと！　遅くなってごめんなさいね。」

あなたは座って彼女とお茶を飲んでいる。イルネリオもいたはずだが彼のいたソファーは空っぽだ。

「そこにいたのに。どこへ行ったんだろう？」

「出て行ったんでしょ。あの人は黙って出たり入ったりするのよ。」

「君の家にそんなふうに出入りするのかい？」

「いけないの？　だったらあなたはどんなふうにして入ったの？」

「僕とほかの連中とじゃあ！」

「どうだって言うの？　やきもちを焼こうって言うの？」

「僕にやきもちを焼く権利があるって言うのかい？」

「あるところまで来ればやきもちを焼く権利を持ってもいいと思わないの？　それなら、最初から始まらない方がいいわ。」

「始まるってなにが？」

あなたはテーブルの上にコップを置く。そしてソファーから彼女の座っている長椅子にと移る。

（始まる。とそう言ったのは、**女性読者**よ、あなただ。だがひとつの物語が始まる正確な瞬間をどう定めるのか？　いつもすべてがもう最初から始まっているのだ、あらゆる小説の最初のページの最初の一行にはもう本の外ですでに起こったなにかが受けつがれているのだ。それとも本当の物語は十ページあるいは百ページ前に始まるものがそうであり、それに先行するものはすべてプロローグにすぎないのだ。人間ひとりひとりの人生は絶えず網目を織りなすものであり、その中である意味を持ったすでに過ごした一片を残余の網目——たとえば、双方にとって決定的なものとなるふたりの人物の出会いといったようなもの——から別に切り離そうと試みるには、つねにそのふたりがそれぞれにいろんな出来事や環境や別の人々からなる網目を持ち、そしてその出会いからはまた彼らふたりに共通する物語から分かれるいろんな別の物語が派生するということを考慮に入れておかねばならない。）

男性読者ならびに**女性読者**よ、あなたたちはベッドにいっしょにいる。したがって今やあなたたちを二人称複数で呼ぶべき時が来たのだが、これははなはだ難儀な作業だ、というのはあなたたちを唯一人の人物と見做すに等しいからだ。乱れた敷布の下でよく判別しがたいほどもつれ合ったあなたたちのことを言っているのだ。あとであなたたちはめいめい別行動を取り、物語はまた女性形のあなたから男性形のあなたへといちいち忙しくギア・チェンジの操作を繰り返さなければならなくなるかも知れないが、あなたたちの身体が肌と肌の間で様々な感覚のより横溢した結合を求め、波動的な動きや震動を伝えかつ受け、充満と空虚とを浸透させ合い、また精神活動も能(あた)う限りたがいの合一を求めている今は、あなたたちを双頭同体の人物と見做し、あなたたちをひとつ織りにして話しかけてもいいだろう。まずあなたたちふたりが形成しているこの複合体の行動範囲あるいは存在様式を定める必要がある。あなたたちのこの一体化はどこに赴こうとするのか？　あなたたちのヴァリエーションやモデュレーションの中で反復される主題とはなにか？　それは自分の潜在的感覚をなにひとつ見逃さず、相互反応的状態を引き伸ばし、相手の欲望の蓄積をおのれの充足を増幅するために利用するのに集中した緊張感なのか？　それとも他愛ない耽溺、愛撫しうる、またがいに愛撫したい広大な空間の探索、果てしなく触覚をいざなう表面を持った湖の中への自己の溶解なのか？　いずれの場合にしてもあなたたちは他方に対する一方の機能においてしか存在しないのだ、しかし、それを可能にするためには、あなたたち各自の自我は消失するよりもむしろ精神的空間の空白を余すところなくすっかり占め、最大限の利息付きでおのれをそこに投資するかそれとも最後の一銭まで使い果たす必要があるのだ。要するに、あなたたちのしていることはとてもすてきなことだが、文法的にはなにひとつ変わりはしないのだ。あなたたちがひとつの統一的なあなたたちとしての姿をよりいっそうあらわにする時、あなたたちは前にもまして切り離され閉ざされたふたつの別のあなたであるのだ。

（これは今でも、まだあなたたちの一方が他方の存在によって占められている時でも、すでにそうなのである。これと大してちがいのない場合、つまり習慣的にあなたたちの身体を合わせながらもたがいに食い違った幻をあなたたちの心に通わせる時のことを考えてみてもわかる。）

女性読者よ、今あなたは読まれているのだ。あなたの身体は触覚、視覚、嗅覚、それに乳首の味覚も加わった情報チャンネルを通して組織的に読まれているのだ。聴覚もまたあなたのあえぎや震えを帯びた声を聞き洩らすまいとしてその役割を果たしている。あなたにおいて読まれる対象となっているのはあなたの身体だけではないのだ、身体が重視されるのは、すべてがつねに目に入り眼前に存在するわけではないが瞬間的に視覚的な現象となって現われる様々の複雑な要素、たとえばあなたの目がうっとりと潤(うる)んでいく現象、笑い、声、あなたの洩らす言葉、髪を掻き上げたり振り乱したりする仕種、積極的になったり一歩退いたりする振舞いなど、あなたと習慣やしきたりや記憶や前史や慣行との境界にあるあらゆる記号、あらゆる暗号コード、ある人間がある瞬間にそれを通じて他のもうひとりの人間を読み取りつつあると思いこむ貧弱なあらゆる文字からなる総体の一部をなす限りにおいてなのだ。

そして**男性読者**よ、一方あなたもまた読まれる対象となっているのだ、**女性読者**は目次に目を通すようにあなたの身体を吟味するかと思えば、やにわにはっきりした好奇心にとらわれたようにあなたの身体を調べたり、また、あたかも部分的な現場調査はより広い範囲の空間探査の観点から見てのみ興味があるとでもいうように、手間取りながらあなたの身体を尋問し、無言の返事がかえってくるのにまかせたりする。あるいはまた見過ごしてもいいような細部や、些細な文体上の欠点、たとえば突き出たのどぼとけやあなたの頭を彼女のうなじに埋める所作に気を留めて、冷静に客観視する余地をもうけたり、あら探しして難癖つけたり、なれなれしくからかう種にしたりするかと思えば、一方たまたま気づいた一風変わった発見、たとえばあなたの顎の形とか彼女の肩口につけたあなたの独特の歯型とかをやたらと評価し、それを契機に激しい衝動にかられ、句読点ひとつとばさずにてっぺんからいちばん下までページからページへとくまなく渉猟する（あなたたちはいっしょにくまなく渉猟する）。一方、彼女があなたを読むその読み方にあなたは満足しながらも、あなたの肉体を対象としたその原文引用からある疑惑が忍び寄る、彼女は実際どおりのひとつの全体的なあなたを読んでいるのではなくて、文脈から切り離されたあなたの断片を用いて、彼女の半意識下の薄闇の中で、彼女のみが知っている幻のパートナーをでっち上げるのに利用し、そして彼女が判読しているのはあなたではなくて、彼女の夢の中のそのいかがわしい訪問者なのではなかろうかという疑惑が。恋人たちがたがいの身体を（恋人たちがいっしょにベッドに入る際のあの心と身体との濃縮された状態を）読むという行為は、本を読むという行為と比べて、直線的でないという点がちがっている。好きなところから取りかかって、読みとばし、反復し、後戻りし、一点に固執し、同時に分散的に生じるメッセージを追って分岐していき、また一点に収斂し、厄介な箇所にぶつかり、ページをめくり、筋道を見出し、また見失う。そこには、クライマックスを指向し、終わりに至るまでにはリズミカルないろんな局面が、メトリックないろんな区切りが、モチーフの反復が用意されているという限りでは、ある方向が、終わりに向かっての流れが認められる。だが終わりは本当にクライマックスなのだろうか？　それともその終わりに向かっての流れは瞬間瞬間を溯り、時を回復しようとして逆流にもがく別の衝動によって逆らわれるのか？

その総体を図式に表わそうとすれば、それぞれの絶頂をもった各エピソードは三次元、あるいは四次元のモデルを必要とするだろう、いや、いかなるモデルもないかも知れない、それぞれの経験は繰り返しがきかないのだ。抱擁と読書とがもっとも類似した様相を示すのはともにその内部で実際の測定しうる時間や空間とは異なった時空を展開するという点においてである。

最初に出会った時にまごつきながら口にした台詞からもすでに未来でのふたりの共同生活の可能性が読み取れる。今あなたたちふたりはたがいに一方が他方によって読まれる対象となり、たがいに相手の中に文字に書かれていないその物語を読んでいる。明日、**男性読者**ならびに**女性読者**よ、あなたたちがいっしょになり、ちゃんとした夫婦のように同じベッドに横たわるとするなら、めいめい枕元の明かりをつけて自分の本の中に没入するだろう、併行したふたつの読書はそのうち眠気を呼び寄せるだろう、まず最初にあなたが、それからあなたが明かりを消し、あなたたちは別々の世界に引き戻され、そして異なる夢があなたを一方へそしてあなたを別の方へとまた引きずって行く前の束の間のあいだ、あなたたちはあらゆる距離の消滅した暗闇の中に入っていくだろう。でもこうした夫婦和合の展望を皮肉に解釈してはいけない、これよりも幸福なカップルのどんなイメージを提示できるというのです？

あなたはルドミッラを待ちながら読んでいた小説のことを彼女に話す。「君の好みのタイプの本だよ、最初のページからなんとなく落着かない感じを伝えているんだ……」

問いかけるような閃き（ひらめき）が彼女のまなざしの中をよぎる。あなたはあやふやになる、落着かない感じというその言葉は彼女から聞いたのではなく、どこかほかのところで読んだのではなかろうかと……それとも真実を条件づけるものとしての苦悩をルドミッラはもう信じることをやめたのだろうか……それとも誰かが苦悩もまたひとつのメカニズムであり、無意識ほどどうにでも変造できるものはないと彼女に論証してみせたのかも知れない……

「私は」と彼女が言う、「謎や苦悩がちょうどチェスをしている人の頭のように精密で冷徹で影のない思考力によって濾過されているような本が好きなのよ。」

「それはともかく、この本は電話の鳴る音を聞くと焦々（いらいら）する男の物語なんだ。ある日ジョギングをしていて……」

「それ以上話さないで。私に読ませてちょうだい。」

「僕もまだあんまり先まで読んでいないんだ。今持ってきてあげるからね。」

あなたはベッドから起き出して、あなたとルドミッラとの関係の急激な展開が物事の正常な成り行きを中断してしまったあの隣の部屋へその本を探しに行く。

本は見つからない。

（その本をあなたは彫刻家イルネリオの最新作の展示場で見出すだろう。あなたが栞（しおり）がわりに角（すみ）っこを折ってあったページは透明な糊（のり）でしっかりと糊付けされた平行六面体の面のひとつとなっている。本の内部から吹き出す焔で焼けたかのような焦げ跡がそのページの表面にうねりを描いており、木の皮の節目のようにページの層を幾層も覗かせている。)

「見つからないな、でもいいさ」とあなたは彼女に言う、「君のところにもう一冊あるのを見たんだ。君がもう読んでしまったんじゃあないかと思ってたんだがね……」

彼女が気づかないうちに、あなたはあの小部屋に入っていって、赤い帯のついたフラナリーの本を探す。

「ほら、これだよ。」

ルドミッラが本を開く。献辞がある、《ルドミッラに……サイラス・フラナリー》「そうね、私の本だわ……」

「おや、フラナリーを知ってるのかい?」あなたはなにも知らないみたいに驚いてみせる。

「ええ……この本を贈呈してくれたんだけど……でも読む前に盗まれてしまったものとばかり思ってたの……」

「……盗まれたってイルネリオに?」

「さあ……」

あなたが手のうちのカードを見せる時が来た。

「イルネリオじゃあないってことは君にはわかってるんだ。イルネリオはそれを見つけるとあの薄暗い部屋へほうり込んだんだよ、君が取っておいてある……」

「誰があなたに人の家を探しまわっていいと言ったの？」

「イルネリオの話じゃあ君から本を盗んでいった奴が今度はこっそりと戻ってきて、贋の本と取り換えてるんだってね……」

「イルネリオはなんにも知らないのよ。」

「僕は知ってるさ、カヴェダーニャが僕にマラーナの手紙を読ませてくれたんだ。」

「エルメスの話はいつもでたらめだらけだわ。」

「本当のことがひとつあるさ、あの男は君のことを思い続けているんだ、いろんな妄想の中で君の姿を見続けているんだ、あの男は本を読んでいる君の姿に取り憑かれているんだ……」

「それがあの人には我慢ならなかったのよ。」


少しずつあの翻訳者のたくらみのそもそもの理由についてなにかがあなたに分かり始める、そのたくらみを衝き動かしている秘密のバネは彼とルドミッラとの間に絶えず割り込んでくる目に見えぬライバル、本を通じて彼女に語りかける耳に聞こえぬ声に対する嫉妬だったのだ、幾千の顔を持ち、かつ顔のないその幻は、本の作者たちがルドミッラにとって生身の個人として顕現しない限り把えがたく、彼女にとっては出版された本のページの中にしか存在しないのである、その生者たちは死者たちと同じようにすぐそこにいて、いつでも彼女に語りかけ、彼女をうっとりとさせ、誘惑しようと待ち構えている、そして、一般に人が肉体のない人物たちと関係し合う際のあのいとも軽々しい移り気で、ルドミッラはいつでも彼らに従う用意ができているのだ。作者たちをではなくて作者の作用を、あらゆる本のうしろに誰かがいて、その人物がその本の中に自己の真実を投入し、言葉によるその構築物と自己とを同一化したというそれだけのことでその妄想と虚構の世界にひとつの真実が保証されているという考えを、いったいどのようにして打破するか？　元来、こうした方向に嗜好や才能は彼を衝き動かしがちであったが、ルドミッラと彼の関係が危機に陥ってからはいっそう、エルメス・マラーナはまったく真疑不明の、作者を騙(かた)った、模倣、偽作、贋造の文学というものを夢見るようになったのだ。もしそうした意図を実行するのに成功したとすれば、本を書いた者の正体を計画的に不明にすることによって読者が信用して——物語られる事柄をではなくそれを物語る耳には聞こえぬ声を信用して——読書に身をゆだねるのを妨げたとすれば、おそらく文学の構造においては永久になんら変わりはしなかったろうが……しかしその下で、テキストと読者との関係を定めるその根底において、なにかが永久に変わったであろう。そうすればもはやエルメス・マラーナはルドミッラが読書に夢中になって自分のことを構ってくれないというふうに感じることはないだろう、本と彼女との間につねに正体不明の影が忍びこみ、そして彼は自分をその正体不明の影のいずれとも一体化して自分の存在を主張しうるからである。

あなたはその本の書き出しに目をやる。「でもこいつは僕の読んでいた本じゃない……題名も、表紙も、なにもかも同じだけど……でもちがう本だ！　ふたつのうちのどちらかが贋物だ。」

「もちろんそれが贋物だわ」とルドミッラは小声で言う。

「マラーナの手を経ているから贋物だって言うのかい？　でも僕が読んでいたのだってあいつがカヴェダーニャに送ったものなんだ！　両方とも贋物だろうか？」

「本当のことを言えるのはただひとり、作者だけだわ。」

「君なら作者にたずねることができるだろう、あの作者と友達なんだから……」

「友達だったのよ。」

「マラーナから逃げ出して君は彼のところにいたんだろう？」

「いろいろとご存知だこと！」彼女に皮肉っぽい調子でそう言われてあなたはすっかり焦立(いらだ)ってしまう。

男性読者よ、あなたは決心した、あなたはその作者に会いに行くことにする。それはとにかくとして、その間にあなたはルドミッラに背を向けて、同じ表紙の下に収められたその別の本を読み始める。（同じなのはある点までだ。《サイラス・フラナリーの最新のベストセラー》と記した帯が題名の最初の言葉を覆い隠しているのだ。帯をちょっとずらしてみれば、その本がもうひとつの本と同じ『絡みあう線の網目に』という題名ではなく、『もつれあう線の網目に』となっているのに気づくだろう。）

もつれあう線の網目に

思索（投機）したり、内省（反射）したり、あらゆる思考活動は私を鏡へと向かわせる。プロティノスによれば霊魂は神の理性のもろもろのイデアを映し取って物を創り出す鏡なのである。私が考え事をするのに鏡を必要とするのはたぶんそのためだろう、私は鏡に映った映像が目の前にないと集中できないのだ、あたかも私の魂が思索（投機）能力を働かせようとするつど、そこに模倣すべきモデルを必要とするかのようだ。（ここでは語彙はそのあらゆる意味を示している、というのも私は思索家であると同時に実業家でもあり、なおかつ光学器械の収集家でもあるからだ。）

万華鏡に目を当てるとたちまち私の思考力は、様々な色や線をもったたくさんのかけらが結合して規則的な形を作るのにしたがって、たどるべき道筋をたちまちにして見出すのである、もっともその厳密な構造体の顕現は束の間のはかないものにすぎず、筒の外側をごく軽く爪で弾くだけで崩れてしまい、同じ要素が異なった形に結合して、別の構造体にと取って代わられはするが。

まだ少年のころ、鏡の井戸の底で旋回する彩り鮮やかな花園をじっと眺めていると実際的問題の決断や予想される危機に対する私の心構えが高揚されるのに気づいて以来、私は万華鏡を収集し始めた。万華鏡の歴史は比較的に新しく（一八一七年スコットランドの物理学者で、ほかならぬ『新しい科学器械に関する書』の著者であるサー・デイヴィッド・ブルースターが万華鏡の特許を得たのである）、したがって私のコレクションも年代的にかなり狭い範囲のものにならざるを得なかった。だがそのうち私はもっと名高くて示唆に富んだ特殊な骨董品の収集を目指すようになった、十七世紀の反射光学器械、鏡の角度の変化にともなってひとつの人形がいくつにも見える様々な型の人形芝居である。私の目的は『光と影の大いなる業（わざ）』（一六四六）の著者であり、大きな箱の内側に張りつけた六十あまりの小さな鏡が一本の枝を森に、一個の小さな鉛の兵隊人形を大軍に、一冊の小さな本を図書館のように変貌させてみせる《鏡張り人形芝居》の発明者のイエズス会士アタナシウス・キルヒャーの収集になった博物館を再興することにあった。

会合の前に、私は実業家たちに私のコレクションを見せてやるのだが、彼らはうわっつらな好奇心でその変てこな器械類に目をやるだけである。私が万華鏡や反射光学器械と同じ原則に基づいて、鏡のからくりと同じ方法で、資本のない会社を無数に増殖させ、貸し金を巨額化し、大変な赤字を視覚をまどわす見かけの死角に置いて帳消しにし、こうして私の金融王国を築き上げてきたことを彼らは知らないのだ。私の秘密、株の暴落や会社の破産が頻発した危機と破滅の時代において私が絶えず財政的に大勝利をおさめ続けてきた秘密はここにあるのだ、つまり私は金や、取引きや、利益のことを決して直接には考えず、ただ様々に傾斜した鏡面の間で定められるその屈折角度のみを考えてきたのだった。

今私が無数に増やしたいのは私の映像である、だがこう言うとすぐにナルシシズムあるいは誇大妄想のせいだと受け取られるかも知れないが、それとは逆に、錯覚による私自身の無数の幻のまっただなかに、それらの幻を動かしている真の私を隠してしまうためなのだ。そのためには、もし誤解されるおそれがなければ、キルヒャーの設計にしたがって全体をすっかり鏡張りにした部屋を私の家に設けることも辞さないだろう、その部屋の中で私は頭を下にして天井を歩いたり、床の底から天井高くへと駆けあがる自分の姿を見ることができよう。

私が今書いているこのページも、ある限定された数の姿が屈折し、上下転倒し、幾層倍もの数に映って見える鏡の部屋のような冷たい明るさを伝えるものでなければならない。私の姿があらゆる方角に向かい、方々の隅へ分裂するとすればそれは私を追跡する者の目をくらますためである。私は大勢の敵を持つ人間であり絶えずその連中の目を逃れなければならない。彼らが私に追いついたと思っても、彼らは至るところに存在する無数の私の姿のひとつがその上に現われたり消えたりする鏡面のひとつに襲いかかるにすぎないのだ。私はまた自分の大勢の敵を悩ます人間でもある、私は彼らに襲いかかり、堅固な方陣を押し進め、彼らがどちらへ向かおうともその逃げ道を断ってしまえるのだ。鏡を張りめぐらした世界では四方八方から私を包囲しつつあると敵が思っても、鏡の配列を知っているのは私だけであって、絶対に摑まらないすべを心得ており、その結果敵はぶつかり合ったりたがいに取っ組み合いをする羽目になるのだ。

私のこの物語でこうしたことのすべてを金融操作の詳細や、重役会議の場における事態の急転や、恐慌時における株の仲買い人の電話や、それにこの町の地図の断片や、保険証券や、あの台詞を吐いた時のロルカの口や、冷酷な計算にふけっているエルフリーダの目つきを通じて表現したいのだ、そのイメージは別のイメージ、十文字のマークや矢印をあちこちにちりばめたこの町の道路地図の網目や、鏡の方々の隅に遠ざかり消えて行く幾台ものオートバイ、私のメルセデスに向かって収斂してくる幾台ものオートバイのイメージと重なり合う。

私の身柄を誘拐することを、その道専門のいくつものギャング団のみならず大資本金融業界におけ る私の主だった仲間や競争者たちもやっきになって企んでいることがはっきりして以来、私を、私の身柄を、私の存在を、家からの出入りを、要するに連中が罠を張る機会を、無数に増やせば、それだけ私が敵の手に落ちる可能性が少なくなることに気づいた。そこで私のと同じメルセデスを五台注文して、私の屋敷の防備を施した門から、オートバイに乗ったボディガードたちに護衛させて、常時出入りさせ、それぞれの車には黒っぽい服装をして顔を隠し私の替玉とも誰の替玉ともとれる人影を乗せた。私が統轄する各会社はそれぞれ略号のイニシャルがついているだけで、各本社はたがいに場所を取り換えられるようにそれぞれ空っぽの大きな部屋があるだけである、だから仕事上の会議をする時にはいつもちがった場所で行なうことができるわけだが、それでも私は用心に用心を重ねて直前になって場所を変えるように命令することにしている。厄介なのは週に二度、時には三度、二時間四十五分の時間を割くことにしているロルカという名の二十九歳の離婚女性との関係の件である。ロルカの身柄を守るためには彼女の所在を摑めなくするしかなく、そこで私の取った方法はどれが偽りの愛人でどれが本物かわからなくするように同時に何カ所もの愛人のところへ通うように見せかけることであった。毎日私や私の替玉がちがった時間に市内のあちこちにある、魅力的な女性たちの住んでいるアパートに立ち寄るのである。こうした贋の愛人たちの網はロルカとの本当の密会を妻のエルフリーダに隠すのにも役立った、妻にはそれを身の安全を守る手段としての芝居だと言いくるめたのだ。一方彼女、つまりエルフリーダの方は、いつ狙われるか分からない誘拐計画を狂わせるために移動する際にはなるたけ大っぴらにするようにという私の助言をいっこうに聞き入れようとはしなかった、エルフリーダは、まるで自分の姿が分裂し破壊されるのを怖れて私のコレクションの鏡を避けるように、ひっそりと隠れようとするのだ、そういう態度を取る深い理由が私には摑めないが、それが少なからず私を困らせるのだった。

私が今行なっている詳細な叙述がすべて競い合ってある非常に精密な機械装置のような印象をもたらすと同時に、視界の範囲外にあるなにかに言及しては消えて行くなにか目くるめくような印象も伝えたいのだ。そのため時折り、物語の推移がより緊迫したところで、古い文献、たとえばジョヴァンニ・バッティスタ・デッラ・ポルタの『自然の魔術について』の一節からの引用などを挿入したりすることもなおざりにはできないのだ、そしてその一節には（ポンペオ・サルネッリのイタリア語訳、一五七七年、から引用すると）魔術師すなわち《自然の代行者》は《水面下やいろんな形をした鏡面の中では目が、視覚がまどわされる理由を、そして形によっては鏡の外にある宙に吊るされた物の形をも時には映し出したり、遠くで行なわれていることまではっきりと見ることができる理由》を知らなければならないと述べている。

間もなく私は何台もの同じ自動車をあちこちさせることによって所在を曖昧にしても、待ち伏せの危険を逃れるには充分ではないことに気づいた、そこで反射光学器械の倍増効果を適用して、いくつもの偽りの待ち伏せと誰か偽りの私自身を犠牲にした偽りの誘拐と、それから偽りの身代金の支払いとその結果の偽りの釈放とをでっち上げることを考えついた。そのためには悪の世界と接触をしだいに密にして、同様な犯罪組織を整えるという役割も担わなければならなかった。こうして私は準備中の様々な本当の誘拐計画についての情報をいろいろと入手できるようになり、またこうして自分を守るためにもまた私のビジネス上の競争者の災難をうまく利用するためにも時機を失さず介入することが可能になった。

ここで物語は古書が遠くの隠れたものをも示しうると述べている鏡の力に言及することができよう。中世のアラビアの地理学者たちのアレクサンドリアの港についての叙述にはファロス島にそびえる大円柱のてっぺんに鋼鉄の鏡が取りつけられていて、キプロス沖やコンスタンティノポリスの沖やローマの全領土の沖合いを通る船が驚くべき距離を隔ててそこに映るとある。表面が湾曲した鏡は、光線を一点に集中することによって、あらゆるものの姿を捕えうるのだ。《肉体によっても精神によっても見ること能わぬ神さえも、——とポルフィリオスは記している、——鏡の中にその姿を顕わす》と。

空間のあらゆる方角に向かって私の姿を投影する遠心的な反射作用と同時に、目には直接把えられないものの姿も鏡を通じて把握できるような作用をこのページがもたらしてくれることを私は願っているのだ。鏡から鏡へと経て、事物全体が、全宇宙が、聖なる叡知がその光線を唯ひとつの鏡に集中させるかも知れないと、そう私は夢見るに至るのだ。あるいはおそらく万物についての知識が霊魂の中に埋もれており、そして私の姿を無限に増殖しかつまたその本質をただひとつの姿に還元もする鏡のからくりが私の魂の中に隠されている万物の魂を啓示してくれないものかと。

神秘学の書物や異端審問官の告発状にいろいろ述べられている魔法の鏡の力とはほかならぬこのことだろう、つまり神秘の闇の神を顕示させ、鏡が映し出すイメージにその神の姿を結びつけるということだ。私はコレクションをあらたな分野にも拡げなければならなかった、世界じゅうの骨董屋や競売屋にその形式や古文書によって魔術的なものと分類しうるルネッサンス時代の珍しい鏡類があれば私に寄こすようにと通知した。

ひとつひとつのへまがとても高いものにつくむつかしいゲームだった。最初に誘拐にそなえて保険会社を設立するために私に協力するよう私のライバルたちを説得したことからしてもそもそもの間違いだった。暗黒街に張りめぐらした私の情報網を信頼して、私はどんな不測の事態もコントロールできると信じていた。だがやがて私の仲間たちの方が誘拐をこととするギャング団らとより密接な関係を持っていることに気づいた。来たるべき誘拐事件では私たちの保険会社の資本金の金額が身代金として要求されることだろう、そしてその身代金はギャング組織とその共謀者になった保険会社の株主たちの間で分配されるだろう、もちろんこうしたことはすべて誘拐される者の損害となる。そしてその犠牲者は誰かということについては疑問の余地がなかった、私なのだ。

私に対する待ち伏せの計画は、ボディガードたちの乗ったホンダのオートバイと私を乗せた装甲を施した車との間に、曲がり角の手前で贋の警官の乗った三台のヤマハのオートバイが急ブレーキをかけて割って入るという手筈になっていた。その対抗処置として、私は偽装誘拐のためその曲がり角の五百メートル手前で、三台のスズキのオートバイに私のメルセデスを止めさせることにしていた。だからその二つの地点よりもまだ手前の交差点で三台のカワサキのオートバイに行く手をふさがれた時には、私の対抗処置は誰の指図で動いているのかわからないがその対抗処置に対抗する罠にうまくはめられたのに気づいた。

万華鏡の中を覗くように私がこのページに書き留めようとするいろんな仮定は砕け、分裂する、ちょうど、情報屋の話をもとに、私に対する待ち伏せの網が張られる道路の交差点を突き止め、そして彼らの計画を私にとって有利なようにひっくり返してうまく敵の裏をかくことのできる地点を定めるために、私が細かく区分けしてあった町の地図が目の前でばらばらになったように。今や私にはすべてがはっきりした、魔法の鏡がそのあらゆる魔力を私を守るために送って寄こしたのだ。正体不明の人物が立案したこの第三の誘拐計画は私の勘定には入っていなかった。だがそれは一体誰だろう？

驚いたことに、誘拐犯人たちは私をどこか秘密の隠れ家にではなく私の家に連れて行き、私がアタナシウス・キルヒャーの設計に基づき念入りに作った鏡張りの部屋に閉じ込めた。

鏡張りの壁は無限に増殖した私の姿を映し出す。私は私自身によって誘拐されたのだろうか？　世界に向かって投射されたいくつもの私の姿のひとつが私になりかわり、私自身を投影された私の姿の役割にと追いやったのだろうか？　私は闇の神を呼び降ろし、そしてその神が私と同じ姿をとって立ち現われたのだろうか？

鏡張りの床の上に縛られた女の身体がころがっている。ロルカだ。ちょっと身動きすると、彼女の裸体がありとあらゆる鏡面に投影されて氾濫する。彼女の縛めを解き猿轡をはずし、彼女を抱き締めようと私は駆け寄る、だが彼女は怒り狂って私の方を振り向く。「私を捕えたとでも思っているの？そうはいかないわ！」そう言って私の顔に爪を突き立てる。彼女は私ともども捕われたのか？　彼女は私の虜なのか？　彼女が私の牢獄なのか？

その時ドアが開いた、エルフリーダが入ってくる。「私、あなたがさらされていた危険を知って、あなたを救ったのよ」と彼女は言う。「やり方がちょっとばかり荒っぽかったかも知れないけど、仕方がなかったのよ。でも私もうこの鏡の檻の出口がわからなくなってしまったの。どうやったら出られるのか早く教えてちょうだい。」

エルフリーダの片方の目と片方の眉、ぴったりとしたブーツに包まれた片方の脚、薄い唇と白すぎるほどの歯をした彼女の口の端、ピストルを握った指輪をはめた片方の手がいくつもの鏡に大写しになって投影し、そして彼女の姿のこうしたばらばらの断片の間を、ロルカの裸身が、肉の風景のように、背景となって埋めている。もうどれがエルフリーダのものでどれがロルカのものか見分けがつかなくなってしまう、なにがなんだかわからなくなる、私は自分自身を見失ったみたいだ、私の影はどこにも投影されていず、見えるのは彼女たちの姿だけだ。ノヴァーリスの断章には秘法を会得した男が女神イシスの隠れ家にたどりつき、女神のヴェールをそっとめくるところがある……今や私には私を取り巻くあらゆるものが私の一部であり、ついに私はすべてのものになることに成功したように思えるのだった……

第八章

サイラス・フラナリーの日記から

谷底の方にあるとある山荘のテラスの安楽椅子に座って本を読んでいるひとりの若い女がいる。毎日私は仕事にかかる前にしばらく望遠鏡で彼女の姿を眺める。この透明で清澄な大気を通してそのじっと動かぬ姿の中に読書の目には見えない動きのいろいろな徴(しるし)を、視線や呼吸の流れを、さらにはその人物を通じて言葉の流れを、言葉が流れたりよどんだりする様(さま)を、その飛躍や、たゆたいや、停止を、また集中したり散漫になったりする注意力を、後戻りを、一定のように見えるがつねに変化し起伏を帯びたあの流れを把えうるように思えるのだ。

私が私心のない読書に身を委ねることができなくなってもう何年になるだろうか？　自分が書かねばならないものとの関連を離れて、他人の書いた本に読みふけることができなくなってもう何年になるだろうか？　私はうしろを振り向いて、私を待っている机を、ローラーに紙をはさんだタイプライターを、書き始めなければならない章を見る。私が書くことを強制された人間になって以来、読書の悦びはなくなってしまった。私の仕事の目的は望遠鏡のレンズの中にいる安楽椅子に座ったあの女性のような精神状態をもたらすことにあり、そしてそれは私には許されない精神状態なのだ。

毎日私は仕事にかかる前に安楽椅子のその女性を眺める、そして執筆に費す私の尋常ならざる努力の結果はあの女性には呼吸のようなものであり、読むという行為が自然に展開されるものとなって、文章が彼女の注意力のフィルターに触れると一瞬停止したのちに彼女の思考力の回路に吸収され、彼女の内的な空想に、彼女の中のより個人的で伝達しがたいものに変容し消えていくような流れとなるにちがいないと思うのである。

時折り私は馬鹿げた望みにかられる、私が書こうとしている文章が同じ瞬間にあの女性が読んでいるのと同じものであればと。そうした思いに強く囚われるため私は事実そうなのだと思い込みさえする、私は急いで文章を書き、立ち上がって、窓のところへ行き、彼女に望遠鏡を向け、私の文章の効果を彼女の視線の中に、唇の曲げ方に、煙草に火をつける仕種に安楽椅子の上での姿勢の変え方に、脚の組み方や伸ばし方の中に読み取ろうとする。

時には私の書くものと彼女の読むものとの間の距離は埋められるべくもなく、私が書くものにはどれも作意と不調和の刻印が押されていて、したがって私の書いているものが彼女の読んでいるページの滑らかな表面に現われると、まるでガラスを爪でこするようないやな軋みをたて、彼女はぞっとしてその本を遠くにほうり投げてしまうだろうというふうに思うのである。
また時にはその女性が私の真の本を、私が長年来書かねばならぬと思いつつも決して書き得ないであろう作品を読んでいるのだというふうにも思うのである、そしてその本の一語一語があそこにあって、その本を望遠鏡の奥に見ることはできるのだが、しかしそこに書かれていることを読むこともできず、私がなり得なかったしこれからもなり得ないであろうその私が書いたことを知ることもできないのだと。机の前にもどり、彼女によって読まれているあの私の真の本の中味を推測し、それを写そうと努めるのだが駄目だ、私の書くものはどれも、彼女のほかは誰ひとり読むことのないであろうあの私の真の本にくらべれば、まがいものにすぎないのだ。

そしてもし、私が本を読んでいる彼女を眺めるように、彼女も執筆中の私に望遠鏡を向けているとすれば？　窓に背を向けて机に座ると、私は背後に文章の流れを吸い取り、物語を私の意図から遠のく方向へと導く視線を感じる。読者たちは私の搾取者、吸血鬼だ。読者の群れが私の肩越しに覗きこみ、紙の上に言葉が沈澱するのを次々と横領してしまうのを私は感じる。誰か見ている者がいると私は書けない、私が書いているものが私のものではなくなるように感じるからだ。私は消えてしまいたくなる。私は彼らの目の中にみなぎる期待にタイプライターに挟んだ紙を、せめてキーを叩く私の指を委ねてしまいたくなる。

自分というものがなければどんなによく書けることだろう！　白い紙とそして自然発酵し、形造られ、誰もそれを書かずに消えて行く言葉や物語の間にあの厄介な私という存在が介在しなければ！　文体や、好みや、個人的哲学や、主体性や、教養や、生活体験や、心理や、才能や、作家としての粉飾など、私が書くものを私のものとして認めさすことになるこうしたあらゆる要素が私の可能性を限定してしまう檻のようなものに思えるのである。私がただ一本の手だけだったなら、ペンを握りしめ、ものを書く、切断された手であったなら……誰がその手を動かすのだろうか？　無名の群衆だろうか？　時代精神だろうか？　集団的無意識だろうか？　私にはわからない。だがそれは私が自分自身を抹消したいなにか言い知れぬものの代弁者になりうるようにと思ってではない。ただ書かれることを待っている書きうることを、誰も語らない語りうることを伝えるためである。

私が望遠鏡で眺めているあの女性が私の書くべきことを知っているかも知れない、あるいはそれを知らず、だからこそその知らないものを私が書くことを私に期待しているのだ、彼女が確実に知っているのはその期待、私の言葉が埋めるべきあの空白なのだ。

時どき私はすでに存在しているなにかが書くべき本の題材なのだと考える、すでに考えられた思想、すでに口にされた会話、すでに起こった出来事、目で見た場所や雰囲気など、本は書かれていない世界を文字に移したもの以外であってはならないのではなかろうかと。また時には反対に書くべき本とすでに存在している事柄との間にはただ一種の相補関係しかあり得ないのだ、というふうにも思えるのだ。本は書かれていない世界の書かれた相補部分でなければならず、その題材は存在もせず、また書かれない限り存在し得ないものでなければならないのだが、しかしそれが欠けていることを存在しているものが自己の不完全さの中におぼろに感じているようなものでもなければならないのだと。

いずれにしても私は書かれていない世界と私が書かねばならぬ本との相互関係を考えて堂々めぐりを続けているのだ。そのために書くということが私を押し潰しそうな重圧をともなう作業となってくるのだ。私は望遠鏡に目を当て、あの女性読者に照準を合わせる。彼女の目と本のページの間を白い蝶が舞っている。たとえ彼女がどんなものを読んでいようと今彼女の注意を惹いているのはあの蝶であることは確かだ。書かれていない世界の極致はあの蝶の中にあるのだ。私の目指すべき結果はなにか明確で、静謐（せいひつ）で、軽やかなものなのだ。

安楽椅子の女性を眺めながら私は《真実によって》書く必要を感じていた、つまり彼女をではなく彼女の読んでいることを、なんでもいいが、しかしそれが彼女の読書を経なければならないと考えながら書く必要を。

今、私の本の上に止まっている蝶を眺めながら、私は蝶を念頭に置きながら《真実によって》書きたいと思うのである。たとえば残虐ではあるが、どこか蝶に《似て》、蝶のように軽やかで繊細な犯罪を書きたいと。

またある犯罪の残虐な情景を念頭に置いて、蝶を描くこともできよう、蝶がなにか戦慄すべきものになるというようなふうに。

物語の構想。ふたりの作家が、谷を隔てて反対側の斜面にあるふたつの山荘に住んでいて、たがいに覗きあっている。一方は午前中に、もう一方は午後執筆する。午前と午後、書いていない方の作家が書いている方の作家に望遠鏡を向ける。

一方は多作家で、もう一方は創作に難渋する型の作家である。難渋型の作家は多作型の作家がきちんと揃った行で紙を埋め、整理された原稿を山のように積み上げていくのを眺める。間もなく本が出来上がるだろう、間違いなくベストセラーの新しい小説が——と難渋型の作家は幾分の軽蔑と、それに羨望の念もまじえてそう考える。彼はその多作家を大衆の好みに迎合した大量生産の小説を次々と作ることのできる器用な職人以外の何者でもないと見做しているのだが、あんなにも方式的な確かさで自分自身を表現するあの男に対して強い羨望を感じずにはいられない。羨望の念だけではない、感嘆、そう、心から感嘆さえするのである、あの男が執筆に全精力を傾注しているその様子を見ると、きっとコミュニケーションというものに、自己の内面に向けられた問題は気にせず、他人が彼から期待しているものを与えることに鷹揚であり、かつそれを信頼しきっているにちがいない。難渋型の作家は多作型の作家のようになれるならどんなことでもするだろう、あの男を手本にさえするだろう、難渋型の作家の最大の願いは今やあの多作家のようになるということなのだ。

多作型の作家は難渋型の作家が机に向かっているのを眺める、彼は爪を嚙み、髪の毛を掻きむしり、紙を引きちぎり、立ち上がって台所へ行き、コーヒーを、それから紅茶を、それからまたカモミール茶を入れ、それからヘルダーリンの詩を読み（彼の書いていることはヘルダーリンとなんの関係もないことははっきりしているのだが）、すでに書き上げた一ページを写し直し、それからそれを一行一行すっかり消してしまい、洗濯屋に電話し（ブルーのズボンは木曜日でないと仕上がらないのはわかっているのだが）、今でなくてもそのうちに役立ちそうなことをいくつかメモにし、それから立ち上がって百科事典でタスマニア語のことを調べに行き（彼の書いているものにはタスマニアのことなど全然出て来ないことはわかりきっているのだが）、原稿を二枚引き裂き、ラヴェルのレコードをかける。多作型の作家はその難渋型の作家の作品をいまだかつて好きになったことがなかった、読んでいるといつも今にも決定的な事を把えられそうに思えるのだが、そのうちにそれが逃げ去ってしまい、なにか落着かない気持だけが残るからである。しかし今彼が執筆しているのを見ていると、その男がなにか得体の知れぬもの、もつれ合ったもの、どこへ導かれるかもわからない道なき道と取り組んで格闘しているのを感じるのである、時には彼が虚空に張られた綱の上を歩いているようにさえ思え、感嘆の念にとらわれる。感嘆の念だけではない、羨望さえ抱くのである、その難渋型の作家が追求しているものに比べれば自分の仕事がいかに劣った、うわっつらなものであるかを感じるからだ。

谷底にある山荘のテラスで若い女性がひとり日光浴をしながら本を読んでいる。ふたりの作家は望遠鏡で彼女を眺める。《なんと夢中になって読みふけっているのだろう、まるで息を呑むようにして！　なんと熱っぽい手つきでページをめくっているのだろう！　と難渋型の作家は考える。――きっとあの多作家の作品のように絶大な効果をもった小説を読んでいるにちがいない！》《なんと夢中になって読みふけっているのだろう、冥想そのものといった姿だ、まるで神秘に包まれていた真実が姿を現わすのを目にしているかのようだ！　と多作型の作家は考える、――きっとあの難渋型の作家の作品のように隠された意味が濃密にこめられた本を読んでいるにちがいない！》

難渋型の作家の最大の望みはその若い女性が読んでいるような具合に読まれたいということなのだろう。彼はあの多作型の作家が書くだろうと思うような小説を書き始める。一方多作型の作家の最大の望みはその若い女性が読んでいるような具合に読まれたいということなのだろう、彼はあの難渋型の作家が書くだろうと思うような小説を書き始める。

その若い女性は最初に一方の作家と、それからもう一方の作家と近づきになる。両方の作家とも彼女にやっと書き上げたばかりの小説を読ましたいと申し出る。

若い女性はふたつの原稿を受け取る。数日後、彼女は、驚いたことに、ふたりをいっしょに彼女の家に招待する。「これはいったいなんの冗談なの？」と彼女は言う、「あなたたち同じ小説のコピーをふたつ私に渡すなんて！」

あるいは、

若い女性はふたつの原稿を取り違える。多作型の作家流に書いた難渋型の作家の小説を多作型の作家に、そして難渋型の作家流に書いた多作型の作家の小説を難渋型の作家に返す。両方の作家ともたがいに物真似に気づいて激しいショックを受け自己の資質を再発見する。

あるいは、
一陣の風がふたつの原稿のページを乱してしまう。女性読者はそのふたつをひとつにまとめようとする。するとそこに批評家たちが誰の作品に帰していいかわからない、ひとつの、素晴らしい小説が誕生する。それは多作型の作家も難渋型の作家も等しく書きたいと夢見ていた小説だ。
あるいは、
若い女性はそれまでずっと多作型の作家の熱烈な読者で難渋型の作家のものを嫌っていたが、多作型の作家の新しい小説を読んで、それがまがいものに思え、そして彼がそれまでに書いてきた作品は全部インチキなのだと悟る、一方難渋型の作家の作品を思い出して見ると、今ではどれも素晴らしいものに思えてきて、彼の新しい小説を読んでみたくてたまらなくなる。だがそれは彼女が期待していたのとはまるっきり違った代物だとわかり、彼をまたくそみそにこき下ろす。
あるいは、
《多作型》を《難渋型》に、《難渋型》を《多作型》に置き換えて、前文に同じ。
あるいは、
若い女性は、云々、多作型の作家の熱烈な読者で難渋型の作家のものを嫌っていたが、多作型の作家の新しい小説を読んで、なにか変わった点があるのに全然気がつかない、特別に感興をそそられるものがなくても、とにかく好きなのである。難渋型の作家の原稿の方は、その作家の他のすべての作品と同様に、無味乾燥なものに思う。彼女はふたりの作家にいい加減な台詞で答える。ふたりの作家は彼女があまり鑑識眼のない読者にちがいないと思って、もう彼女を相手にしなくなる。
あるいは、
《……》を置き換えて、前文に同じ。

思考の客観性は考えるという動詞を非人称三人称形で用いることによって表現できるということをある本の中で読んだ、つまり《私は考える（io penso）》と言わずに、《雨が降る（piove）》と言うように、非人称三人称形で、《考える（pensa）》と言うのである。宇宙の中に思考がある、このことをそのつど確認してわれわれはそこから出発しなければならないのだ。《今日は雨が降る》とか《今日は風が吹く》というように、非人称三人称形で《今日は書く》といったい言い得るものだろうか、書くという動詞を非人称でごく自然に私に使えるようになって初めて私を通して個人の個性の限界を超えたなにかが表現されることを望みうるのだろう。
では読むという動詞は？《今日は雨が降る》と言うように非人称形で《今日は読む（oggi legge）》と言い得るものだろうか？ よく考えると、読むということは書くということよりもはるかに必然的に個人的な行為である。書物が作者の限界を超えうると仮定しても、それはある個人によって読まれ、その思考力の回路を通過して初めて意味を持ち続けるのだろう。ある限定された個人によって読まれうることのみが書かれたものが書物の力、個人の枠を超えたなにかに基づいた力を帯びていることを証すのだ、宇宙は誰かがこう言って初めて自己を表現するのだろう、《われは読む、ゆえにそれは書く》と。
これがあの女性読者の顔に浮かび、そして私には拒まれている一種特別な至福なのだ。

私の机の正面の壁にひとにもらったポスターがかかっている。小犬のスヌーピーがタイプライターの前に座っている漫画で、こんな文句が書きこまれている、《ある暗い時化模様の夜のことだった……》ここに座るたびに私は《ある暗い時化模様の夜のことだった……》という文句を目にし、その書き出しの文句の没個性さがひとつの世界から別の世界への、現在この場の時間と空間からページの中に書かれる時間と空間への道を開くように思え、多様で無限の展開をもたらすことのできるような書き出しに対して強い憧れを感じ、そして陳腐な書き出し、あらゆることが期待でき、また何事も期待できないような冒頭部にまさるものはないと確信すると同時に、そうした魔術的効果もあのほら吹き犬がその最初の六文字にもう六文字か十二文字書き加えていくうちに所詮は損なわれてしまうにちがいないということにも私は気づくのである。別の世界への入りやすさは錯覚にすぎない、未来の読書の悦びを先取りしながら勇躍書き始めると、白い紙の上に空白が口を開く。

このポスターを目の前にかけて以来私は一ページも書き上げることができない。このいまいましいスヌーピーを一刻も早く壁からはずさねばならないと思うのだが、その決心がつかないのだ、その無邪気な漫画は今や私の状態を象徴する寓意画、私への警告、挑戦なのだ。

多くの小説の第一章の書き出しの文章の無垢な状態がもたらすロマネスクな魅惑は物語が進むにつ

れてたちまち消えてしまう、つまりその魅惑はわれわれの前に拡がる読書の時間への期待感とあらゆる可能性を秘めた物語の展開に接することができるという期待感にあるのだ。私は書き出しの部分だけがある本を、そして全体にわたって冒頭部のもつ可能性が、まだ対象の定まらない期待感が持続するような本を書くことができたらと思う。だがどうしたらそうした本の構想を組み立てることができるだろうか？　書き出しだけで中断するか？　導入部を無限に引き延ばすか？　『千一夜物語』のようにひとつの物語の始まりをほかのものにも使うか？

今日はある有名な小説の書き出しの部分を書き写してみよう、その導入部にこもった充満したエネルギーが私の手に伝わるかどうか試してみるためだ、そしてひとたび応分の推進力を得ると手はひとりでに動き出すにちがいなかろう。

《七月初めのひどく暑い日の夕方ごろ、ひとりの若い男がS小路のとある借家人からまた借りした薄汚ない部屋から道路に下りてきて、のろのろと、なんだか心の定まらない様子で、K橋の方へと歩いていった。》

物語の流れに乗るのに不可欠な二節目も書き写そう。

《運よく階段でその家のおかみに出くわさずにすんだ。彼の薄汚ない部屋は五階建ての高い大きな建物の屋根裏にあって、住まいというよりは押入れという方がよかった。》から続いて、《彼はおかみにずいぶん借金があるので顔を合わせるのがこわかったのだった。》まで。

ここまで来るとそれに続く文章に強く惹かれて私はそれも写してしまいたくなる、《彼は臆病で卑屈な性格ではなく、むしろその逆だったが、しかししばらく以前からヒポコンデリアに似た神経質な状態に陥っていたのだった。》なんならその節全部、いや数ページにわたって主人公が高利貸しの老婆の前に立つところまで写し続けることもできよう。《「ラスコリニコフです、学生の、一カ月ほど前にお邪魔に上がったことがあります」若い男は急いで口ごもるように言いながら、もっと愛想よくしなければと思って、小腰をかがめてお辞儀の恰好をした。》

私は『罪と罰』をそっくり写してしまいたいという誘惑に取り憑かれない前に筆を止める。一瞬、私は、今では想像の及ばなくなった職業、写本家という職業の意味と魅力がいかなるものであったかわかったような気がした。写本家は読むことと書くことという、二つの時間的次元を同時に経験していたのだ、写本家はペンの前で空白が口を開けるという苦悩を知らずに書くことができ、また読むという自己の行為がなんら物質的なものに具体化されないという苦悩を味わわずに読むことができたのだ。

私の作品の翻訳者だと名乗る人物が、私および彼にも損害をもたらす著作権侵害行為、つまり私の作品の無許可の翻訳が出版されているということを告げに来た。その男が差し出した本を私はめくってみたがよく分からなかった、日本語で書かれていて、アルファベットで記されているのは本の扉の私の姓名だけだ。

「この本が私のどの作品を翻訳したものかも私にはわかりかねるね」その本を返しながら私は言った、「あいにく私は日本語はさっぱりわからないのでね。」

「たとえあなたが日本語を知っていても、この本には覚えはないでしょう」とその訪問者が言った、「これはあなたが書いた本じゃあないんです。」

その男の説明によると西洋の製品と完全に同じものを製造するという日本人のすぐれた能力は文学の面にも及んでいるというのだった。そしてオーサカのある会社がサイラス・フラナリーの小説の手法を横領することに成功し、まったく未公刊の一級品の模造作を製造したのだが、それが世界じゅうのマーケットを侵略しそうなほどの出来栄えで、英語に再翻訳されても（厳密に言えば、英語から翻訳したふりを装っているものを英語に翻訳しても）いかなる批評家も本当のフラナリーの作品と見分けがつかないだろうというのである。

この奇っ怪な詐欺行為の話に私は茫然とした、だが経済的、精神的な損害を受けたことによるもっともな怒りのみではなく、その贋作に、他の文明の土壌に芽生えた私自身の分身に対して私は震えるような魅力をも感じるのである。私は小さな太鼓橋の上を歩いているひとりの着物姿の老日本人を想像する、それは私の小説のひとつを構想しながら、私とはまったく異質の精神的道順を経て私と同一化するに至る日本製の私自身なのだ。したがってオーサカのペテン会社が作り出す贋のフラナリーは下劣な模造品であるかも知れないが、それと同時に本物のフラナリーにはまったく欠けた洗練された神秘的な知恵を含んでいるかも知れないのだ。

もちろん、よく知らない人物を前にして、私は自分のどっちつかずの反応を隠さなければならなかったので、ただ訴訟を起こすのに必要な資料をすっかり集めることに興味を示すにとどめた。

「偽作者どもや贋作の流布に手を貸している連中は誰であろうと訴えてやるよ！」私はその翻訳者を見すえながら目に決意をこめて言った、というのもその青年がこのいかがわしい一件に関係しているのではないかという疑いが湧いてきたからだ。男はエルメス・マラーナと名乗った、聞いたことのない名だ。飛行船のように前後に長い才槌頭（さいづち）をしていて、その出っ張った額のうしろにはどうやらいろんなことを隠しているらしい。

どこに住んでいるのかたずねてみた。「今のところは日本に住んでます」と彼は答えた。

彼は誰かが私の名を騙っているかも知れないことに憤慨してみせ、そのペテンをやめさせるため私に助力する用意があると言明したが、でも結局は騒ぎを大きくすることはないと付け加える、というのも彼の言によれば文学はその瞞着力に価値があり、瞞着の中にその真実があるからであり、したがって贋作は、瞞着の瞞着である限り、それは二番煎（せん）じの力しかない真実に等しいというのである。

彼は自分の理論を開陳し続けた、それによるとそれぞれの本の作者は実在の作者が自分を自分のフィクションの作者にするためにでっち上げる虚構の人物であると言うのだ。彼の主張には私も同感するところが多いが私はそれを彼に悟られないよう用心した。彼はとりわけ二つの理由で私に興味を持ったと言う、第一に、私が贋作しやすい作家だからであり、第二に、私がすぐれた贋作者になる才能を、申し分ない偽作を作り出す才能を持っているように見受けられるからだそうだ。したがって私は彼にとって理想的な作家、つまりおのれをフィクションの雲の中に韜晦させ、世界を濃い煙に巻いてしまう作家になりうるだろうと言うのだ。そして彼にとって技巧はあらゆるものの本質であり、だから完璧な技巧を工夫しうる作家はあらゆるものに自己を同一化しうるとも言う。

昨日のあのマラーナとの対話が私の頭から離れない。私もまた自分自身を消し去り、新たな作品ごとに別の私を、別の声を、別の名を見つけ、生まれ変わることができたらと思うのだ、だが私のその目的は読み取ることのできない世界、中心のない世界、私のない世界を本の中に把えてしまうことにあるのだ。

よく考えてみると、こうしたトータルな作家というのは非常につつましい人物かも知れない、たとえばアメリカにいるゴースト・ライター、つまり声望はないにしてもその有用性を認められているあの職業作家、書くすべを知らなかったり書く暇のない他の人間の持っている語るべき材料を本の形にしてやる匿名の作家、生活するのにあまりに忙しい生活者に言葉を与えてやる文字を書く手としての存在のような。もしかすると私の天職はそうしたものだったのかも知れない、私はそれになり損なったのだ。私は私の自我を増殖させ他人の自我を接合し、私とは正反対で、またおたがいどうしでも対立し合うようないろんな自我を装うことができただろうに。

しかし個人的真実というものが本が包含しうる唯一のものだとすれば、私の真実を書くことを受け入れるのがいいのだ。とすれば私の回想録を？　いや、同想はそれが固定しないうちが、ひとつの形に固まらないうちが、真実なのだ。私のもろもろの欲求についての本を書くか？　欲求もまたその衝動が私の自覚的な意志と無関係に発動してこそ真実なのだ。私が書きうる唯一の真実は私が過ごしているその瞬間の真実なのだ。おそらく真の本とは私が一日の様々な時間に光線がいろいろと変化する中で眺める安楽椅子の女性の姿を書き記そうとしているこの日記がそうなのかも知れない。

なぜ私の欲求不満がとんでもない野心、おそらくは誇大妄想的錯乱を示すものだということを認めないのか？　おのれの外にあるものに言葉を与えるためにおのれ自身を抹消しようとする作家には二つの道が開かれている、そのページの中にあらゆるものを汲み取り尽くして、唯一の本となりうるようなものを書くか、それともその部分的なイメージを通じてあらゆるものを追究しうるように、あらゆる本を書くかである。あらゆるものを含む唯一の本とは完全無欠な言葉が啓示された聖なる書物以外にはあり得ないだろう。しかし私はそうした完全無欠さを言葉にこめうるとは思わない、私の問題は外にあるもの、書かれていないもの、書き得ないものを扱うことにある。私にはあらゆる本を書くよりほかに、ありうる限りのあらゆる作家の本を書くよりほかに道は残されていないのだ。

私が一冊の本を書かなければならないと思うと、その本がどうあらねばならないか、どうあってはならないかというあらゆる問題が私を遮り、私の筆の進みを妨げる。それに反してあらゆるものを網羅した一大叢書を執筆しているのだと思うと、急に気が軽くなるように感じる、どんなことを書こうとそれがまだ私の書き残している何百冊という本によって統合され、反駁され、帳じりが合わされ、敷衍（ふえん）され、埋没されるだろうと思うからである。

それが書かれた状態がよりよく知られている聖なる書物は『コーラン』である。完全無欠さと本との間の仲介が少なくとも二重になっている、つまりマホメットがアラーの神の言葉を聞き、それを彼が書記たちに口述したという形になっている。予言者マホメットの伝記作者たちが語るところによると、一度マホメットが書記のアブドゥラーに口述している最中に文句を途中で途切れさせたことがあったとのことである。その書記が、思わず、先を促したところ、予言者は、うっかりと、書記のアブドゥラーの言った台詞をそのまま神の言葉として受け取ったので、書記はその事実をスキャンダルの種にし、予言者を見離し、信仰を見棄てたという。

それは書記が間違っていた。文章の構成は、最終的には、彼の責任だった、言葉として形成される以前にあらゆる言葉の枠の外に拡がる思惟の流動性を、そして予言者のそれのようにとりわけ流動的な言葉のその流動性を迎え入れるために文字に書かれた言葉の内部的脈絡を、文法や統辞法を勘案する責任は彼にあったのである。アラーの神が書かれた書物の中に自己を表現しようと決心した時から、アラーには書記の協力が必要だった。マホメットはそれを知っていて、文章を完成させる特権を書記に委ねたのである。しかしアブドゥラーはおのれに付与された権能を自覚しなかった。彼がアラーへの信仰を失ったのは彼には書くという行為への信念が、書き手としての自分への信念が欠けていたからである。

もし予言者マホメットのその伝説について異教徒の私に異説を立てることが許されるなら、こう言いたい、アブドゥラーは口述筆記していて間違いを見逃し、マホメットはそれに気づきながらも、その間違った言い回しの方が好ましいと思って、それを訂正しないことにしたためアブドゥラーは信仰を失ったのである。と、この場合にも、アブドゥラーがそれを騒ぎ立てるのは間違いであろう。心気昂進状態にある予言者の言葉であっても、言葉が決定的なものに、つまり書かれたものになるのはページの上に記されてからであり、それ以前ではないのだ。書くというわれわれの行為の制限を通じてのみ書かれていないものの無限の世界が読みうるものとなるのだ、つまり綴りの曖昧さや、誤りや、へまや、言葉あるいはペンの思わぬ滑りを通じてのみ。それ以外にはわれわれの外にあるものは、話されたものであれ、書かれたものであれ言葉では伝達しようとはしない、別の方法でそのメッセージを送るであろう。

すると白い蝶が谷を横切って女性読者の本から飛んできて私の書いている紙の上に止まった。

変な男たちがこの谷をうろついている、世界じゅうの出版社からもう前金を受け取って私の新しい小説を手に入れようと待っている出版エージェントたち、私の作品の登場人物たちにある特定のブランドの衣類一式を着せたり、ある特定のブランドの果物ジュースを飲ませようとする広告業者たち、私の未完の小説をコンピューターで完成させようという電子計算機のプログラマーたちだ。だから私はできるだけ外出しないようにしている。村へ出かけるのは避けている。散歩したくなると山の小道を歩くのだ。

今日私はボーイスカウトらしい少年たちの一隊と出会った、彼らは、半ば興奮し、半ばおずおずと、布を並べて草原の上に幾何学模様を描いていた。

「飛行機への合図かい?」私はたずねた。

「空飛ぶ円盤への合図だよ」彼らが答えた。「僕たちは未確認飛行物体観測隊なんだ。ここは通過地点で、最近ひじょうに円盤がよく通るいわば航路になってるんだよ。このあたりに誰か作家が住んでいて、ほかの惑星の連中がその作家を通信の手段に利用しようとしているらしいんだ。」

「どういう理由で君たちはそう思うんだい?」私はたずねてみた。

「その理由はしばらく前からその作家がスランプに陥って、書けなくなってしまったということにあるんだ。新聞じゃあその理由をいろいろと言ってるみたいだけど、僕たちの予測ではその作家を書けなくしているのはほかの惑星の住民たちじゃあないかってことなんだよ、つまりその作家の地上的な要因をすっかり空っぽにしてしまって受信力を強くするためなのさ。」

「なんでまたその男でなくちゃあいけないんだい?」

「ほかの惑星の連中は直接にはものを言うことができないんだよ。間接的な、象徴的な方法で表現するんだ、たとえば異常な感情を呼び起こす物語なんかを通じてね。その作家はそうしたすぐれたテクニックと思考の柔軟さを持っているように思うんだ。」

「君たちはその作家の本を読んだことがあるのかい？」

「今までに書いた本には興味はないさ。その作家がスランプを脱してから書く本の中にこそ宇宙からの通信が織り込まれているかも知れないんだ。」

「どうやって伝達されるんだい？」

「心的な手段によってなんだ。その作家はそれに気づきさえしないんだよ。自分の才能で書いているって思うだろうけど、そうじゃあなくって宇宙空間から波にのって送られてくるメッセージがその作家の頭に傍受されて彼の書くものの中に侵入するんだ。」

「で、君たちはそのメッセージが判読できるのかい？」

彼らはそれには答えなかった。


その少年たちの他の惑星からのメッセージへの期待は当てはずれになるだろうと思うと、いささか気の毒でもある。つまりは私の次の作品に宇宙的真実の啓示と彼らに思えるようなものをなにか盛りこんでもいいわけだが、今のところはでっち上げられそうなものが浮かんで来ない。だが書き始めたらなにか考えが湧いて来るだろう。

もし彼らが言うとおりだとしたら？　私は自分で書いていると思っているのはうわべだけで、私が書いているのは実際に他の惑星人によって口述されることだとしたら？

宇宙空間からの啓示を私は大いに期待したいものだ、私の小説はいっこうにはかどらないのだから。もし今にも私が次々と原稿用紙を埋め始めたとしたら、それは銀河系がそのメッセージを私に送って寄こしているという証拠だ。

だが私に書けるものはこの日記だけ、どんなものかはわからないがとにかく一冊の本を読んでいるひとりの若い女性の観察記録だけだ。他の惑星人からのメッセージはこの私の日記の中に包含されているのだろうか？　それとも彼女の本の中に？

大学のとても信用のあるゼミナールで私の小説について論文を書いている若い女性が私に会いに来た。私の作品が彼女の理論を論証するのに申し分なく役立つことはわかるし、それは、小説にとってか理論にとってかはわからないが、確かに有効なことは事実だ。彼女が詳しく話すのを聞くと、真剣に取り組んだ仕事だということはうかがえた、だが彼女の目を通して眺められた私の作品は私にはまるで別物に思えるのだ。そのロターリア（と彼女は名乗った）が細心の注意を払って私の本を読んだであろうことは疑いの余地はない、しかし彼女は読む前からすでにそうだと決めてかかっていたものをそこに見つけ出すために読んだにすぎないのだ。

私は彼女にそう言ってみた。すると彼女はいささか憤慨したみたいにやり返してきた。「どうしてです？　あなたが確信していることだけをあなたの本の中から読み取ってほしいっておっしゃるのですか？」

私は答えた、「そうじゃあないよ。私の知らなかったなにかを私の本の中に読み取ってくれることを私は読者に期待しているんだ、でも読者が自分たちの知らなかったなにかを読むのを期待することだけを私が期待してもよかろうと思うがね。」

（幸い私は本を読んでいるあの女性を望遠鏡で眺め、すべての読者がこのロターリアのようなわけではないと確信できるのだ。）

「あなたが期待しているのは受動的で、回避的で、退嬰的な読み方だと思います」とロターリアは言った、「妹がそんなふうな読み方をしますわ。妹がなんの問題も設定せずにサイラス・フラナリーの小説を次から次へと貪るように読んでいるのを見て、私、その小説を論文のテーマにすることを思いついたんです。お望みなら言いますけど、フラナリーさん、私があなたの作品を読んだのはそのためですわ、どんなふうにあるひとりの作家を読むかということを妹のルドミッラに示してやるためなんです。それがサイラス・フラナリーであろうと。」

「《私であろうと》とはどうも、でもどうして妹さんを連れて来なかったのだね？」

「作者を個人的には知らない方がいいっていうのがルドミッラの意見なんです。実際の人物が本を読みながら思い描く作者像と決して一致しないからっていうんです。」

いわばそのルドミッラという女性は私の理想とする読者なのかも知れない。

昨夜書斎に入ろうとすると、見知らぬ人影が窓から逃げ出すのを目撃した。あとを追おうとしたが、行方をくらましてしまった。しばしば、とりわけ夜には、家のまわりの茂みに人が隠れひそんでいる気配を感じるように思われるのだ。

できるだけ外出しないようにしているのだが、誰かが私の原稿に手をつけているような気がする。一度ならず私の原稿が何枚か消え去っているのに私は気づいた。数日後にはそれがもとに戻っているのだが、まるで自分が書いたことを忘れてしまったみたいに、それとも昨日の自分がもうわからなくなるほどに一日のうちにすっかり自分が変わってしまったみたいに、それがとても私の原稿とは思えなくなっていることがたびたびあるのだ。

ロターリアに貸してやった何冊かの私の本をもう読んだかと彼女にたずねると、ここでは電子解析装置が使えないからまだ読んでないとのことだ。

うまくプログラムを入れた解析装置は数分間で一冊の小説を読み終えて、そのテキストの中に含まれているあらゆる語彙を頻度順に表に記録することができるのだと彼女は説明した。「こうしてすぐに読書完了結果を得られるんです」とロターリアは言う、「大変な時間の節約ですわ。実際、テーマの反復、形式上あるいは意味上の力点を正確に把握せずして読書になんの意味があるでしょう？　コンピューター読書は頻度表を提出してくれるし、それにざっと目を通すだけでその本が私の批評研究に提供する問題点が摑めるのです。当然頻度数が高く記録されるのは冠詞や代名詞や小詞なんかですけど、私が留意するのはそんな点じゃありません。かなり正確にその本のイメージを私に伝えるような意味の豊かな言葉に注目するんです。」

ロターリアは語彙の頻度順の表の形に書き直された何冊かの小説を持って来てくれた。「五万語から十万語の小説では」と彼女は言うのだった、「二十回ほどは出て来る単語に留意するといいんです。これをごらんなさい。十九回出て来る単語です、

拳銃サック、指揮官、歯、しろ、持つ〔三人称複数〕、いっしょに、蜘蛛、答える〔三人称単数〕、血、歩哨、撃て、すぐ、貴様に、貴様の、見た〔過去分詞〕、生命……」

「十八回出て来る単語は、

よせ、きれいな、軍帽、まで、フランス人、食べる、死んだ、新しい、通過する、じゃが芋、地点、あれらの、若者たち、夕方、行く〔一人称単数〕、来る〔三人称単数〕……」

「もうどんな中味かはっきりとお分かりでしょう?」とロターリアは言う。「アクションがいっぱいの、戦争小説だってことは疑いありません、荒っぽさの混じった、乾いた文体の。まったく皮相的な小説と言えるでしょう、でもそうだと確認するためには一度だけしか出て来ない単語の表も調べてみることが有効なんです。たとえば、こんな一連の単語が出て来ます、

sottana〔下ばき〕、sotterralo〔彼を埋める〕、sotterranei〔地下の〔複数形〕〕、sotterraneo〔地下の〔単数形〕〕sotterrarla〔彼女を埋める〕、sotterrato〔埋められた〕、sottili〔細い〕、sottobosco〔下生え〕、sottomano〔ひそかに〕、sottoproletari〔最下層階級〕、sottoscala〔階段下〕、sottoterra

（地下）、sottovesti（下着）……」

「これは一見そう思えるような皮相的な小説ではないんです。隠れたなにかがあるはずですわ、そしてその方向に沿って私の研究を進めることができるでしょう。」

ロターリアは別の一連の表を私に見せる。「これはまったくちがったタイプの小説です。すぐ分かりますわ。五十回ほど出て来る言葉を見て下さい、

持った〔過去分詞〕、夫、少し、リッカルド、彼の（51）、もの、前、持つ〔三人称単数〕、答えた〔三人称単数〕、いた〔過去分詞女性形〕、駅（48）、やっと、寝室、マリオ、いくつか、みんな、回（47）、行った〔三人称単数〕、ところの、朝、思えた（46）、ちがいなかった（45）、持っていたら〔接続法半過去三人称単数〕、まで、手、ねえ（43）、年、チェチーナ、誰、デリア、手〔複数〕、娘たち、だ、夕方（42）、窓、出来た〔三人称単数〕、ほとんど、ひとりで〔女性形〕、帰った〔三人称単数〕、男（41）、私に、望んだ〔三人称単数〕（40）、人生（39）……」

「どう思います？　細やかな感情を抑えた筆致で描いた、なごやかな感じの小説、地味な雰囲気、田舎での日々の生活……それを再確認するため、一度だけ出て来る言葉を列挙してみましょう。

infreddolito（風邪を引いた〔過去分詞〕）、ingannata（欺された〔過去分詞女性形〕）、ingegnato（懸命になった）、ingegnere（技師）、ingelosire（嫉妬する）、ingenue（無邪気な）、inghiottì（飲み込んだ〔三人称単数〕）、inghiottita（飲み込んだ〔過去分詞〕）、inghittiva（飲み込んでいた〔三人称単数半過去〕）、inginocchiarsi（膝まずく）、ingiù（下へ）、ingiustizia（不正）、ingrandiva

（大きくなった）、ingrassare（肥る）……」

「こんなふうに、雰囲気や、精神状態や、社会的背景についてすでに私たちが気づいたとおりです

……三冊目の本に移ってもいいでしょう、

行った〔三人称単数〕、髪の毛、勘定、身体、神、によれば、金、とりわけ、度(39)、小麦粉、雨、蓄え、誰か、理由、夕方、いる、ヴィンチェンツォ、ぶどう酒(38)、甘い、それで、脚、死、彼の、卵、緑(36)、持つだろう〔一人称複数〕、子供たち、ちえっ、白い、かしら、する〔三人称複数〕、一日、機械、黒い、でさえ、胸、とどまった〔一人称単数〕、いる〔三人称単数〕、布(35)……」

「これを見ると、直接感覚に訴える、洗練さに欠けた、通俗的なエロチシズムを帯びた、やや荒削りではあるが、力強い、本格的な長編小説と言えるでしょう。この作品でも頻度数一の単語のリストを見てみましょう。たとえば、

verdure（野菜）、vergini（処女）、vergognai（恥じた〔一人称単数〕）、vergognandosi（恥じながら）、vergognare（恥じる）、vergognarti（恥じる〔二人称単数〕）、vergognasse（恥じるならば）、vergognata（恥じた〔過去分詞〕）、vergognava（恥じていた）、vergogne（恥）、vergogneremmo（恥じるだろうに）、vergogni（恥じる）、vergogno（恥じさす）、veficarsi（実現する）、vermut（ベルモット）……(注1)」

「わかりましたか？　これはまさしく罪悪感にほかなりません！　貴重な手がかりです、批評はこ

こから出発し、その作業の仮説をここに置くことができるでしょう……どうです？　言ってたとおり迅速で効果的な方法でしょう？」

ロターリアが私の作品をこんなふうに読んでいるのだという考えが私にいろいろと問題を生み出す。今や言葉をひとつ書くたびにそれが電子頭脳によって遠心分離され、どんな言葉やら私には見当のつかない別の言葉のとなりに頻度順にしたがって並べられているのが目に浮かぶのであり、そしてその言葉を何度使ったか自問し、ばらばらに孤立させられるそれらの一語一語を書くということに重い責任を感じ、その言葉を一回あるいは五十回使ったという事実からどんな結論が引き出し得るか想像してみようと試みるのだった。おそらくはその言葉を消してしまう方がいいのかも知れない……だがほかのどんな言葉をそれに置き換えようと到底その試練には耐え得まい……あるいはおそらく本を書くよりもむしろアルファベット順に単語表を、私のまだ知らないあの真実がその中に表わされている孤立しばらばらに崩れた厖大な言葉の表を作り、そしてその表からコンピューターがそのプログラムを逆作動させて、本を、私の本を引き出した方がいいのかも知れない。

私についての論文を書いているあのロターリアの妹が姿を現わした。たまたまこの近くを通りかか

（注1）単語の表はイタリア作家の三冊の小説を扱ったマリオ・アリネイ編『現代イタリア文学のコンピューターによる分析』（一九七三年、ボローニャ、ムリーノ社刊）から引用したものである。

ったかのように、なんの前触れもなく訪ねてきた。彼女は言った、――私ルドミッラです。あなたの小説は全部読みました。

彼女が作者と個人的には面識を持ちたがらないということを知っていたので、私は彼女が現われたことに驚いた。姉はいつも物事の一面しか見ないと彼女はそう言った、このことにしても、ロターリアから私に会ったことを聞いてから、私が彼女の理想の作家像に一致するので、私の存在を確認するためみたいに、みずからそれを確かめたかったのだというのだった。

その理想像というのは――彼女の言葉を借りると――《かぼちゃの蔓がかぼちゃを実らすように》次々と本を書く作家だそうだ。彼女はほかにもなんら乱されることのない流れにしたがう自然の作用をいろいろ比喩に用いた、山の姿を形造る風とか潮流の沈積物とか、木の幹の年輪とか。だがそれらは文学的創造一般に対する比喩であるのに対して、かぼちゃのイメージは直接私に対して用いられたものであった。

「君が腹を立てている相手は君の姉さんなのかね?」彼女の話しぶりに、他人に対して自説を主張する者に見られるような、論争的な調子を感じ取って、私はそうたずねた。

「いいえ、私はあなたがご存知の誰に対しても腹を立てたりしていませんわ。」

大した苦労もなしに、私は彼女の訪問の裏にあるものをはっきりと読み取ることができた。ルドミッラはあの翻訳家マラーナの、文学はからくり仕掛け、いろんな瞞着や罠の歯車装置で構成されているほどそれだけ価値があると言っていたあの男の友達というか、元友達なのだ。

「君の考えでは、私がなにか変わったものを書くだろうと思うかね？」

「私はずっとあなたが、ちょうど穴を掘ったり、蟻塚や蜜房を作ったりする動物たちのように、そんなふうに書くんだと思ってきました。」

「君のその言葉が私へのお世辞なのかどうかはよくわからないが」と私は言った、「それはとにかく、私に会って、幻滅したのでなければうれしいけどね。私は君がサイラス・フラナリーに対して抱いていたイメージと合っているかね？」

「幻滅どころか、その反対ですわ。でもあなたがあるイメージに合うからっていうのではなくて、私が思っていたとおり、ごくありふれた方だからです。」

「私の小説が君にごくありふれた人物のような印象を与えるのかね？」

「いいえ、いいですか……サイラス・フラナリーの小説はなにかこう非常に特徴的なものです……前から、あなたが書く前から、あらゆる細部に至るまで、最初からもうそこにあったような感じのものなんです……まるで小説が、誰かそれを書く人がいなくてはならないので書き方を知っているあなたを利用して、あなたを通過して出て来るみたいな感じなんです……本当にそんな具合なのか確かめるために、あなたが執筆なさっているところを見てみたいと思いますわ……」

私は苦痛を感じる。この女性にとっては私は、私とは独立して存在するまだ表現されていない想像の世界をいつでも文字に定着する用意の出来た、まるで人格のない単なる筆記エネルギー以外のなにものでもないのだ。彼女が思っているようなものはもうなにひとつ、表現するためのエネルギーも表現すべき事柄さえも、私には残ってはいないことを彼女が知ったなら。

「なにを見ることができるっていうのかね？　誰かに見ていられると、私は書けないんだよ……」私はそう言って反対する。

彼女は文学における真実とはただ書くという行為の肉体性の中にのみあるのだということがわかったように思うからだとそう説明する。

《……行為の肉体性》この言葉は私の頭の中でぐるぐると回転しはじめ、私が必死で遠ざけようとしているいろんなイメージと結びつく。「存在の肉体性」こう私は呟く、「ほら、ごらん、私はここにいる、私は君の前に、君の肉体の目の前に存在する人間だ……」私は鋭い嫉妬を、他の人間に対してではなく、私がもう書かないであろう小説を書いてきたインクや句読点と化したあの私自身に対する、この若い女性と親密な関係を保ち続けるその作家に対する嫉妬をおぼえるのだ、一方私は、今ここにいる私は、創造力の衝動よりもはるかに強烈に湧き上がってくる肉体的衝動を感じながらも、タイプライターのロールの上の白い紙と文字盤との間を隔てる無限の距離によって、彼女と隔てられているのだ。

「コミュニケーションはいろんなレベルで行なえるんだよ……」私はそう口にしながら、確かにいささか唐突な動作で彼女のそばへにじり寄っていく、目に見え手で触れうるイメージが私の頭の中でぐるぐる回り、あらゆる隔たり、あらゆるためらいを振り棄てるよう私を刺激するのだ。

ルドミッラは身をくねらせて、逃れる、「なにをなさるんです、フラナリーさん。そんなことじゃあないんです！　思い違いですわ！」

　確かにもう少し様式にかなった振舞いをすることができたろうが、もう手遅れだ、まっこうから向かっていくよりほかはない、私は彼女を追っかけて机のまわりをぐるぐる回りながら、愚にもつかないとわかっている台詞を口に出す、「君は私をあまり年がいきすぎてると思ってるだろうが、でも……」

「まったくの誤解ですわ、フラナリーさん」ルドミッラはそう言って、立ち止まり、ウェブスター大百科辞典を私たちの間に積み上げて垣を築く、「私あなたと恋をすることだってあるかも知れませんわ、あなたは優しいし、ハンサムな方ですもの。でもそれは私たちが論じ合っていた問題にはなんの重要性もないことですわ……私の読む小説の作者サイラス・フラナリーとはなんの関係もないことですわ……あなたはたがいに干渉し合うことのできない、はっきりと区別された二人の人物なんです……私が知り合ってきた大勢の人にあなたが似ているとしても、もちろんあなたが具体的にはここにいるこの方であって、ほかの誰でもないことは疑いませんわ、でも私に興味があるのはもうひとりほかの人物、ここにいらっしゃるあなたからは独立してサイラス・フラナリーの作品の中に存在するサイラス・フラナリーなんです……」

　私は額の汗をぬぐって、どっかりと腰を下ろす。私の中でなにかが抜けていく、おそらくは自我だ、私の中味が抜けていくのだ。だかそれこそ私の望んでいたことではなかったのか？　それこそ私が求めていた没個性化ではないのか？

おそらくマラーナとルドミッラは私に同じことを言いに来たのだ、だがそれが救済なのか断罪なのかは私にはわからない。なぜほかでもなく私を探しに来たのか、私が獄舎につながれてでもいるかのように自分自身に強く縛りつけられているのを感じている今この時に？

ルドミッラが出て行くとすぐに、私は安楽椅子の女性の姿に慰めを見出そうと望遠鏡のところへ駈けて行った。だが彼女はいない。疑惑が浮かんできた、私に会いに来たのと同一人物だとしたら？おそらく私のあらゆる問題の根源にはいつも彼女がいるのだ。おそらく私の執筆を妨害しようとする企みがあって、ルドミッラもその姉もあの翻訳者もみんなそれに一役買っているのだ。

「私がいちばん魅力を感じる小説は」とルドミッラが言った、「このうえなく曖昧で、残酷で、歪んだ人間関係のもつれのまわりに一種透明な幻覚を生み出すような作品なんです。」

彼女がそう言ったのは私の小説の中にあって彼女を惹きつけるものを説明するためなのか、それとも彼女が私の小説の中に求めたいのだが見出せぬものを指して言ったのかはわからない。

ルドミッラはどうやら満足というものを知らない性格のようだ、日によって彼女の好みは変わり、そしてきょうはその好みがただ彼女の落着かない気分に符合しただけらしい。(だがまた会いに来た時には、前日のことはすっかり忘れているみたいだった。)

「望遠鏡で谷底の方のテラスで本を読んでいる女性の姿が覗けるんだよ」私は彼女に話した、「その女性の読んでいる本が心を落着かせるようなものか、それとも焦立たせるようなものなのかと考えるんだ。」

「その女の人どんなふうに見えます？　落着いているみたいか、それとも焦々しているみたいか、どう見えます？」

「落着いているみたいだね。」

「じゃあ焦々するような本を読んでいるんですわ。」


私の原稿が消え失せたかと思うと、またもとに戻っているのだが、それが以前の原稿とはちがっているみたいな、あの奇妙な印象のことを私はルドミッラに話した。すると彼女は至るところに網を張った偽作本作成を陰謀しているグループがあるから注意するようにと言うのだった。私はその陰謀のボスが彼女の元友達ではないかとたずねてみた。

「陰謀計画はいつもそのボスたちの手から逸脱するものですわ」と彼女は答えをはぐらかせた。


アポクリファ（語源はギリシャ語の *apókryphos* 隠された、秘密の）、㈠、元来は宗教における《秘密の書》を意味したが、ついで、宗教上の正典が確立したのち正典としては認められていない文書を指すようになった。㈡、時代や作者を偽った書物。

辞書にはこうある。ひょっとしたら私の天職はこうしたいろんな意味におけるアポクリファの作者たるにあったのかも知れない、なぜなら書くということはつねにそのうちに顕わにされるようになにかを隠すということだからであり、私のペンから生じうる真実とは激しくぶつかった大きな石ころからはじけ出し遠くへはね飛ばされたかけらのようなものだからであり、また嘘のほかには確かなものはないからである。

私はエルメス・マラーナに会って、ふたりで手を組んで世界じゅうに偽作本(アポクリファ)を氾濫させようと申し出たいと思う。だがマラーナは今どこにいるだろう？　日本へ戻ったのだろうか？　なにかはっきりしたことが分からないかと思って、私はルドミッラに彼のことを話させようと努める。彼女の話では、贋作者が活動するためには、原材料となる本物が活発に生産される中にまぎれこんでその改竄(かいざん)作業をカモフラージュできるように、小説家がうようよといてかつ多産な地域に隠れひそむ必要があるということだ。

「じゃあ彼は日本へ戻ったのかね？」だがルドミッラは日本とあの男との間のつながりについてはなにも知らないらしい。あのいかがわしい翻訳者の企みの秘密の根拠地があると彼女がみているのは地球のまったく反対側である。最近寄こした消息によると、エルメスはアンデス山脈の近くに潜り込んでいるらしいというのだ。だがルドミッラに関心があるのはただ一事、つまり彼が遠くにいるらしいということだけなのだ。彼女は彼から逃れるためにこのスイスの山中に逃げてきたのであり、もう彼に出会うことがないとはっきり分かったからには、家に帰ることができるというのだ。

「近々発つってことかね?」私はたずねる。

「あすの朝です」と彼女はそう告げる。

それを聞いて私は大いに淋しくなる。急にひとりぼっちになるような感じがする。


私はまた空飛ぶ円盤の観測隊員たちと話しをした。今度は連中の方から私を探しにきて、もしかして他の惑星人から口述された本を書かなかったかとたずねるのだった。

「いいや、だがどこにその本があるかは知ってるよ」と私はそう言いながら望遠鏡のそばへ行った。しばらく以前から私は安楽椅子のあの女性が読んでいる本が惑星間にまたがる本かも知れないと考えていたのである。

例のテラスにあの女性はいなかった。がっかりして、そのあたりの谷間に望遠鏡を向けると、とある岩のふちに腰を下ろして、街着を着た男がひとり、熱心に本に読みふけっているのが見えた。偶然の一致にしてはあまりぴったりと符合するので、それが他の惑星からやってきたものと考えてもおかしくはなかった。

「ほら、あれが君たちの探している本だよ」そう言って、私はその見知らぬ男に向けた望遠鏡を少年たちに覗かせてやった。

連中はひとりずつレンズに目を当てると、たがいに顔を見合わせ、礼を言って出て行った。

ある男性読者が私に会いに来た、気になる問題を話しに来たというのである。つまり『……線の網目に云々』という外見はそっくり同じだが中味はまったくちがう小説が収まっている私の本を二冊見たそうだ。ひとつは電話のベルの音に悩まされるある教授の話で、もうひとつは万華鏡の収集をしている億万長者の話だが、あいにくそれ以上は話せないし、その本を私に見せることもできない、というのは二冊とも読み終える前に盗まれたということだった、あとの方の本はここから一キロたらずのところで。

彼はまだその奇っ怪な出来事のせいで取り乱していた、彼の話すところによると、私の家を訪れる前に私が在宅かどうか確かめ、同時に問題点をはっきりさせてから私と話しができるようその本を読んでしまおうとして、それでその本を手に私の山荘を目にしうるとある岩のふちに腰を下ろした。しばらくするうちに気でも触れているような連中が彼を取り囲み、その本に躍りかかったかと思うと、そのうちのひとりがそれを高く捧げ、ほかの連中はうやうやしげにその本を仰ぎ見ながら、気狂いどもはなにやら一種の儀式みたいなことをおっぱじめ、そして彼の抗議にもお構いなしにその本を持って森の中に駆け込んでいったというのである。

「この谷には妙な連中が集まるからね」と私は彼を落着かせようとして言った、「その本のことはもう考えないようにしたまえ、別に大したものをなくしたわけじゃあないんだから、あれは日本で作られた偽物なんだ。私の小説が世界じゅうで好評を博しているのを利用して、日本のある会社が厚かましくも表紙に私の名前を刷り込んだ本を流しているんだが、それは実はあまり売れなかったので反故(ほご)

紙にされてしまったあまり名の知られていない日本の作家の小説を剽窃したものなんだよ。いろいろ調べた結果、私もそれからその剽窃された作家たちをもこけにしたそのペテンを暴いてやったんだがね。」

「実は私の読んでいたあの小説を私は気に入っていたんですが」とその**男性読者**は告白する、「最後まで読むことができなくて残念なんです。」

「それだけのことなら、その種本を見せて上げよう、日本の小説を、人物や場所をヨーロッパ風の名に置き換えて、大ざっぱに翻案したものなんだがね、あんまり大した作家じゃあないが、タカクミ・イコカという小説家の『月光に輝く散り敷ける落葉の上に』という作品なんだ。本を取られたお返しに、英語に翻訳したその小説を貸して上げよう。」

私は机の上にあったその本を取って、それを紙袋に入れてから彼に手渡した、その場でページをめくられると、それが『絡みあう線の網目に』とも、贋物も本物も問わず、私のほかのいかなる小説とも、なんの関係もないことがすぐにわかってしまうからだ。

「贋のフラナリーの作品が出回っているらしいってことは知っていました」とその**男性読者**は言った、「私はあの二冊のうちの少なくとも一方は贋物だと思っていました。でももう一方の方はどうなんでしょうか?」

この男を私の抱えているいろんな厄介な問題の流れに投げ入れるのは利口なことではなかった、そこで私はこう言い逃れをしようとした、「私が自分の作品と認めるのはまだこれから書かなければならないものだけだ。」

その男性読者はもっともだというようにかすかに笑みを浮かべただけだったが、やがて真顔に戻ってこう言った、「フラナリーさん、私はその件の裏にいる奴を知っているんです、日本人じゃありません、エルメス・マラーナという男です、あなたもご存知のルドミッラ・ヴィピテーノという若い女性への嫉妬にかられて企んだことなんです。」

「じゃあ、なぜ私を訪ねて来たのかね？」と私は問い返した、「その男のところへ行って、どうなっているのかそいつに聞けばいいじゃあないか。」その男性読者とルドミッラの間になにかの絆があるのではないかという疑惑が浮かんできて、それが私の声をとげとげしい調子にするのだった。

「そうする以外にないでしょうね」男性読者もそう認めた。「ちょうど仕事であの男のいる南米へ旅行する機会があるので、それを利用して彼を探すつもりです。」

私の知る限りでは、エルメス・マラーナは日本人のために働いていて、日本に偽作本作成の本拠を置いているのだが、その男性読者にそれを知らせる気はなかった。私にとって肝心なのは、この面倒な男がルドミッラからできるだけ遠くへ行ってくれることなのだ、それで私は彼に旅行に出かけて、その幻みたいな翻訳者を見つけ出すまで詳しく調査してみるように勧めた。


その男性読者は奇妙に同じような一連の出来事に悩まされていた。しばらく以前から、理由はそれぞれ異なるが、小説を読み始めて数ページもすると中断してしまうことがしょっちゅう起こるというのだ。

「たぶん退屈してしまうからじゃあないかね」いつもの癖で悲観的な見方をして、私はそう言った。

「その反対なんです、夢中になりかけたところで読書が中断されるはめになるんです。その続きを読みたくてたまらないのですが、その読み始めた本の続きだと思って開けてみると、それがまた全然別の本なんです。」

「……ところがそれが退屈きわまりない本だってわけだ……」と私はほのめかす。

「いいえ。それがまたいっそう夢中になるような本なんですが、でもそれもまた読み終えることができない、といったような具合なんです。」

「君の話を聞くと私にもまだ希望が持てそうだ」私は言った、「私なんか出たばかりの本を手に取ってみるとその同じ本を百遍も読んだことがあるような気になることがしだいに多くなる一方なんだ。」

私はあの**男性読者**との会話の最後の部分について考えてみた。おそらく彼の読書に対する熱意は冒頭からその小説の本質をすっかり汲み取ってしまおうとするほど強いので、その先にはもうなにも残らないことになるのだろう。私には同じことが執筆に際して起こる、しばらく以前から私が書き始める小説はどれも書き出しのすぐあとで途切れてしまう、まるで冒頭で語るべきことをすっかり語ってしまったかのように。

小説のいくつかの書き出しだけで構成されたひとつの小説を書くという考えを思いついた。主人公は絶えず読書を中断される**男性読者**がいいだろう。その**男性読者**は作者Zの新しい小説Aを買う。だがそれは欠陥本で、冒頭の部分から先は読み進むことができない……彼は本屋へ取って返してその本を取り換えてもらおうとする……

小説をすっかり二人称で書くのもよかろう、**男性読者**のあなたは、というふうに……それにひとりの**女性読者**、ペテン師の翻訳者、この日記のような日記をつけている老作家などを登場さすのもよかろう……

だがペテン師のもとから逃れさすためにその**女性読者**が**男性読者**の腕に抱かれるという結果にはしたくない。**男性読者**がどこかとても遠い国に身を潜めたペテン師を追って行き、その作家が**女性読者**とふたりだけであとに残るというような具合にしよう。

当然、女性の登場人物がいないと、その**男性読者**の旅は面白味を失うので、旅の途中で彼を別の女性に出会わせる必要がある。**女性読者**に姉がいることにするのもいいだろう……

実際に、その**男性読者**は出かけようとしているようだ。旅行中に読むためにタカクミ・イコカの『月光に輝く散り敷ける落葉の上に』を持って行くことだろう。

月光に輝く散り敷ける落葉の上に

銀杏(いちょう)の葉が細かい雨のように枝から舞い落ち、庭に黄色く散り敷いていた。私はオケダ氏と玉砂利を敷いた庭道を歩いていた。私はそれぞれ一枚一枚の銀杏の葉から受ける感覚をほかの葉から受ける感覚から区別したいのだが、果たして可能かと考えているのだと言った。オケダ氏はそれは可能だと言った。私が前提を発し、オケダ氏が打ち立てた論拠はこうである。もし銀杏の樹から黄色い葉が一枚だけ散って庭に舞い落ちるとすれば、それを見て感じるのは一枚の黄色い葉っぱという感覚である。もし樹から葉っぱが二枚散れば、視線はその二枚の葉がたがいに追っかけあう二匹の蝶のように離れたり近づいたりしながら宙をひらひら舞い、一枚はここ、もう一枚はあそこと草の上に滑り下りるさまを追い続ける。こうして三枚、四枚、そして五枚と、宙に舞う葉っぱの数がなおも増すにつれてそれらの一枚一枚に対応する感覚は加算されて、音もなく降る雨から受ける感覚のような総和的なものにと取って代わる、そしてひとそよぎの風が銀杏の葉の散り落ちる速度を緩めると——それは宙に羽根を留めているような感覚に、それからまた庭に視線を落とすと、明るく輝く斑点が一面にちりばめられているような感覚になるといった具合である。私はこうした快い総和的な感覚を少しも失うことなく、一枚の葉が私の視野に入った瞬間から、それが宙で舞い、草の葉の上に散り落ちるまでのその個別的なイメージをほかの葉のそれと混じり合わせずにはっきりと区別しておきたいのだった。オケダ氏の論証に気をよくして私はそのもくろみを根気よく続けた。おそらく――と私は縁に刻み目のついた黄色い小さな扇の形をした銀杏の葉を見つめながら付け加えた、――それぞれの葉から受ける感覚の中でその葉のそれぞれの刻み目から受ける感覚をはっきりと区別できるようになるかも知れない。それについてはオケダ氏はなんとも言わなかった、もうこれまでにも幾度か彼が沈黙するとそれはまだ検証されていない一連の過程を飛び越えて性急に推断しないようにという私に対する警告として役立ってきた。その教訓を生かして、私は様々の散漫な印象の束にまだ混交しないうちにはっきりと形成されるその瞬間においてもっとも微細なその感覚を把握しようと注意を集中し始めた。

オケダ氏の末娘のマキコが、上品な立居振舞いとまだわずかにあどけなさを残した美しい容姿を見せて、お茶を持ってきた。お辞儀をすると、ひっつめて上に巻き上げた髪の毛の下のうなじに細いうぶ毛が背筋まで続いているかのように見えた。彼女をじっと見つめていると、私の方をうかがっているオケダ氏のじっと動かぬ目を感じた。いろんな感覚を隔離させうる私の能力を彼の娘のうなじの上に作用させているのをきっと気づいたにちがいなかった。私は視線をはずさなかった、透き徹(とお)った肌の上のあの柔らかいうぶ毛の印象が私を強く捕らえて放さなかったからでもあり、またオケダ氏にとっては何事かを口にして私の注意をほかへそらすことが容易であったろうに、そうはしなかったためでもある。一方マキコはお茶を出すと、立ち上がった。私は彼女の左の唇の上にあるほくろに目を止めた、するとより弱くではあったが、先程の感覚のなにかが蘇ってきた。マキコは私の方を見て急にとまどった表情を見せ、目を伏せた。

その午後容易には忘れられないだろう瞬間を経験した、だが、今それを語ろうとすると、取りたてて言うほどのことではないようにも思えるのだ。私はミヤジ夫人とマキコといっしょに北側の池の畔(ほとり)を散歩していた。オケダ氏は白い楓(かえで)の杖をつきながら、ひとりで前の方を歩いていた。池に秋咲きの肉の厚い睡蓮の花がふたつ咲いていて、ミヤジ夫人はひとつを自分のために、ひとつを娘のために取りたいと言い出した。ミヤジ夫人はいつもと同じように翳りのあるやや疲れたような表情をしていたが、その底には依怙地さが秘められていて、人の口の端にものぼっている長い間の夫との不仲においても、もっぱら彼女だけが犠牲者の立場にいるのではなさそうだと思わせるものがあった、そして実際、オケダ氏の突き放すような冷やかさと彼女のかたくなな決意とではどちらに分があるのか、私にはわからなかった。一方マキコは、軋轢(あつれき)のきびしい家庭で育った子供たちが自分を守ろうとしてその環境に対抗して示す、あのはしゃいだようでどこか放心したような様子を大きくなっても引きずってそのまま保ち続け、そして今では苦い束の間の喜びを楯にそのうしろに身を潜めて見知らぬ人間たちの世界に対しているのだった。

私は池のふちの石に膝をついて水面に浮かんだ睡蓮のいちばん手近な葉を掴み、それを引きちぎらないよう注意しながら、そっと睡蓮全体を岸に引き寄せようとした。ミヤジ夫人とマキコも膝をついて花が手の届くところまで近づいたら摑み取ろうと、水面に手を差し伸べた。池のふちは低くて傾斜していた、あまり不用心に身を乗り出さないように、ふたりの女性は私の背のうしろで両側からそれぞれ片手を伸ばしていた。ある瞬間に私は身体のちょうど同じ部分に、上腕部と背中の間の上の方の肋骨のあたりに、ひとつの接触を、いや、左右から、ふたつの異なる接触を感じた。マキコの側からは鼓動するような堅く締まった点のようなものが、一方ミヤジ夫人の側からは浸み込むように擦り寄せてくる圧力が感じられた。私は稀有で優雅な機会に恵まれて娘の左の乳首と母親の右の乳首に同じ瞬間に触れられているのだと気づき、その僥倖の接触を失ってしまわないように、そして同時に感じ取っているそのふたつの感覚を区別し、その刺激を対比しながら味わうために全神経を集中しなければならないと思った。

「葉を向こうへやりなさい」とオケダ氏が言った、「そしたら花のついた茎がそっちの方へ傾くから。」彼は寄り集まって睡蓮へと手を差し伸ばした私たち三人の上に突っ立っていた。手に長い杖を持っているのだからその水生植物を岸へたぐり寄せるのはたやすいことだろうに、私の身体にその身体を押しつけるようなあの動作を長引かせる動きを二人の女性に助言したにとどまった。

　ふたつの睡蓮の花はもうすぐミヤジとマキコの手に届きそうになった。最後に引きちぎる瞬間に、肘を上げてすばやくまた脇腹にくっつければ、腋（わき）の下にマキコの小さくて固い乳房をそっくり挟みつけることができるだろうと私は即座に計算した。だが睡蓮を手折った歓びが私たちの動きの秩序を掻き乱し、そのため私の右腕は空しく空(くう)を挟み、一方葉っぱを摑んでいた私の右手がうしろへ振れた途端にミヤジ夫人の胸元にぶつかったのだが、それはまるで私の手を迎え入れ、引き留めるかのように柔らかく揺すれ、私の身体全体にその振動を伝えた。振動を伝えたその瞬間に相次いでいろいろと測りがたい結果をもたらすことになるなにかが罠を張りめぐらしていたのであるが、そのことはあとで話すことにしよう。

また銀杏の下を通りかかった時、落葉の雨の観照において根本的な事はそれぞれの葉に対する知覚でも一枚の葉と他の葉との間の距離でもなく、葉と葉の間を隔てるうつろな空間そのものだということを私はオケダ氏に言った。私が悟ったと思ったのはこういうことなのである、つまり感応力というものは局部的、時間的に集中されるものであるから、ちょうど音楽においてその底にある静寂がいろんな音の違いを区別するのに必要なように、知覚の場の広い部分にわたって感覚を受けていない状態が必須の条件だということである。

オケダ氏は触覚に関してはそれは確かにそのとおりだと言った、私は彼の答えに啞然とした、というのも銀杏の葉についての私の考えを彼に伝えながらも、実際には私が考えていたのはまさしく彼の娘と妻の身体の接触感であったからだ。オケダ氏は、まるで私のその話にはほかに主題がないと知っているかのように、ごく自然に触覚について話し続けた。

私は話をほかの土壌に移すために、小説を読む場合との比較を試みた、小説においては調子を抑えた、淡々とした物語の進行が読者の注意を喚起したい微妙で精密な感覚をきわだたせるのに役立つのだが、しかし小説の場合は次々と文章が続くなかで、単独のものであれ複合的なものであれ、一度にただひとつの感覚が流れ過ぎるだけであるのに対して、視覚や聴覚の分野は幅が広く、同時にもっと豊かで複雑ないろんな感覚を一体として把えることができる。小説が伝えようとするいろんな感覚の総和に対して読者の感受力はごく限定されている。第一にしばしば性急で注意力に欠けた読書はテキストに実際に含まれている様々なシグナルや意図のかなりな部分を把えられなかったり、なおざりにしたりするということがある、第二になにか本質的なものがつねに文字に表わされた文章のそとに残っているというか、むしろ小説の語っていない事柄の方が必然的に小説の語っている事柄よりも多く、書かれている事柄の一種特異な反映のみが書かれていない事柄をも読み取っているのだという錯覚を与えうるのである。こうした私の考えに対して、オケダ氏は黙ったままでいた、彼は私がしゃべり過ぎ、論理がこんがらがってそこから抜け出すことができないような場合はいつもそうだった。

その後幾日も続いて私はしょっちゅう家に二人の女性だけといっしょにいることが多くなった。オケダ氏がそれまでは私の主な役目であった図書館での調査をみずから行なうことにして、私は彼の書斎に残ってその厖大なカード式索引を整理することになったからである。私がカワサキ教授と交わした会話をオケダ氏が仄聞(そくぶん)して、将来を保証してくれるよりアカデミックな環境に近づくために彼の学派を離れようとする私の意図を彼が見抜いているのではなかろうか、という根拠に基づいた怖れを私は抱いていた、確かにオケダ氏の知的後見下にあまり長くとどまることは私の害となっていた、カワサキ教授の助手たちは私の講座の同僚たちのような異なった傾向の者たちとも自由に交際していたが、その彼らの私に対する揶揄的な評判からもそれを感じていた。オケダ氏が彼のほかの弟子たちにしたのと同じように、私が飛び立とうとするのを妨げ、私が思想的に自立するのを抑えようとしていることは疑いなかった。そして彼の弟子たちは今ではたがいに監視しあい、師の権威への絶対的服従にほんのわずか背いてもそれを告発しあうような仕儀だった。私はできるだけ早くオケダ氏のもとから去る決心をすべきだった、それをずるずると引き延ばしていたのは、毎朝オケダ氏の家で彼の留守中に快く高揚した精神状態が私の中に湧いてくるというただそれだけの理由からであった、もっともそれは仕事にはあまり関係のないものではあったが。

　実際、仕事のことはしょっちゅううわの空で、いろんな口実を探してはほかの部屋に行くのだったが、それはマキコに出会い、一日の暮らしにおける彼女のいろんなプライヴェートの場面を覗こうとするためだった。しかし大抵は私の行く先にはミヤジ夫人がいて、私はその席にとどまることになるのだが、母親との方が——それがたとえ意地の悪い、しばしば苦味のともなった冗談ではあっても——娘との場合よりも会話の糸口が見つかりやすかったからである。

　夕食時、煮え立ったスキヤキ鍋を中にして、オケダ氏は私たちの顔にその日一日の秘密が、それぞれ別個の、だがたがいにつながり合った欲望の網目が浮かび出てはいないかとうかがうのだった、そして私は自分がその網目にくるまれているのを感じていたのだが、その欲望をひとつひとつ満足させないうちはその網目から抜け出したくはなかったのである。

　こうして一週間また一週間と私は彼のもとから、報われること少なく、また私の経歴に利することもないその仕事から離れる決心をするのを引き延ばしていた、そして私を引き留めている網とは彼、オケダ氏なのであり、彼がその網目をひとつひとつ引き絞っていることに気がついた。

穏やかな秋だった、十一月の満月も間近いある日の午後、私はマキコと話していて、木々の枝の間から月を眺めるのにいちばんいい場所はどこかということを話題にした。私は銀杏の木の下の空き地こそ散り敷いた落葉に反射した月光が宙に漂うような輝きを放ってさぞすてきだろうと主張した。私がその話を持ち出したのにははっきりしたもくろみがあった、銀杏の木の下でその夜逢おうとマキコに申し込むためだ。マキコは池のそばの方がいいと反論した、大気がひんやりと乾いた秋の月は、しばしば霧でおぼろにかすむ夏の月よりも、水面にいっそうくっきりとその姿を映すからと言うのだった。

「じゃあそうしよう」私は慌てて言った、「月の出どきに池のほとりで早くあなたに逢いたいものだ。いずれにしろ」と私は付け加えた、「池は微妙な感覚を私の記憶の中に呼び醒ますわけだから。」

その台詞を口にしながらマキコの乳房の接触感があまりにも生き生きと私の記憶の中に蘇ったせいであろう、私の声は興奮に震え、それが彼女を驚かせた。マキコは眉をひそめ、黙ったままでいた。私が耽（ふけ）っていた愛の白日夢を中断させるこの望ましからぬ気づまりを払い除けようとして、私の口は思わずうかつな動きを示した、私は口を開け、そして嚙みつくように歯を堅く嚙みしめたのである。本能的にマキコは、感じやすいところを本当に嚙みつかれたように、不意に苦痛の表情を見せてあとずさりした。彼女はすぐにもとの表情に戻ると、部屋から出て行った。私はそのあとを追った。

ミヤジ夫人が近くの部屋で、畳の上に座り、秋の花を花瓶に活けていた。まるで夢遊病者のようにふらふらあとを追っていた私は足元に座っている夫人を見ても気づかず、あやうく彼女につまずき足で花を蹴っ飛ばして引っくり返すところで立ち止まった。マキコの素振りがたちまち私に我を忘れさせ、そしてミヤジ夫人はそうした私の精神状態を見逃しはしなかったろう、なにしろ私は足元もおぼつかないさまで夫人の上にのしかかりそうになったのだから。だが、夫人は、視線を上げずに、花瓶に活けていたツバキの花を私に向かって振りかざした、それは私を叩こうとするかのようでもあり、彼女の上にのしかかりそうな私の身体を払いのけようとするかのようでもあり、またふざけて、じゃれながら鞭打ち、私を刺激し、挑発しようとするかのようでもあった。私は活けた花の形が崩れるのを防ごうと両手を下におろした、彼女も身体を前に乗り出して枝の形を整えようとしていた、そしてその瞬間にまごついた私の片方の手がミヤジ夫人のキモノと素肌の間にまぎれこみ、細長い形をした柔らかく温かい彼女の乳房を摑んでしまい、一方ケヤキ〔訳者注—ヨーロッパ名、コーカサス楡〕の枝へと差しのべた夫人の手は私の股間に当たり、その部分を遠慮会釈なくぐっと握り締め、まるで枝に鋏(はさみ)でも入れようとするかのように着衣から引っ張り出した。

ミヤジ夫人の乳房で、私の興味をそそったのは迫り出した乳暈であった、かなり広い範囲に拡がったその乳暈の表面にはびっしりと細かい粒々が浮き出しており、縁の方ではより密であったが、乳首に差しかかるあたりにも散らばっていた。おそらくはその両の乳首のそれぞれがミヤジ夫人の感応力に、多寡こそあれいろんな鋭敏な感覚に対する反応を指令しているのであって、その現象は、一秒ほど間隔を置いて、できる限り場所を限定して乳首を軽く押すことによって容易に確かめられるのであり、それは直接的には乳首への反応、間接的には夫人の全身の動作への反応となって現われ出るのであったが、彼女の感覚と私の感覚との間には明らかにある相互関係があるために、こうして私の反応をもまた検証できるのだった。こうした微妙な触覚上の詮索を私は指先だけではなく、私の身体のその部分を彼女の乳房の上に撫で回すようにうまく這わしながらも行なった、たまたまふたりの取っていた姿勢が私たちのその異なった性感帯がうまく遭遇するような具合になっていたからであり、また夫人がそうした動きを喜んで受け入れ、助長し、うむを言わせずに導くような様子を示したからでもあった。私の皮膚もまた、身体のその部分全体に沿って、とりわけその先端の丸く隆起した箇所に、極度に甘美なものから快いものや痒覚を催すものや苦痛をともなうもの、また弱いものや鋭いものに至るまで、それぞれ独特の感応を示す点やそうしたもろもろの感応の推移を現出するということになるのである。私および彼女の鋭敏なもしくは知覚過敏な相異なる末端部の偶然のまたは計算づくの遭遇は様々の組み合わせの反応をひとつに融合した音階をかもし出すのだったが、それを詳細に予測するのはふたりにとってこのうえなく難しいことであった。

私たちがこうした作業に没頭していると、マキコの姿が障子の間からすっと現われた。マキコは私が追ってくるのを待っていたのにちがいない、そして私がどんな障害に足留めされているのか覗きにきたのだ。すぐさまそれに気づいて姿を消したが、彼女の衣裳がなにか変わっていることを見て取るだけの暇はあった、ぴったりした毛糸のセーターからゆったりした絹の衣裳に着替えていたが、その衣裳は彼女の中で花開こうとするその内的な圧力を閉じ込めずに解き放つために、彼女の滑らかな肌が挑発せずにはおかないあの貪欲な接触欲の最初の攻撃をその肌の上に這わせるために、わざとそうしたみたいであった。

「マキコ！」私は叫んだ、彼女に目撃された私と彼女の母親との姿勢はまぎれもなく彼女、マキコに向けられた私の欲望のほこ先を脇道に逸らさせた偶然の成行きによるものであることを私は説明したかったのだ（が、しかしどう説明を始めてよいものやら私にはわからなかった）。乱れた、あるいは乱されるのを待っているその絹の衣裳がまるであからさまに誘うようにして欲望を掻き立て満たし、目にマキコの姿を見、肌にミヤジ夫人の身体の接触を感じながら、私は今にも快楽に圧倒されそうになった。

ミヤジ夫人はそれに気づいたにちがいない、私の肩にしがみつくと私を畳の上に引き倒し、全身をすばやくくねらせながらその潤って把えやすくなったセックスを下から擦り寄せてくると、私のセックスは横に逸れることもなくまるで吸盤に引き寄せられるみたいに吸い込まれてゆき、そして彼女はそのあらわな細い脚を私の胴に巻きつけてきた。ミヤジ夫人はバネのような撓（しな）やかさを持っていた、白い足袋にくるまれたその両の足を私の仙骨の上で交錯させ、万力のように締めつけてきた。

私の呼びかける声がマキコには聞こえたのだ。障子の桟のうしろに畳の上に膝まずき、首を差しのべた彼女の姿が映し出され、やがてその向こうから息を呑んで表情をこわばらせた顔が覗いた、唇はかすかに開き、見開いた目は魅入られたようにまたいまわしげに母親と私のくねる動きを追っていた。

だが彼女だけではなかった、廊下の向こうの別の戸の隙間にじっと突っ立っている男の姿があった。いつからそこにオケダ氏がいたのか私は知らない。彼はじっと、その妻と私とをではなく、私たちふたりを見つめている彼の娘を凝視していた。彼の冷やかな瞳孔には、彼の堅くへの字に折り曲げた唇には、彼の娘の瞳に映ったミヤジ夫人の身悶える姿が反映していた。

私が見ているのを目にしたが、彼はその場を動かなかった。その瞬間彼が私の行為を止めもしなければ家から追い出しもせず、この件にもこれからもまた起こり繰り返されるかも知れない同じようなことについても決して口には出しはしないだろうと私は悟った、そしてまたその見て見ぬふりが彼に対するなんらの力も私に与えるものではなく、彼に対する私の隷属を軽減するものではないということも。それは私を彼に結びつける秘密事であって、彼を私に結びつけるものではなかった、彼が今目撃していることを、私の側からすればふしだらな共犯関係を認めずには誰にもそれを洩らすことはできないであろう。

今や、どうすることができただろう。私はいろんな誤解がもつれ合う中に巻き込まれていく運命にあったのだ、今でもマキコは私を彼女の母の数多い恋人の中のひとりとして見做しているし、ミヤジ夫人は私が彼女の娘に首ったけなのを知っていて、そしてふたりとも私にむごい仕打ちで報いるだろうし、一方、学問の世界では噂が広まるのが早いものだが、やがてこの噂も師の思惑にはどんなふうにしてでも従おうとする同僚たちの悪意にあおられて、オケダ氏の家での私の精励ぶりについて中傷のスポットライトが浴びせられ、私が自分の境遇を変えるための頼りにしている大学の教師たちに対して私の信用を失墜させることだろう。

こうしたいろんな事情を思いめぐらしながらも、私は神経を集中し、ミヤジ夫人のセックスに締めつけられる私のセックスの総体的な感覚を、私の抽送運動と彼女の痙攣的な収縮運動によって生じる圧力を徐々に受けつつある私および彼女の個々の点が感じる様々な明細的な感覚にと仕分けすることができた。こうした作業に没頭することによって私は観測それ自体に必要な状態をとりわけ長引かせ、無感覚な瞬間あるいは感覚が中途半ぱな瞬間をはっきりと把えながら終局の発作へと急転直下していくのを遅延させていたが、一方、逆にそうした瞬間は時空の次元に予測しがたく配置された官能の究極の満足への誘惑が出しぬけに湧き上がってくるのを助長するばかりであった。「マキコ！　マキコ！」そうミヤジ夫人の耳元で呻きながら、極度に感覚が過敏なその瞬間、私は発作的に彼女の娘の姿を、彼女の娘が私に搔き立てるだろうと思われるまったく異なった感覚を脳裡に描いていた。そして私は自分の反応を制御するために、その夜オケダ氏にしようと思っている論述のことを考えていた、降りしきる銀杏の落葉の雨についていては次のような事柄が認められるのだ、つまりそれぞれの瞬間に落下しつつあるそれぞれの葉はほかの葉とは異なった高さにあり、したがって視覚の範囲内にある知覚作用をもたらさぬうつろな空間は一連の水平方向の面で区切ることができるのであり、そしてその水平方向の面のそれぞれに一枚の、唯一枚の葉がひらひらと舞い落ちているというわけなのである。

第九章

あなたはシートベルトを締める。飛行機は着陸しつつある。飛行機で飛ぶということは旅をするということの反対だ、すなわち空間を断続的に横切り、ある時間内あなたはいかなる地点にもいず、そしてその間は時間的にも一種の空白なのである、それからあなたは立ち去った場所や時間とつながりを持たぬ別の場所、別の時間の中にふたたび姿を現わすことになる。その間あなたはなにをするのだろう？　世界からあなたが姿を消し、あなたから世界が姿を消している間あなたはどうやって時間をつぶすのだろう？　そう、あなたは本を読む、空港から空港への間あなたは本から目を離さない、なぜならページの向こうには空虚が、同じような空港やあなたを収容しあなたに養分を与える金属の子宮やそれぞれ異なるがいずれも同じような旅行者の群れといった没個性があるだけだ。それなら活字という画一的な没個性を通じて進める行程のこの別種の抽象性に没頭する方がまだしもましだ、だがここでもあなたが空の上ではなくなにかの上を飛翔しているのだと自分に納得させるのは事物の名のもつ喚起力なのだ。およその当て推量で操られる不確かなからくりにわが身を託すにはかなり無意識になる必要があることにあなたは気づく、それともこれは無抵抗な受動性、精神的退行、幼児的な依存性への止めがたい傾向を証すものかも知れない。（だがいったいあなたの考えているのは飛行機での旅のことなのかそれとも読書のことなのか？）

飛行機は着陸しつつある。あなたはまだタカクミ・イコカの『月光に輝く散り敷ける落葉の上に』を読み終えることができずにいる。タラップを下りる間も、着陸場を横切るバスの中でも、パスポートの検査や通関の行列の中でもあなたは読み続ける。目の前に開いた本を捧げながら進んでいるうちに、誰かがあなたの手から本をひったくる、するとまるで幕が上がったように革帯を締め、自動小銃を抱え、金ぴかの鷲マークと肩章をつけた警官がずらりと並んでいるのが目に入る。

「私の本を……」とあなたは叫びながら、ぴかぴかのボタンと銃口からなるいかめしい垣に向かって子供がするみたいに空っぽの手を差し伸べる。

「押収します。この本はアタグィタニアには持ち込めません。禁書になっています。」

「いったいまたどうして……？　秋の木の葉についての本が……？　なんの権利があってそんな……？」

「押収すべき本のリストに入っているんです。わが国の法律上そうなっているんです。それに文句をつけようというんですか？」一語ごとに、シラブルごとに、急速に、無愛想な調子からとげとげしい口調に、とげとげしいものから威圧的なものに、威圧的なものから脅迫的なものに変わっていく。

「でも……あと少しで読み終わるところだったんです……」

「よしておきなさい」あなたのうしろでそう囁く声がする。「この連中に構ってはいけません。本のことはご心配なく、私も同じのを一冊持ってますから、あとで話しましょう……」

眼鏡をかけ、パンタロンをはいた、すらりと背の高い、落着いた物腰の女性の旅行者だ、荷物をいっぱい抱え、いかにも慣れた様子で入国審査や税関を通過する。あなたは彼女を知っているのか？たとえ知っているように思ったとしても、知らないふりをする方がいい、彼女はあなたと話しているところを見られたくないらしいのは確かだからだ。彼女ははぐれないように自分についてくるように合図をした。空港の外で彼女はタクシーに乗り込み、次のタクシーに乗るようあなたに合図を送る。視界の開けた野原に出ると彼女のタクシーが止まり、荷物をそっくり持って下りてきた彼女があなたのタクシーに乗り込んでくる。髪を短く刈り、大きな眼鏡をかけていなければ、ロターリアに似ていると言えよう。

あなたは口を開こうとする、「あなたは……？」

「コリンナよ、コリンナと呼んでちょうだい。」

鞄の中を探して、コリンナは本を一冊取り出し、それをあなたに手渡す。

「でもこれはちがいます」表紙にある見覚えのない題名と作者名を見て、あなたはそう言う、そこにはカリスト・バンデラ著『うつろな穴のまわりに』と記されている。「押収されたのはイコカの本なんですよ！」

「その本がそうなのよ。アタグィタニアでは本は贋の表紙をつけて流布されているのよ。」

タクシーが埃っぽい郊外を全速力で走っている、あなたはコリンナの言っていることが本当かどうか確かめたい誘惑を抑えることができない。ところがである。それはまったく日本の小説らしくもない、あなたが初めてお目にかかる本なのだ、竜舌蘭の生えた高原で馬にまたがった男がゾピロテスと称する猛禽が数羽空に舞っているのを眺めているところから始まる。

「表紙が贋なら」とあなたは言う、「中味も贋だ。」

「いったいなにを期待していたの？」コリンナは言う、「偽造活動の進行は一度動き始めたらもう止まるところを知らないのよ。私たちは偽造しうるものはすべて偽造されている国にいるのよ、美術館の絵も、金の地金も、バスの切符も。反革命派と革命派はたがいに偽装して戦っているわ、だから本物と贋物との区別が誰にもはっきりしないのよ、政治警察は革命運動を装っているし、革命派は警察に変装しているし。」

「で、結局得をするのは誰なんだね？」

「それはまだわからないわ。警察と私たちの組織と、どちらが自分たちや相手方の偽装をより有効に利用するすべを知っているかを見なくちゃね。」

タクシーの運転手が耳をそばだてている。あなたはコリンナに不用意な台詞を言わない方がいいというように合図をする。

だが彼女は、「心配いらないわ。これは贋のタクシーなの。それよりも心配なのは私たちをつけている別のタクシーがあるってことよ。」

「贋物それとも本物？」

「もちろん贋物だわ、でも警察のなのか私たちの組織のなのかがわからないの。」

あなたはうしろの道路に目をやる。「でも」とあなたは叫ぶ、「二台目のうしろにまた三台目のタクシーがつけてきてるよ……」

「警察の動きを見張ってる私たちの組織の車かも知れないわね、でも私たちをつけている警察側のものだってこともありうるわ……」

二台目のタクシーがあなたたちの車を追い越して、停車し、武装した男たちが飛び出してきて、あなたたちをタクシーから引きずり下ろす。「警察だ！　お前たちを逮捕する！」あなたも、コリンナも、運転手も、三人ともみんな手錠をかけられ、二台目のタクシーに乗せられる。

コリンナは泰然と微笑さえ浮かべ、警官たちに会釈して言う、「私ジェルトルーデよ。こちらは私の友達なの、私たちを司令部まで連れてってちょうだい。」

あなたはあっけに取られる。コリンナ＝ジェルトルーデはあなたの国の言葉で囁く、「心配しなくていいのよ。彼らは贋の警官で、本当は私たちの組織の連中なのよ。」

二台目のタクシーに乗せられて走り出すとすぐに三台目のタクシーに行手をふさがれる。武装し、顔を隠した数人の男たちが飛び出してきて、警官たちの武器を取り上げ、あなたとコリンナ＝ジェルトルーデの手錠をはずし、警官たちに手錠をかけ、あなたたちみんなを彼らのタクシーに押し込む。

コリンナ＝ジェルトルーデはまるで平気らしい、「ありがとう」と彼女は言う、「私イングリッドよ。こちらは私たちの仲間のひとりなの、司令部へ連れてってくれるの？」

「口をつぐめ！」と首領とおぼしき男が言う。「欺そうなんて思うな！　今から目隠しをするからな。お前たちは人質なんだ。」

コリンナ＝ジェルトルーデ＝イングリッドが別のタクシーで連れ去られたせいもあって、あなたはもうどう考えていいのやらわけがわからなくなる。手足と目の自由をふたたび与えられると、あなたは警察署か憲兵隊の事務室のようなところにいる。制服を着た下士官が正面向きと横向きのあなたの顔写真を写し、指紋を取る。将校が呼ぶ、「アルフォンシーナ！」

するとジェルトルーデ＝イングリッド＝コリンナが入って来る、彼女も制服を着ており、将校に書類の束を差し出して署名をもらう。

その間あなたはこっちのデスクからあっちのデスクへと順ぐりに引き回され、ひとりの男があなたの証明書類を、もうひとりが金を、そして三番目の男があなたの衣服を取り上げて、囚人服に着換えさす。

「いったいこれはなんの罠なんだい？」監視者たちがあなたから目をそらしている瞬間にそばに来たイングリッド＝ジェルトルーデ＝アルフォンシーナにようやくのことであなたはたずねる。

「革命派の中に幾人も反革命派が潜り込んでいて、私たちを警察の待ち伏せの罠に落としたのよ。でも幸い、警察にもたくさんの革命派がもぐり込んでいて、その連中が私をこの司令部の職員だというふうに思わしているのよ。あなたの方は、贋の刑務所に送られるか、あるいは本物の刑務所に送られるかも知れないけど、でもあなたを取り調べるのは連中ではなくて私たちの仲間だわ。」

あなたはマラーナのことを思い浮かべずにはいられない。彼でなくして誰がこんな策謀を考えつくだろうか？

「君たちの首領のやり口に覚えがあるような気がするんだけどね」とあなたはアルフォンシーナに言う。

「誰が首領だろうとどうでもいいのよ。反革命に利するようにという目的だけのために革命のために働いているふりをしているか、それともあからさまに反革命のために働き、そうすることによって革命に道が開けると確信している贋の首領なのかも知れないわ。」

「で君はその男に協力しているのかい？」

「私の場合はまた別よ。私は潜入者なの、贋の革命党員の中に潜入した本当の革命党員なの。でもそれが露見しないように私は本当の革命党員たちの中に潜入した反革命党員のようなふりをしなくちゃあいけないのよ。そして事実そうなの、私が警察に属している限りではね、でも本当の警察じゃあないのよ、私は反革命派の潜入者たちの中に潜入している革命党員たちに属しているんだから。」

「僕の理解に間違いがないとすれば、この国じゃあ、みんな潜入しているんだね、警察にも革命派にも。でもどうやってどっちの側なのか見分けるんだね？」

「それぞれの人物について、その人物を潜入させるように仕向けた者が誰かということを調べる必要があるの、そして、それよりも前に、潜入させるように仕向けた者を潜入させたのは誰かを知る必要があるわね。」

「で君たちは誰もが自分でそうだと言っている存在ではないと知りながら、たがいに最後まで徹底的に戦い続けるっていうのかい？」

「それがどうしたっていうの？　それぞれ自分の役割を最後まで演じる必要があるのよ。」

「で僕はどんな役割を演じなきゃあならないんだね？」

「おとなしく待っていることね。あなたの本を読み続けていればいいわ。」

「しまったな。釈放された時に、いや、逮捕された時に、なくしてしまったんだ。」

「構わないわよ。あなたがこれから行く刑務所は模範的な刑務所で、最新の本も取り揃えた図書館もあるのよ。」

「禁書もかい？」

「刑務所でなくって、どこで禁書が見られるっていうの？」

（あなたはここアタグィタニアまで小説の偽造者を追ってきて、生活におけるあらゆる事柄が偽りであるような機構の中に囚われる羽目となる。それとも、小説の河の源流を求めて姿を消した探検家マラーナの足跡を追ってあなたは森林、草原、高原、山脈の中に踏み込もうと決心していたのだが、しかしこの惑星の上に拡がり、冒険というものをその味気のないどれも同じような狭い廊下の範囲内に押さえつけてしまう監獄社会の鉄柵にぶつかるのだ……男性読者よ、あなたの物語はまたもやこう なのか？　ルドミッラへの愛に引かれてあなたが企てた旅は、あなたの前から姿を消した彼女からこんなにも遠くにあなたを導いてしまったのだ、彼女がもはやあなたを導いてくれないなら、正反対の形で鏡に映った彼女の映像を、つまりロターリアを頼りにするほかはない……

だが本当にロターリアなのだろうか？「あなたが誰に腹を立てているのか私にはいっこうにわからないわ。あなたは私の知らない人の名前ばっかり並べるんだもの。」あなたがこれまでのエピソードに言及しようとするつど彼女はそう答えるのだった。彼女がそんなふうに言うのも秘密組織の掟のせいなのだろうか？　実を言えば、あなたにも彼女の正体がさっぱりわからないのだ……彼女は贋のコリンナなのかそれとも贋のロターリアなのか？　はっきりわかっていることは、あなたの物語の中における彼女の役割はロターリアのそれと同じものだということだけである、したがって彼女に対応する名前はロターリアであって、あなたにはほかに彼女を呼びようがないのだ。

「妹がひとりいるってことも否定するのかい？」

「妹がひとりいるけどそんなこと関係ないでしょう。」

「君の妹は落着かない複雑な心理状態の登場人物の現われる小説が好きだろう？」

「妹は原初的な、本源的な、地殻から湧き出るような力が感じられるような小説が好きだといつも言ってるわ、そう、いつもそう言うわ、地殻から湧き出るようなってね。」）

「あなたは刑務所の図書館に落丁本の件で苦情を申し出ましたね」と丈の高いデスクのうしろに座った高級法務官が言う。

あなたはほっと安堵の吐息をつく。看守が監房まであなたを呼びに来て、あなたを連れて廊下を通り、階段を下り、地下の通路をくぐり、また階段を昇り、控え室や事務室を抜けて行く間、あなたは不安のあまり熱にうかされたみたいに身震いしていた。ところが、カリスト・バンデラの『うつろな穴のまわりに』という本に関するあなたの苦情に答えようというだけのことなのだ！　不安にかわって、表紙の間に糊付けが剝がれ、擦り切れてばらばらになったページが僅かばかり残っているだけのその本を手にした時の腹立たしさが蘇ってくるのをあなたは感じる。

「もちろん苦情を申し立てました！」とあなたは答える。「あなたたちはこの模範的な刑務所の模範的な図書館のことを大層自慢してますが、蔵書目録にちゃんと記載されている本を借り出したところが、中のページがばらばらになっているんですからね。そんなことで囚人たちの再教育がどうしてできるのかと問いたいもんです！」

デスクに座った男はゆっくりと眼鏡をはずし、つらそうに首を振る。「あなたの苦情は私の関与するところではないのです。私の管轄ではないんです。われわれの部局は監房とも図書館とも密接な関係を持っていますが、もっと広範な問題を扱っているのです。あなたが小説の読者だということを知って、あなたを呼びにやったのです、あなたの助力が必要なものですから。軍隊、警察、司法などの治安権力はいつもそれぞれの小説についてそれを禁ずべきか許可すべきか判断するのに困難を感じているのです、広範かつ詳細に読む余裕もなければ、判断の根拠とすべき美学的また哲学的基準も曖昧なものですから……いや、われわれの検閲作業の手伝いをしてもらおうというのではありませんからご心配なく。現代の工業技術はそうした作業を迅速かつ能率的にやってのけるようになるでしょう。われわれはどんな文献でも読み取り、分析し、判断する機械を備えているんです。でもその装置の信頼性について照合を行なう必要があるわけです。われわれの記録にはあなたが平均的なタイプの読者として記載されていますし、それにカリスト・バンデラの『うつろな穴のまわりに』を、部分的になりとも、読んだことがあるということもわれわれには分かっているのです、それでそれを読んだあなたの感想と読み取り装置の分析結果とを照合してみるのがいいんじゃあないかと思うんですがね。」

あなたは機械室に通される。「プログラマーのシェイラを紹介します。」

あなたの前にいるのは襟元までボタンをかけた白衣姿のコリンナ＝ジェルトルーデ＝アルフォンシーナだ、彼女は、なにやら自動食器洗浄機に似た、ぴかぴか光る一式の金属機械類の前に立っている。「これは『うつろな穴のまわりに』の全文が収まっている記憶装置です。末端部は印刷ユニットになっていて、ごらんのように、その小説を最初から終わりまで一語一語再生できるんです」と法務官は言う。一種のタイプライターのような機械が機関銃のような速さでよそよそしい感じの大文字の活字を打ち出した長いテープを吐き出す。

「じゃあ、この機会にまだ読み残しているところを読んでもいいんですね。」あなたは文字がぎっしり詰まったテープの流れを震えるような手つきで撫でながら言う、そのテープの中には禁錮中のつれづれにあなたが読んだ文章が認められる。

「どうぞゆっくりと」法務官は言う、「シェイラを残しときますから、必要なプログラムを入れてくれるでしょう。」

男性読者よ、あなたは探していた本を見つけ出したのだ、中断された続きを読むことができるのだ、あなたの唇に微笑みが戻る。でもこの話がいったいこんなふうに続いてもいいとあなたは思いますか？　いいや、小説の話のことではありません、あなたの話のことです！　あなたはいつまで事件の推移に受動的に引きずられ続けるつもりなんです？　あなたは激しい冒険に満ちた行動の中に身を投じた、で、それから？　あなたの役割は他人によって決定された状況を記録する者の立場にたちまちにして堕し、自由意志を奪われ、あなたにはどうしようもない一連の出来事に巻き込まれてしまったのだ。とすれば主役としてのあなたの役割はなんの役に立つのか？　こんなことにかかずらい続けていればあなたも全般的瞞着の片棒をかつぐことになる。

あなたは彼女の手首を摑んで言う。「変装はもう結構だ、ロターリア！　いつまで警察国家体制に操られ続けるつもりなんだ？」

今度はシェイラ゠イングリッド゠コリンナも動揺の色を隠しきれない。あなたに摑まれた手首を振りほどくと、「いったい誰のことを責めているの？　あなたの話はさっぱりわからないわ。私は非常にはっきりした戦略に従っているのよ。反権力は権力を覆すために権力機構の中に侵入しなければならないのよ。」

「そして権力をまたそっくり再生するってわけだ！　変装したって無駄だよ、ロターリア！　制服のボタンをはずせばまたその下に君はまた別の制服を着てるんだ！」

シェイラは挑みかかるようにあなたを見つめる。「ボタンをはずすですって……？　はずしてごらんなさいよ……」

もはや戦端を開くしかない、もうあとへは引けない。震える手つきでプログラマーのシェイラの白衣のボタンをはずすと、アルフォンシーナの警察の制服が現われる、アルフォンシーナの制服の金ボタンを引きちぎると、その下にはコリンナのアノラックがある。コリンナのアノラックのジッパーを下ろすと、イングリッドの襟章が見える……

残った衣類は彼女が自分の手で引ったくるように脱いでいく、メロンを二つに切ったような固く張った乳房が、わずかにくぼんだ腹部が、へこんだ臍が、わずかに膨んだ下腹部が、細いが肉付きのいい腰が、たくましい恥丘が、引き締まった長い太腿が現われる。

「これも？　これも制服だっていうの？」シェイラは叫ぶ。

あなたはうろたえて、「いや、ちがうよ、それは……」と呟く。

「ところがそうなのよ！」とシェイラが叫ぶ。「肉体は制服なのよ！　肉体は武装した兵士なのよ！　肉体は激しい行動なのよ！　肉体は権力に対する復讐なのよ！　肉体は戦っているのよ！　肉体は主体性を確立するのよ！　肉体は手段ではなくて目的なのよ！　肉体は表明するのよ！　伝達するのよ！　叫ぶのよ！　抗議するのよ！　打倒するのよ！」

そう言いながらシェイラ＝アルフォンシーナ＝ジェルトルーデはあなたに跳びかかり、あなたの囚人服を剝ぎ取ると、ふたりの裸体は電子記憶装置の下で絡み合う。

男性読者よ、なにをしてるんです？　さからわないのですか？　逃げ出さないのですか？　ああ、あなたは参加しているのですね……あなたも身を投じているのですね……あなたはこの本の絶対的な主役だ、それは認めます、でもだからと言って女性の登場人物みんなと肉体関係を持ってもいいと思っているのですか？　こんなふうに、なんの準備もなくいきなり……筋の運びに恋愛小説らしい温かさと優雅さを付与するのにルドミッラとの一件だけでは足りなかったのですか？　考えてみればあなたが一度だって好感さえも抱いたことのない彼女の姉と（あるいはあなたが彼女の姉だと見做しているこの誰かと）、このロターリア＝コリンナ＝シェイラとも出来てしまう必要がいったいあるのですか……？　これまで幾ページにもわたって消極的な諦めの気持で事件の推移に従ってきたあとでは、その報復をしようという気になるのは無理もありません、でもこんなふうなやり方はどうかと思いませんか？　それとも今のこの状況もまたあなたの意に反して巻き込まれたものだと言いたいのですか？　この女が頭ばっかりで出来ていて、理論上そうだと思うことは最後の最後まで実践するってことはあなたもよく知っているでしょう……彼女があなたに与えようとしているものはイデオロギーの表明以外の何物でもないのです……いったいどうして今度はまたたちまち彼女の理屈に屈してしまったんです？　気をつけなさいよ、ここではすべてのことがそう見えるのと実際とではちがっているのです、すべてのことに両面があるのです……

連続的なカメラのフラッシュの光とシャッターを切る音とが重なり合って身もだえるあなたたちの白い裸身をむさぼる。

「アレクサンドラ隊長、あんたが裸で囚人を抱いているところをもう一枚撮らしてもらうぜ」と姿の見えないカメラマンが言う、「この写真であんたの考査表の点数がまた上がることだろうて……」そう嘲りながらその声は遠ざかっていく。

アルフォンシーナ＝シェイラ＝アレクサンドラは身を起こし、うんざりしたように服を着る。「ちょっとの間もほっといてくれないんだから」と彼女はこぼす、「たがいに抗う二つの秘密の任務のために同時に働くということにはこうした難儀があるんだわ。両方の側とも絶えずあなたを無理やり自分の方に引き入れようとしているのよ。」

あなたも立ち上がろうとして、活字の打たれたテープに絡まる、小説の書き出しの部分は猫がじゃれるみたいに床の上を長く転がっていく。今やあなたの体験する物語は頂点に達しようとする瞬間に中断しようとしているのであり、そしておそらく今やあなたの読む小説が今度は最後まで読みおおせることができることだろう……

アレクサンドラ＝シェイラ＝コリンナは、なにか考えこむように、また装置のボタンを押し始めた。彼女は自分の行なうあらゆることにすべてを打ち込む仕事熱心な女性の姿に戻った。「機械がどこか狂ってるんだわ」と彼女は呟く、「今ごろはもう全部終わってなきゃいけないんだけど……なにが調子が悪いんだろう？」

あなたはすでに気づいていた、今日は、ジェルトルーデ゠アルフォンシーナはいささか焦々(いらいら)している日だということを、彼女はなにかの拍子に間違ったボタンを押したのにちがいない。いつでも取り出せるように電子装置に記憶させたカリスト・バンデラの原文の語彙の配列が、回路から瞬間的に磁気が消滅したためにすっかり抹消されてしまったのだ。それぞれの頻度順にしたがって列をなし、挽き砕かれて微塵になった単語が様々な色に染め分けられたテープになって出てくるのみだ、ソノ、ソノ、ソノ、ソノ、ノ、ノ、ノ、ノ、カラ、カラ、カラ、カラ、ナニ、ナニ、ナニ、ナニ。本はこなごなに分解され、風に吹き消される砂丘のように、もはやもとの姿をとどめていなかった。

うつろな穴のまわりに

　禿鷹が飛び立つと夜が終わろうとするきざしだと、おやじはおれに言ったものだった。そしておれは暗い空でその重い羽根がはばたくのを聞き、その黒々とした姿が青く光る星影をさえぎるのを目にするのだった。それは地面や灌木の蔭からなかなか飛び立たず、まるで飛び立って初めてその羽根がほかならぬ羽根であってぎざぎざの入った木の葉ではないことに自分でもようやく納得がいくといったみたいだった。禿鷹たちが飛び去ってしまうと、また星が、今度は銀色に光り始め、空が青味を帯びてくる。夜明けが近いのだ、そしておれはオケダルの村へ向かって荒涼とした道を馬にまたがって進んで行くのだった。

「ナホよ」とおやじはおれに言った。「おれが死んだら、おれの馬と銃とをやるから、二日分の食糧を持って、涸(か)れ川を溯りサン・イレネオ山の方角に向かって、オケダルの家並の上に立ち昇る煙が見えるところまで行け。」

「なぜオケダルなんかへ？」とおれはたずねた。「オケダルに誰がいるんだい？　誰を探すんだい？」

　おやじの声はしだいに弱々しく途切れがちになり、顔はしだいに土気色になっていった。「今まで隠してきた秘密をお前に打ち明けなけりゃならない……長い話だがな……」

　おやじはそう言いながらいまわのきわの息を使い果たそうとしていた、おやじの話はいつも脇道にそれたり、本筋から脱線したり、余談が入ったり、後戻りする癖があったので、肝心なことをおれに伝えないまま息が切れてしまうのではないかと気が気でなかった。「おやじさん、さあ早く、オケダルに着いてから、おれがたずねなきゃならない人の名を言ってくれよ……」

「お前のおふくろだ……お前が逢ったことのないおふくろがオケダルに住んでるんだ……お前のおふくろはお前がむつきをしていたころ以来お前の姿を見ていないんだ……」

　おやじは死ぬ前におふくろのことを話してくれるだろうということは、おれには分かっていた。おやじは話さなければならないはずだった、というのもおれが小さいころもだいぶん大きくなってからも、おやじはおれを生んだおふくろの顔も名前も教えないできたし、まだ乳呑児のおれをおふくろの乳房から引き離し、流浪と逃亡の暮らしに連れて歩いてきたわけもずっと伏せてきたからだった。

「おれのおふくろは誰なんだい？　名前を言っとくれよ！」おれがおふくろのことについておやじにたずねて飽きなかったころには、おやじはいろんな話をした、だがそれはみんな作り話、でたらめだった、おふくろは哀れな乞食だったり、赤い自動車に乗って旅行していた外国の貴婦人だったり、修道院の尼僧だったり、曲馬団の女だったり、おれを生んですぐに死んでいたり、地震で行方不明になったり、そのつど話が食いちがうのだった。そのうちにおれはもうたずねないで、おやじが本当のことを言ってくれるのを待つことにした。そしておれが十六になって間もなく、おやじは黄熱病にやられたのだった。

「そもそもの初めから話をさせろよ」とおやじは喘ぎながら言った。「オケダルへ着いたら、こう言うんだ、《おれはドン・アナスタシオ・サモラの息子のナホだ》とな。お前はおれのことについて悪口やら中傷やらいろんなことを耳にするだろうけど、それはみな嘘なんだ、だがいいかい……」

「名前を、おふくろの名前を、さあ早く！」

「いま言うさ。お前に言う時がやっと来たんだからな……」

だが、その時は来なかった。次々と余計な前置きが長引くうちにおやじの話は臨終の喉鳴りの中に消えていき、それっきり永遠に途絶えてしまった。こうして今サン・イレネオの険しく暗い山道を馬にまたがって進んでいるこの若者は、いかなる出生の秘密に向かってたどりつつあるかわからないままなのであった。

おれは深い谷底の上に高くのしかかったような涸れ川沿いの道を進んでいた。森の木立のぎざぎざした輪郭の上にたゆたう夜明けは新しい一日、人間たちが一日とはなにかということを悟った最初の日のように、日々がまだ新しかったころの意味での新しい一日ではなく、他のあらゆる日々の前に来る単なる一日を開こうとしているかのようだった。

大分明るくなって川の向こう側が見えるようになると、対岸にも道が一本走っていて、筒の長い軍隊用の銃を肩にかけたひとりの男がおれと同じ方向に併行して馬を進ませているのに気づいた。

「おうい！」おれは叫んだ。「オケダルまでまだどのくらいだ？」

その男は振り向きさえしなかった、いや、それよりもひどかった、と言うのもおれの声に一瞬首をこちらへ向けた（ところを見ると耳が聞こえないとは思えなかった）が、すぐ視線をもとに戻しておれに返事も会釈もせずに馬を進め続けたからだった。

「おうい、お前を呼んでいるんだ！　聞こえんのか？　話せんのか？」そうおれが怒鳴っても、男はその黒い馬の歩みに合わせて鞍の上でゆらゆら身体を揺すらせ続けるだけだった。

いったいどのくらい夜の中を、切り立った谷を隔てて、おれたちは並んで進んでいたのだろうか？おれの馬の蹄の音が対岸の石灰岩の凹凸のある岩壁に不規則にこだましているものだとばかり思っていたのは、実はおれと並んで進む男の馬の蹄鉄の音だったのだ。

首と背中がやけに目立つ若い男で、へりに飾りのついた藁帽子をかぶっていた。その男の不愛想な態度にむっとしたおれは馬をせきたてて、先を急ぎ、そいつの姿が目に入らないようにしようとした。奴を追い越したところでおれは何気なくひょいとうしろを振り返った。すると奴は肩から銃をはずして、おれを狙うみたいに構えていた。すぐさまおれも鞍の革袋に差しこんだ銃の台尻に手をかけた。そいつはなんでもなかったかのように、また銃の負い革に手を通した。その瞬間から、おれたちはたがいに背を向けないように注意して、用心しながら、同じ歩調で、反対側の岸を進んでいった。おれの馬は、まるでそれがわかっているみたいに、自分でその黒馬の歩みに歩調を合わせていた。

物語もまた過去と未来の秘密をおさめた場所に向かって、鞍の取っ手に吊るしたロープのようにぐるぐる巻きになった時間をおさめた場所に向かって、登りになった細道をゆっくりと進む蹄に調子を合わせる。オケダルへの長い道のりは、人の住む世界の果てにある最後の村、おれの人生の時間の端緒にあるその村へたどりついてからおれが歩むことになる道のりほどには長くないだろうということはおれにはもう分かっている。

「ドン・アナスタシオ・サモラの息子のナホだ」おれは教会の壁にもたれてうずくまっている年取ったインディオに言った、「おれの家はどこだ?」

《ひょっとしてこの男なら知っているかも知れない》とおれは考えていた。

老人は七面鳥みたいに赤く腫れぼったい瞼を上げた。火を燃やす時に使う枯枝のように干からびた指を一本、ポンチョの下から覗かせると、アルバラード一族の屋敷の方を指さした、それは泥造りの家並で埋まったオケダルの村では唯一の屋敷で、そのバロック風のファサードは、まるでそこに置き去りにされた芝居の書割りのように、間違ってその場に建てられたみたいに見えた。誰かが何世紀か以前にこの地が黄金郷だと信じ込んだにちがいない、そしてその思い違いに気がつくと、建てられたばかりのその屋敷は徐々に荒廃の運命をたどり始めたのだ。

おれの馬を預かった下男のあとについて屋敷の構えの中を次々と通っていくのだが、しだいに屋敷の中へと入るはずのところを、中庭から中庭へと、しだいに外へと出て行くような感じで、まるでこの屋敷では門という門はどれも中に入るためではなく外に出るためだけにあるかのようだ。物語はおれが初めて見る場所、記憶の中に思い出ではなく空白を残している場所に対してとまどっている感じをかもし出さねばならないだろう。いま目に映るいろんな物がその空白を再び埋めようとするのだが、それもまた浮かんだ瞬間に忘れ去られる夢のような色合いに染まっているのみだ。

　何枚もの絨毯が埃を叩くために拡げてある中庭がある（おれは記憶の中で豪奢な館の中の揺り籠の思い出を探し求める）、次の中庭にはウマゴヤシの袋がいっぱいに積んである（乳呑児のころの農園の思い出をおれは蘇らせようとする）、三番目の中庭には厩舎がある（おれは厩(うまや)のまんなかで生まれたのか?）昼日中のはずなのに物語を取り巻く影は明るみそうにないし、視覚的想像力が明確な形に結実するようなメッセージを伝達しもしないし、おぼろな人声やかすかな歌声がするだけではっきりした台詞も伝わってこない。

　三つ目の中庭でようやく感覚がはっきりした形を取り始める。最初にいろんなものの匂いや味が、ついで炎の明かりがアナクレタ・イゲラスのだだっ広い台所に集まったインディオたちの年齢の見当のつかない顔を照らし出す、彼らの皮膚はつやつやしていて年取っているのか若いのかわからない、もしかしたらおれのおやじがここにいたころに彼らはもうずいぶん年を取っていたのかも知れないし、あるいは彼らの父親たちが、ある朝、馬に乗り銃を抱えてやって来たよそ者のおれのおやじを見つめたように、その息子であるおれを見つめている、おれのおやじと同じ年ぐらいのその息子たちなのかも知れない。

黒く煤けたかまどと炎を背にして、黄土色とバラ色の縞模様の肩掛けにくるまった背の高い女の姿が浮き出している。アナクレタ・イゲラスが薬味の利いた肉団子をおれに作っているのだ。「お食べ、息子よ、あんたは家へ戻ってくるまでに十六年も方々歩き回ったんだからね」と彼女は言い、そしておれはその《息子よ》という言葉が年配の女が一般に若者に向かって声をかける時に使う呼びかけなのか、それともその言葉の意味するとおりのことを言っているのだろうかと考えこむ。おれの唇はひりひりする薬味で焼けつきそうだ、アナクレタは、まるでその料理にあらゆる味を精一杯盛り込まねばというかのように、いろんな薬味を加えたのだが、おれにはそれぞれの味の区別もつかねば名状することもできず、ただおれの口の中でそれらがみんな混ざり合って熱風のようになるだけだ。おれはいろんな味を含んだこの味を思い出そうと、おれの人生でこれまで味わったあらゆる味覚を溯って、おそらくは正反対だが、その中にあらゆる味を含んだ最初の味という点ではおそらく同じでもある、赤子にとっての乳の味にたどりつく。

おれはアナクレタの顔を、深く刻まれたしわは一本もないが年のせいでやや皮膚の厚くなった、インディオの美しい顔を、肩掛けにくるまれた豊かな体を見つめ、そしておれが赤子のころにしがみついていたのは今では垂れ気味に高く盛り上がった胸元の出っ張りなのかと考える。

「で、あんたはおれのおやじを知ってるのかい、アナクレタ?」

「そうよ、ナホ、知らなかったらって思うけどね。あの人がオケダルに足を踏み入れた日は縁起のいい日じゃなかったわ……」

「どうしてだい、アナクレタ？」

「あの人はインディオに災難しかもたらさなかったわ……それに白人にもいいことはなんにもね……それから姿を消したの……でもあの人がオケダルを出て行った日もいい日じゃなかったわ……」

インディオたちはみんな、容赦なく永遠の存在を見つめる子供たちのような目つきで、じっとおれを凝視している。

アマランタはアナクレタ・イゲラスの娘だ。目は切れ長で、鼻筋は細く小鼻が張り、薄くて波打つような輪郭をした唇をしている。おれも同じような目、おなじような鼻、おなじような唇をしている。

「おれとアマランタは似ていると思わないかい？」そうおれはアナクレタにたずねる。

「オケダルで生まれた者はみんな似ているわ。インディオも白人も混ざり合って同じような顔になるのよ。私たち山の中に孤立してほんの一握りの家しかないし、昔から私たちの中だけでしか結婚しないからね。」

「でもおれのおやじは外から来たじゃないか……」

「そのことなのよ。私たちがよそ者を愛さないのはそれなりの理由があるのよ。」

インディオたちの口が、老いにむしばまれ、骸骨みたいな、歯が抜け歯茎のない口が、ゆっくり開かれ吐息が洩れる。

二つ目の中庭を通りすがりに一枚の肖像を見かけた。若い男のくすんだ写真で、花輪が飾られ、灯明で照らし出されていた。「写真のあの死者もいかにも一族の人らしい面影だね……」おれはアナクレタに言う。

「あれはファウスティーノ・イゲラスよ、彼がその守護天使たちの輝かしい栄光の中に包まれんことを！」とアナクレタは言い、そしてインディオたちの間から呟くように祈りが洩れる。

「あんたの旦那さんかい、アナクレタ？」おれはたずねる。

「私の兄よ、私たち一族と私たちの部族の剣であり楯でもあったわ、敵に前途を断たれて倒れるまではね……」


「おれたちはそっくりな目をしてるね」袋をいっぱい積み上げた二つ目の中庭のところでおれはアマランタに追いすがって、そう言う。

「いいえ、私の目の方が大きいわ」と彼女は言う。

「計ってみないとわからないぜ」そう言って、おたがいの眉毛の弧が合わさるように顔を近寄せ、そしておれの眉毛を彼女の眉毛に押しつけ、こめかみとこめかみ、頬と頬、顎骨と顎骨をくっつくように顔を動かす。「ほら見ろ、おれたちの目の端が同じところで終わってるじゃないか。」

「私にはさっぱりわからないわ」とアマランタは言うが、でも顔を引き離そうとはしない。

「鼻はどうかな」とおれは鼻を彼女の鼻にややはすかいから当てがいながら、ふたりの横顔の輪郭を合わせようとする、「そして唇は……」おれは口を閉じたままもぐもぐ言う、おれたちの唇もくっついていると言うか、より正確に言えばおたがいの唇が半分ずつ合わさっているからだ。「痛いわ！」アマランタがそう言うのは、おれが全身で彼女を積み上げた袋の山に押しつけているからで、そして彼女が乳房の先端の芽をふくらませ、下腹をくねらせるのをおれは感じる。「なんてことを！　畜生みたいに！　こんなことをしにオケダルまで来たのかい！　父親とおんなじだよ！」耳元でアナクレタの声がそうがなると、おれは髪の毛をひっつかまれて、回廊の柱に叩きつけられ、一方アマランタはびんたを喰わされ袋の上にひっくり返って呻いている。「私の娘に手を触れさせはしないからね、これからもずっとだよ！」

「これからもずっとだって、なぜだい？　どうしてそれを邪魔することができるんだい？」おれはそう口答えする。「おれは男でこの子は女だ……今日でなくったっていつかはおれたちがたがいに好きになることがあったら、どうしてこの子を嫁さんに欲しいと言ったらいけないんだい？」

「なんてことを！」アナクレタはわめく。「そんなことできやしない！　いいかね、考えることすらできやしないわ！」

《じゃあ、おれの妹なんだろうか？――とおれは考える。――アナクレタはおれの母親だってことを認めるのになにをためらっているのだろう？》おれは彼女に言う、「どうしてそんなに怒鳴るんだい、アナクレタ？　もしかしておれたちの間に血のつながりでもあるのかい？」

「血のつながりだって？」アナクレタは身なりを整えなおし、目が隠れるほどに肩掛けのへりを持ち上げる。「あんたの父親は遠くから来たのよ……私たちとどんな血のつながりがあると言うの？」

「でもおれはオケダルで生まれたんだ……この土地の女から……」

「あんたの血のつながりはほかでお探しよ、私たち哀れなインディオの間ではなしにね……あんたの父親は言わなかったかい？」

「おれにはなんにも言わなかった、本当だよ、アナクレタ。おれはおふくろが誰なのか知らないんだよ……」

アナクレタは片手を上げて最初の中庭の方を指さす。「どうして女ご主人様はあんたを迎え入れようとしないのだろうね？　どうしてあんたを召使いたちといっしょにここに泊めようとするのだろうね？　あんたの父親があんたを寄こしたのは私たちのところへじゃあなくて、女ご主人様のところへだよ。ドニャ・ハスミーナのところへ行って、《私はナホ・サモラ・イ・アルバラードです、あなたの足元に膝まずくようにと父親がここに寄こしたんです》とそうお言い。」

ここで物語は、これまで当人のおれには隠されていた自分の苗字の半分がオケダルの支配者の苗字であり、ひとつの州に匹敵するほどの広大な農場がおれの一族のものであることを知って、ハリケーンに吹き揺すられるように動揺するおれの心を描写すべきだろう。ところが時を溯ってのおれの旅はまるで暗い渦の中にただおれを呑み込んで行くだけみたいであり、そしてその渦の中におれの荒漠とした記憶に馴染みがあるようでないようなアルバラード家の屋敷の連続する中庭が順々にはめ込みになっているみたいに現われてくるのだ。おれに最初に思い浮かんでくる考えは、アナクレタに彼女の娘の編み毛をひっつかんでこう言ってやるということだ、「じゃあ、おれはあんたたちの主人じゃないか、あんたの娘の主人じゃないか、いつでも好きな時にあんたの娘を物にできるわけだ！」「そうはいかないわ！」アナクレタは叫ぶ。「あんたがアマランタに手を出す前にあんたを殺してやる！」アマランタはあとずさりして顔をしかめ歯を覗かせるが、泣いているのか笑っているのかおれには分からない。

アルバラード家の食堂は長い年月の間に蠟がいっぱい溜った燭台でぼんやり照らされているだけで、そのせいか剝げ落ちた漆喰と古びたカーテンの縁飾りとの見分けもさだかでない。おれは女主人に夕食に招かれた。ドニャ・ハスミーナは顔一面に厚くお白粉を塗りたくっており、今にもそれが剝げて皿の中にこぼれ落ちそうだ。彼女もインディオだが、髪を赤く染め、鏝でちぢらせている。重そうな腕輪が匙を口に運ぶたびにきらめく。娘のハシンタは寄宿学校育ちで、テニス用の白いセーターを着ているが、目つきや動作はインディオの娘そのままだ。

「あのころの食堂にはトランプ用のテーブルがあったわ」とドニャ・ハスミーナが話し始める。「この時間になるとゲームが始まり、一晩じゅう続いたものだわ。農場をそっくりなくしてしまう人もいたわ。ドン・アナスタシオ・サモラはただ賭博をするためだけにここに居ついたようなものだわ。いつも勝ってばかりだったから、いかさまをしているんじゃないかって噂がひろまったものよ。」

「でも農場をひとつも手に入れなかったじゃないか」おれははっきりさせておかなければと思って口にする。

「あんたのお父さんは夜の間に儲けたものを朝方にはもう使い果たしてしまうような人だった。それに女たちといろいろ面倒を起こすものだから、僅かばかり手許に残ったものも食べる方にまわす余裕がないほどだったわ。」

「この家でいろいろといわくがあったんだろう、女たちとのいわくが……？」おれはずばっと彼女にたずねる。

「あっちよ、あっちの中庭の方よ、夜、あっちへ女たちを漁りに行ってたわ……」ドニャ・ハスミーナはそう言ってインディオたちの部屋のある方を指さす。

ハシンタは手で口を隠しながら噴き出す、その瞬間おれは、服装や髪型はまるっきりちがっているけれど、彼女がアマランタにそっくりなのに気づく。

「オケダルの連中はみんなよく似てるね」とおれは言う。「二つ目の中庭にここのみんなの肖像と言ってもいいような肖像写真があるけど……」

ふたりは、かすかに動揺したように、たがいに顔を見合わせ、それから母親の方が口を開く、「あれはファウスティーノ・イゲラスよ……血は半分だけインディオで、あとの半分は白人の血を引いてるのよ。でも心はすっかりインディオのものだったわ。いつも連中のそばにいて、その味方をしていた……そしてインディオとして死んだわ。」

「白人の血は父親から受け継いだのかい、それとも母親からかい？」

「いろいろと知りたがるのね……」

「オケダルじゃあみんなこうなのかい？」とおれはたずねる。「白人の男はインディオの女といっしょになり……インディオの男は白人の女といっしょになるのかい……」

「オケダルじゃあ白人とインディオは似ているのよ。征服時代から血が混ざり合ってるからね。でも主人たちは召使いたちに手をつけてはいけないのよ。私たちの間でなら、誰とでも、好きなようにすればいいけど、召使いとは絶対にだめなのよ……ドン・アナスタシオは乞食よりもひどい一文なしだったけど、地主の家の出だったわ……」

「あんたのそうした話とおれのおやじがどういう関係があるんだい？」

「インディオたちが歌ってる歌を説明してあげるわ、……サモラの通るあとは……差引き勘定がおんなじだ……揺り籠に赤子がひとり……穴の中には死人がひとり……」

「あんたの母親が言ったことを聞いたかい？」ハシンタと二人きりで話せる機会ができるとすぐおれは彼女に言う。「おれとあんたはしたいと思うことはなんでもしていいんだってさ。」

「したいと思ったらね。でもしたくはないわ。」

「おれはなにかしてもいいけどね。」

「なにを？」

「あんたに噛みつくとか。」

「それなら、私あなたの肉を食いちぎって骨だけにしてしまうこともできるわよ」とそう言って彼女は歯を見せる。

部屋には、乱れているのか夜のためにもうはぐってあるのかわからないが、白いシーツのベッドがあり、そのまわりを天蓋から吊るした目の細かい蚊帳(かや)で囲っている。おれはハシンタを蚊帳の襞(ひだ)の中に押して行くのだが、彼女の方はおれに逆らおうとしているのかそれともおれを引きずり込もうとしているのかよくわからない、おれは彼女の服をひっぺがそうとし、彼女はあらがおうとしておれのベルトやボタンをむしり取る。

「おや、あんたもここに痣(あざ)がある！ おれとおんなじところに！ 見てごらん！」

その瞬間おれの頭や肩に拳骨があられのように降りかかり、ドニャ・ハスミーナがすさまじい権幕でおれたちにむしゃぶりついてくる、「離れなさい、後生だから！ そんなことしてはだめよ、できないのよ！ なにをしているのか分かってるの？ あんたは父親と同じろくでなしね！」

おれはなんとか気持を整えて言う、「どうしてだい、ドニャ・ハスミーナ？ どういうことなんだい？ おやじは誰とこうしたんだい？ あんたたちとかい？」

「恥知らず！ 召使いたちのところへお行き！ 私たちの目の前から消えるがいいわ！ あんたの父親のように、召使いのところへ行くがいいわ！ あんたの母親のところへ行くがいいわ！」

「おれのおふくろは誰なんだい？」

「アナクレタ・イゲラスよ、たとえあの女がそれを認めようとしなくってもね、ファウスティーノはそのせいで死んだのよ。」

夜の中、オケダルの家並は瘴気を含んだもやに包まれた低い月の光の重みに押し潰されたように地べたにへばりついている。

「おれのおやじのことを歌っているあの歌はどういうことなんだい、アナクレタ？」おれは教会の壁龕に据えた彫像のように戸口のところに突っ立っている彼女にたずねる。「死人とか、穴とか言うのは……」

アナクレタはカンテラを手にする。おれたちはとうもろこし畑を横切って行く。

「この畑の中であんたの父親とファウスティーノ・イゲラスとが口論したのよ」とアナクレタは説明する、「そしてどちらか一方がこの世に余計だということになって、そこでふたりして穴をひとつ掘り始めたのよ。どちらかが死ぬまで闘わねばならないって決心した瞬間から、おたがいに憎しみが消えてしまったみたいだったわ、そして仲良く力を合わせ穴を掘ったわ。それからそれぞれ右手にナイフを握り、左手をポンチョでくるんで、穴の両側に向かい合って立ち、交互に、一方が穴を跳び越えてナイフで襲いかかると、もう一方はポンチョでそれを防ぎ、逆に相手をナイフで穴の中に突き倒そうとするの、そうして二人は明け方まで戦い、穴のまわりの地面は血をいっぱい吸ってもう土埃も立たないほどだったわ。オケダルのインディオたちはみんな、うつろな穴と血まみれになって喘いでいる二人の若者を取り巻き、ファウスティーノ・イゲラスやナホ・サモラの運命だけでなく、自分たちみんなの運命もかかっている神のお裁きを邪魔しないよう、身じろぎもせず息を殺していたわ。」

「でも……ナホ・サモラっていうのはおれだぜ……」

「あんたの父親もそのころはナホって呼ばれていたのよ。」

「で、どっちが勝ったんだい、アナクレタ?」

「わかってるでしょう、サモラが勝ったのよ。誰も神のおぼしめしには口を挟めないわ。ファウスティーノはこの同じ地面の中に埋葬されたのよ。でもあんたの父親にとっては苦い勝利だったのね。その証拠にその夜オケダルを出て行って、二度とここに姿を見せなかったわ。」

「どういうことだい、アナクレタ? この穴はからっぽじゃないか!」

「それからしばらくしてインディオたちが近くの村からも遠くの村からも行列を作ってファウスティーノ・イゲラスの墓にやって来たの。みんな革命に出かけて行くんだけど、部隊の先頭に押し立てる黄金の箱に入れるため遺骸の一部を分けてくれって私に頼むのよ、髪を一房だとか、ポンチョの切れ端だとか、傷口にこびりついた血の塊だとか。それで墓穴を掘って、遺骸を取り出すことにしたの。ところがファウスティーノの遺骸がないの、墓穴はからっぽだったのよ。その日からいろんな伝説が生まれたわ、夜になると黒い馬にまたがって山の上を駆けながらインディオたちの安らかな眠りを見守っているその姿を見かけるという話や、やがてインディオたちが平野めがけて下って行く日が来れば、その隊列の先頭に馬にまたがったファウスティーノの姿がふたたび現われるという話とか……」

《じゃあ、あれがそうだ! おれは見たよ!》とおれは言おうとするが、気が転倒して言葉がもつれる。

松明を手にしたインディオたちが静かに近づいてきて、掘り起こされた穴のまわりを取り巻く。彼らの中から首が長く、頭にはへりに飾りのついた藁帽子をかぶった若者が進み出る、顔付きはこのオケダルの大多数の男たちとおんなじだ、と言うことは目の切れ具合、鼻の恰好、唇の輪郭がおれとそっくりなのだ。

「ナホ・サモラ、お前はなんの権利があっておれの妹に手をつけたのだ?」とその男は言う。その右手には刃物が光り、左手に巻いたポンチョの端が地面まで垂れている。

インディオたちの口からは囁きというよりは短い吐息のような声が洩れる。

「誰だ、お前は?」

「ファウスティーノ・イゲラスだ。さあ構えろ。」

おれは穴の反対側に立って、左手にポンチョを巻き、ナイフを握りしめる。

第十章

あなたはイルカニアのもっともすぐれた知識人のひとりであり、それにふさわしく国家警察の文書保管所長の職にあるアルカディアン・ポルフィリッチとお茶を飲んでいる。あなたがアタグィタニアのその筋から任務を託され、イルカニアに着いたらすぐに接触するようにと指令されたその最初の相手が彼なのだ。《押収した本が——と彼が早速あなたに話した言葉を借りると——活字印刷のものであれ、謄写版印刷のものであれ、タイプ印刷のものであれ、手書きのものであれ、すべて分類され、カードに記載され、マイクロフィルムに写し、保管してある。イルカニアでもっとも完全かつ近代的な》彼の役所の文書館の応接室であなたは彼と面会した。

あなたを捕えたアタグィタニアの当局が遠い外国でのある任務（それは秘密の面を有する公式の任務であると同時に、公式の面を持った秘密の任務でもあったが）をあなたが引き受けることを条件に釈放してやると持ちかけてきた時に最初あなたはそれを拒否した。国家の要請による任務にはあまり気乗りがしないこと、秘密活動員としての適性にまったく欠けていること、あなたに示されたその遂行すべき任務の曖昧でどうもすっきりしない感じなどからして、イルカニアのツンドラの森林地帯を心もとない思いで旅するよりも、模範的な刑務所の監房の中にいる方がずっといいと思わせるに充分だったからだ。だが彼らの手中にとどまっていたら事情がいっそう悪くなるかも知れないという考えや、《読者としては興味があるかも知れないと思う》その任務に対する好奇心や、それに巻き込まれるふりをして彼らの計画をぶっ壊せるかも知れないという計算から、あなたはそれを受け入れることにした。心理の面でもあなたの置かれた状況を知悉しているかのようなアルカディアン・ポルフィリッチ所長は励ますような、また物を教えるような口調であなたに話しかける、「決して見逃してはならない第一のことは、警察というものはばらばらに解体しがちなひとつの世界を統合する大きな力だということです。だから異なった体制、正反対の体制の警察がたがいに協力しあうための共通の利害を認識するのも当然なのです。書籍の流通の分野においては……」

「いろんな異なる体制下でも検閲の方法が同一化することになるんでしょうか？」

「同一化はしないでしょうが、それぞれたがいに埋め合い、支え合うシステムを作り出すようになるでしょう……」

所長は壁に吊るした世界地図を見るようにと促す。それにはいろんな国が色分けされている、

あらゆる書物が組織的に押収される国々、

国家の発行した書物あるいは国家の承認を得た書物のみが流通する国々、

粗雑で、大まかな、基準が予測できない検閲の存在する国々、
細心でかつ意地の悪い知識人たちが処理する、含蓄や暗示にも細かい注意を払う、入念かつ熟練した検閲の存在する国々、
合法のものと、非合法のものと、書物の流通網が二つある国々、
書物が存在しないため検閲も存在しないが、大勢の潜在的読者の存在する国々、
書物が存在せず、またそのことに誰も痛痒を感じていない国々、
最後に、まったく無頓着に、あらゆる嗜好、あらゆる思想傾向の書物を毎日大量に生み出している国々。

「現在において警察国家体制ほど文字に書かれた言葉というものを高く評価しているものはありません」とアルカディアン・ポルフィリッチは言う。「その国において文学が真に重んじられているかどうか見分ける尺度として、それを取り締まり抑制するために投入される人員の総数以上にはっきりしたデータがあるでしょうか？　文学がそうした関心の対象となる地においては、それが無害でなんの危険もない娯楽として繁殖するにまかせている国々では想像もつかないほど、非常な評価を獲得しているのです。もちろん、抑圧するにしても、時折り目をつぶって、息つく暇を与えてやったり、厳しくしたり大目に見たりして、権力の恣意性を予測しがたくしてやる必要があります。さもなければ、抑圧すべきものがなにもなくなると、システム全体が錆(さび)つき、がたが来てしまうからです。率直に言って、あらゆる体制は、もっとも絶対的なものであっても、不安定な均衡状態の中で存続しているも

のであり、そのため絶えずおのれの抑圧機構の存在を正当化する必要があり、したがって抑圧すべきものを絶えず必要とするのです。そして既成の権力に困惑をもたらすことを書くという意欲もこうした均衡を保つのに必要な要素のひとつなのです。だから、わが国とは正反対の社会体制の国々との秘密条約に基づいて、われわれは共通の組織を作ったのであり、そしてあなたは賢明にもその組織に協力することに同意し、こちらで禁じられている本を持ち出し、あちらで禁じられている本を持ち込む任務につくわけです。」

「ということはここで禁じられている本はあちらでは許され、あちらで禁じられている本はこちらでは許されるというのでしょう……」

「そんなことは断じてありません。こちらで禁じられている本はあちらではいっそう禁じられるし、あちらで禁じられている本はこちらではそれこそ厳禁ものです。でもこちらでの禁書を反対の体制側に輸出し、向こう側の禁書をこちらに輸入することによって、それぞれの体制は少なくとも二つの重要な利益が得られるのです。つまり相手方の体制の反体制者たちを鼓舞し、かつおたがいの警察組織の間で有益な経験を交換しあえるわけです。」

「私に託された任務は」とあなたははっきりさせておこうと慌てて口にする、「ただイルカニアの警察官僚と接触することだけです、というのも反体制者たちの著作がわれわれの手に届くのはあなたがたのチャンネルを通じてだけなんですから。」（私の使命の目的の中には反体制者たちの非合法組織と直接に接触するということも含まれていて、場合によっては体制に対して反体制者の側を利するように、あるいはその逆のことを、画策してもいいのだということをうっかり口に出さないように私は用心する。)

「われわれの文書館はお好きなようにごらん下さい」と所長は言う。「とても貴重な原稿を、一般読者の目に触れる前に四つも五つもの検閲委員会のフィルターにかけられ、そのつど切り取られたり、変更されたり、効果が弱められたりしたあげく、最後に出版された時には削除だらけだったり、水で薄められたりして、まるでもとの姿をとどめなくなってしまった作品の元来の形を、お見せすることもできるでしょう。本当に読むためにはここへ来る必要があるんです。」

「で、あなたはお読みになるんですか?」

「職業上の義務としてのみではなく、という意味でですか? そう、この文書館にあるどんな本も、どんな書類も、どんな犯罪記録もすべて私は二度、まったくちがった読み方で、読むんです。最初はざっと、大まかに目を通して、そのマイクロフィルムをどの棚に保管し、どの部類に分類すべきかを見るんです。それから、夜になると(職務時間が終わると、私は夜をここで過ごすんです、ごらんのとおり、この部屋は静かで、ゆったりしてますからね)、この長椅子に横になって、珍しい本や秘密書類のマイクロフィルムを拡大器に入れて、私だけに許された悦びを味わうという贅沢を楽しむんです。」

アルカディアン・ポルフィリッチは長靴をはいた脚を組み、金ぴかをいっぱいつけた制服の襟と自分の首との間に指を入れる。それからこう付け加える、「あなたは霊を信じているかどうか知りませせんが、私は信じています。霊が絶えずおのれみずからと行なっている対話を私は信じています。そしてそうした対話が禁じられたページを窺う私の視線を通じて行なわれるのを私は感じるのです。警察も、私が奉仕する国家も、検閲も、私たちの権力がその上に行使される書物と同じく、霊なのです。霊の息吹きが示現するには大衆を必要としないのです、それは物影で、謀叛者たちの秘密と警察の秘密との間で永久に続く闇に包まれた関係の中で息吹くのです。それを蘇らせるには無心に読むだけでいいのです。でも人気のなくなった役所のこの大きな建物の中で、役人の制服の上着のボタンをはずし、日中はかたくなに遠ざけていなくてはならない禁じられたものの幻影が私を訪れるにまかせてもよい時間になってから、このスタンドランプの明かりのもとで、合法のものにも非合法なものにも、あらゆる含蓄、暗示に細心の注意を払いながら……」

所長の言葉があなたに安堵感をもたらすことは認めねばならない。彼が読書に欲求と好奇心を抱き続けているとすれば、それは流通している書物の中にはまだ全能の官僚制によってでっち上げられ、改竄されていないものが、まだこうした役所の手の届かぬ例外があるということを意味するからだ……

「偽作本の陰謀については」とあなたは職業的な冷やかさを無理に装った声でたずねる、「なにか摑んでますか？」

「もちろんです。その件についていくつか報告を受け取っています。一時期われわれはそれをすっかり把握できるものと思い込んでいました。至る所に支部を持っているらしいその組織のことを摑むために、諸大国の秘密諜報員たちが動き回っていましたからね……でもその陰謀の首魁は、その名うてのペテン師は、いつもするりとすり抜けるんです……正体不明というんじゃありません、われわれの記録カードには彼に関するあらゆるデータが揃っていて、大分前から彼があるお節介やきのいかさま翻訳家と同一人物だという目星もついていましたが、でも彼の活動の真の動機はなにかということは不明でした。彼が創設した陰謀組織が分裂して出来たいろんな分派にもうつながりは持っていないみたいでしたが、それでもまだそうした分派の活動に対して間接的な影響力を及ぼしているようでした……そしてようやく彼に手をかけることができた時には、彼をわれわれの目的のために従わせるのは容易でないことに気づいたのです……彼の動機は金でも権力でも、野心でもありませんでした。どうやらすべてがあるひとりの女性のためのようでした。その女性を取り戻すためか、それとも単に復讐するためか、あるいはその女性との賭けに勝つためか。そのペテン師の動きを追おうとするならその女性のことを知る必要があったんです。だがその女性が何者かは知ることができませんでした。われわれが彼女について知り得た多くのことは単に推測に基づくだけなので、公式の報告書に記載することはできないんです、われわれの指導部には微妙な点はわかってもらえませんのでね……」

「その女性にとっては」とアルカディアン・ポルフィリッチはあなたがいかに関心をもって彼の言葉に聞き入っているかを見てとってなおも続ける、「読むということはあらゆる思惑や先入観を棄てて、期待するところが少なければそれだけよく聞こえてくる声を、どこから来るのかわからないが、本の彼方の、作者の彼方の、慣用的な文字の彼方のどこかから来る声を、語られていないものから、世界がまだおのれに関して語ってはいず、まだまだそれを語るための言葉を持ってはいないものから来る声を聞き取ろうとすることにあるのです。一方、彼の方としては、書かれたページのうしろになにもないことを、世界は人為的な技巧、虚構、誤解、嘘としてしか存在しないことを彼女に示したかったのです。ただそれだけのことだったなら、彼が望むことを示すための手段をわれわれは彼に提供することもできたでしょう、われわれというのは体制の異なるいろんな国々の同業連中も含めてです、というのもわれわれは大勢で彼に協力を申し出たからです。そして彼の方もそれを拒みませんでした。むしろ……でもわれわれの策略を受け入れたのは彼の方なのか、それとも彼の企みの将棋の駒に使われたのはわれわれの方なのか、そのへんははっきりとわかりませんでした……彼が単なる狂人だったとしたら？　私だけが彼の秘密を知ることができたのです、私は部下に彼を拉致させ、ここに連行して、一週間彼を独房に入れ、それから私みずから彼を尋問しました。彼は狂人ではありませんでした、おそらく絶望していただけでした、彼はその女性との賭けにもう大分前から負けていたのでした、彼女の方が勝ったのでした、彼女は胸の悪くなるような嘘っぱちだらけの中に隠された真実を、そしていかにも真実を装った言葉の中にある斟酌の余地のない嘘を見出して、読書にいっそう好奇心を募らせ、いっそう飽くことを知らなくなったからでした。それでも彼を彼女に結びつけている最後の絆を断ち切らないよう、題名や、作者名や、ペンネームや、国語や、翻訳や、版や、表紙や、扉や、章や、書き出しや、終わりをいろいろと混乱させ続け、そしてそこに彼の存在の証しを、返事の望みのない挨拶の印を彼女に読み取らせようとしたのです。《自分の限界を悟りました、——と彼は私にこう言いました、――読書には私が力を及ぼすことのできないなにかが起こるのです。》それはなににでも介入できる警察をもってしても超えることのできない限界なのだと彼に言ってやることもできたでしょう。われわれは読むことを妨げることはできます、でも読書を禁ずる法令の中にさえも、われわれが決して読まれたくはないなにかの真実が読み取られてしまうのです……」

「で彼はどうなったのです？」あなたは気がかりになってたずねるが、それはもはや敵愾心からではなくある種の連帯的な意識から出た台詞だ。

「あの男は負け犬でした、われわれは彼をどうにでも好きなようにできました、強制労働に送りこむなり、われわれの特殊任務のひとつに就かせるなり。でも……」

「でも……」

「逃がしてやりました、脱獄に見せかけ、密出国に見せかけて。そしてまた彼は行方をくらませてしまいました。私の目に触れる本の中に、時折り、あの男の手が入っているなと思われるものがあります……その出来栄えにはいっそう磨きがかかってきています……今ではその瞞着はいっそう手の込んだものになっています……そして今はもうわれわれの力も彼についての手がかりを摑んでいません、幸いなことに……」

「幸いなことにですって？」

「われわれの手からこぼれ落ちるものもなにかなくてはならないんです……権力はそれを行使すべき対象を、その上に手を伸ばすべき空間を必要としますからね……それに世の中にはただそれが好きでペテンを企む者もいるってことがわかっている限りは、ただ好きで読書をする女性もいるってことがわかっている限りは、世界が存続しつづけるってことを私は確信できるんです……そして毎晩、遠くにいるその未知の女性読者と同じように、私も読書に耽るのです……」

すばやくあなたは脳裡から所長とルドミッラというおよそそぐわぬイメージの重なり合いを引っぺがす、その**女性読者**を、あなたの迷いを醒ますアルカディアン・ポルフィリッチの台詞から立ち昇るその輝きに満ちた面影を崇め、楽しみ、そして彼女とあなたの間にはもはやなんの障害も秘密も存在せず、一方あなたのライバルのあのペテン師については、ただしだいに遠ざかる哀れな影をとどめているにすぎない存在だということを全知の所長の口からはっきり言われたその確かさを噛みしめるのだった……

だがあなたの満足感は中断された読書の呪縛が断ち切られない限り満たされることがない。この点に関しても、あなたはアルカディアン・ポルフィリッチとの話題に持ち出そうとする、「われわれはあなたがたのコレクションに役立てていただくために、カリスト・バンデラの『うつろな穴のまわりに』というアタグィタニアでもっとも厳しく禁じられている本のひとつを差し上げようと思ったのですが、私どもの警察が熱心さのあまりその版をすっかりお釈迦にしてしまったんです。でも私どもの調べでは、その小説のイルカニア語訳があなたのお国で謄写版刷りで秘密裡に手から手へと流通しているようです。あなたはご存知ありませんか？」

アルカディアン・ポルフィリッチは席を立って記録カードを調べに行く。

「カリスト・バンデラと言いましたっけ？　そう、今日すぐには用意出来そうにありませんが、一週間か、最大限二週間待っていただけたら、飛びきりのプレゼントをあなたのために手に入れられます。われわれの諜報員の知らせでは、わが国で出版禁止処分になっている主要な作家のひとり、アナトリー・アナトリンがしばらく前からバンデラのその小説をイルカニアを舞台にしたものに置き換える仕事に手を染めているとのことです。他の情報ではアナトリンは『いかなる物語がそこに結末を迎えるか？』と題する新しい小説を書き終えようとしていることがわかっているのですが、それについては地下出版物として流布されないうちに、警察の方で不意に手入れを行なって押収してしまうようもう手配を整えております。それが手に入ったら、早速コピーをしてあなたに差し上げますから、それがあなたの探している本かどうかご自分で確かめることができるでしょう。」

すぐさまあなたは計画を固める。アナトリー・アナトリンとは直接に接触できる方法がある、あなたはアルカディアン・ポルフィリッチの部下を出し抜いて、彼らよりも先にその原稿を手に入れ、イルカニアの警察の手からもアタグィタニアの警察の手からも無事にその原稿を持ち去り、あなた自身も無事に逃げ出さなければならない……

その夜あなたは夢を見る。あなたは列車の中にいる、イルカニアを横断する長い列車だ。乗客たちはみんな製本された部厚い本を読んでいる、新聞や雑誌にあまり魅力がない国ではよその国でよりもよく見かける光景だ。乗客たちの誰かが、それともみんなが、あなたが途中で中断せざるを得なかった小説のどれかひとつを読んでいるのではないか、と言うよりもそれらの小説がみんなあなたの知らない言葉に翻訳されて、そのコンパートメントの中にあるのではないかとあなたは思う。あなたには読めない言葉なので無駄だとは知りながらも、あなたは本の背になんと書いてあるか読もうと努める。

乗客のひとりがページの間に栞を挟み、座席を取っておくために本を置いて、通路に出る。その乗客がコンパートメントを出るやいなや、あなたはその本に手を伸ばしめくってみて、それがあなたの探している本だと確信する。その瞬間ほかの乗客たちがみんなあなたの慎しみを欠いた振舞いを咎めるようなこわい目付きであなたを見ているのに気づく。

あなたは狼狽を隠すために、立ち上がり、本は手にしたまま、窓ぎわへ行く。列車は、どこだか知らない駅のはずれのおそらくポイント切り替え点だろう、信号器と何本かの線路の間で止まる。霧がかかり、雪が積もっていて、なにも見えない。隣の線路に反対方向へ行く列車が止まった。ガラス窓はどれもすっかり曇っている。あなたのいる窓の真向かいの窓の向こうで手袋をはめた手が丸く円を描いて動き、ガラスの曇りが拭われて僅かに透明になり、そこから雲のようにふんわりした毛皮に包まれた女性の姿が現われる。「ルドミッラ……」あなたは叫ぶ、「ルドミッラ、本を」とあなたは、声でよりもむしろ身振りで、彼女に言おうとする、「君が探している本を見つけたぞ、ここにあるんだ……」あなたは窓を開け車輛を厚くかさぶたのように覆った氷柱（つらら）ごしにその本を彼女に渡そうとあせる。

「私の探している本は」とおぼろにぼやけたその女の姿がやはりあなたのと同じ本を差し伸べなが

ら言う、「世界の終わりのあとの世界の感じを、世界は世界にあるものすべての終わりなのだという感じを、世界にある唯一のものは世界の終わりだけだという感じを、与えてくれるような本よ。」「それはちがう」とあなたは叫びながら、ルドミッラのその言葉を打ち消すことのできるような文章を読めない言葉で書かれたその本の中から探し出そうとする。

だがたがいの列車はふたたび動き出し、反対の方向に遠ざかっていく。

冷たい風がイルカニアの首都の公園を吹き払う。あなたはベンチに座ってアナトリー・アナトリンがその新しい小説『いかなる物語がそこに結末を迎えるか?』の原稿を手渡しにやって来るのを待っている。ブロンドの長い髭を生やし、裾の長い黒い外套を着て、防水布の帽子をかぶった若い男があなたの隣に腰を下ろす。「なんでもないふりをして。公園にはいつも目が光ってますから。」生け垣がほかからの目を遮っている。小さな紙の束がアナトリーの長い外套の内ポケットからあなたの短い上衣の内ポケットに移る。アナトリー・アナトリンは上衣の内ポケットから別の束を取り出す。「原稿を方々のポケットに分けて入れなくちゃあならなかったんです、あまりポケットが膨んで人目につくといけませんからね。」そう言いながらチョッキの内ポケットからも丸く束ねたページを取り出す。風が彼の指の間からページを一枚吹き飛ばす。彼はあわててそれを拾い上げる。ズボンの尻のポケットからも別のページの束を取り出そうとするが、その時生け垣から私服の警官が二人飛び出してきて、彼を逮捕する。

いかなる物語がそこに結末を迎えるか？

都心の大通りを歩きながら、私は考慮に入れまいと決心した要素を頭の中で抹消していく。ある省の建物のそばを通りかかると、私は彫像や、柱列や、欄干や、柱礎や、ブラケットや、メトープなどごてごてした装飾でいっぱいのその建物の正面を滑らかな垂直面に、不透明なガラス板に、目障りになることなく空間を区切る隔壁にとしてしまう必要を感じる。だがそのようにその建物を単純化しても、それはなおも私の上にのしかかってくるような圧迫感を与える、そこで私はそれを完全に除去することに決め、かわりに乳白色の空を裸の地面から直接に立ち昇らせる。同じようにしてほかにも五つほどの官庁と、三つの銀行と、大企業の高層建築を二つばかり抹消する。世界はあまりに複雑化し、込み入り、すべてに過剰気味なので、少しばかりすっきりと見せるために梳（す）いてやる必要があるのだ。

大通りを行き来していると、その姿を見るだけで様々な不快の種を私にもたらす人たちに絶えず出会う、私に自分の隷属的な状況を思い出させる上司たち、卑しい嫉妬心や、奴隷根性や、恨みをかきたて、そしてそうした感情と同じように卑しいものだと思っている権威というものを自分が帯びているのだと否応なく意識させる私の部下たち。私は、躊躇せず、両者とも抹消してしまう、彼らの姿が霧で僅かにざらついた画面の中に薄れていき、消えてしまうのを私はただ横目に見やる。

こうした作業を私になんら不快さをもたらさない見知らぬ無関係な通行人に対しても怠らないよう注意しなければならない、その連中のなかの幾人かの顔は、なんの先入観もなしに観察すれば、まさしく興味を呼び起こすに値するようにも思うのだが、しかし私を取り巻く世界の中で見知らぬ人間の群れのみが残るとすれば、たちまち私は孤独ととまどいを感じることだろう、だとすれば連中も、ひとまとめに抹消してしまい、彼らのことなど顧慮しない方がいい。

単純化された世界では出会うとうれしくなるごく少数の人たちに、たとえばフランツィスカに、会う可能性がそれだけ大きくなる。フランツィスカは私の女友達だが、たまたま彼女に出会うと私はとても愉快になるのだ。私たちは気の利いたことを言い合って、笑ったり、おそらく他の人には話さないだろうが私たちにはどちらにも面白く感じるなんでもない話をしたりして、絶対にできるだけ早くまた会おうと言って別れる、それから数カ月もたってまた偶然に道で彼女に出会うと、私たちは大喜びして、笑い合い、また会おうと約束するのだが、私も彼女も決しておたがいの出会いを促すようなことはなにもしない。たぶんふたりともそうすればこれまでと同じではなくなるということを知っているからだろう。さて、このような単純化され還元された世界では、私とフランツィスカとがもっと頻繁に会うということが私たちの間になにかはっきりした形での関係、たとえば結婚とかあるいはとにかく私たちをカップルと見なすような関係をもたらし、そのつながりがおたがいの家族、祖先や子孫、兄弟やいとこへと拡がり、そうした日常の交際の拡がりが収入や遺産の領域に相関してくることが予測される、そうした前もって条件づけられる状況はすべて撤去されるのであり、このようにひとたび私たちの会話に暗黙裡にのしかかるそうした条件づけがすっかり消え、ほんの数分も続かぬものにしてしまえば、フランツィスカと会うのがいっそうすてきで楽しいものになるにちがいない。だから私がふたりが出会うのにもっとも有利な条件を作り出そうとするのは当然のことなのだ、それには遠くから見ても見間違いしてがっかりしたりせず、間違いなく彼女だとわかるように、彼女がこの前に着ていたのと同じような明るい色の毛皮のコートを着ている若い女たちはみんな抹消し、またフランツィスカの男友達で、もしかしたら、意図的に彼女に出会い、私が彼女と出会うはずのその瞬間に、彼女を楽しい会話に引き込もうとしているのかも知れないと思われるような若い男たちもみんな抹消してしまうことが必要になってくる。

私は個人的な段階のことを細かく長々と述べてきたが、だからと言って、こうした抹消作業をもっぱら私個人に直接関わりのある事柄に衝き動かされて行なっているというふうに思ってはいけない、私は全体との関わりにおいて（したがって、間接的には、私自身にも関わるのであるが）それを行なおうとしているのである。私がまず手初めに射程内にある公共建築物をすべて抹消したのも、建物だけでなく、階段も入り口の柱列も廊下も玄関ロビーも、記録カードも回覧書類も考査表も、それのみか部長も、局長も、副監査官も、代理職員も、正規職員も臨時傭(やと)いもすべてひっくるめて抹消したのも、それらの存在が全体の調和にとって有害あるいは余計であると思うからそうしたのだ。

そろそろ勤め人の群れが暖房の効き過ぎた事務所をあとにして、人造毛皮の襟のついた外套のボタンをかけ、バスに詰めかける時刻だ。私が瞬きをひとつすると彼らは消え失せる、人影の減った道路には遠くから疎ら（まばら）な通行人が認められるだけだ。その街路からはもう乗用車やトラックやバスを除去してある。ボーリング場のレーンのようになんにもなく滑らかな路床を見るのは楽しい。

次いで兵舎や衛兵詰所や警察署を抹消する、制服を着た人間が、まるでこれまで存在しなかったかのように、すっかり消え失せる。おそらく私の手が滑ったのだろう、気がついてみると当然またちがった扱いを受けてしかるべき消防夫や郵便夫や市の清掃夫やそのほかのそうした類の連中も同じ運命を蒙っている。でももうすんでしまったことだ、いつまでも細かいことにかかずらわってはいられない。不都合が生じないように私は火事も、ごみも、郵便も、つまり厄介だけしかもたらさないそうしたものをついでに急いで抹消しておく。

私は病院や、診療所や、救護所も消し忘れないようにする、医者や看護婦や病人を抹消するのが健康を作り出しうる唯一の方法だからだ。それから裁判官、弁護士、被告、被害者ともども裁判所を、囚人や看守ともども刑務所を消してしまう。それからまた教授団ともども大学を、科学アカデミーを、芸術院を、博物館を、図書館を、管理組織ともども文化財的建造物を、劇場を、映画館を、テレビジョンを、新聞を抹消する。文化に関しては私の抹消作業を阻止できると思うのは間違いだ。

つぎは長い間私たちの生活に対して過度の支配権を主張し続けている経済構造の番だ。なにをかというと、まず生活必需品を売る店から始めて奢侈品や余計なものを扱う店に至るまで店舗を一軒一軒消して行く。ショー・ウィンドーをまず取っぱらい、それから陳列台を、棚を、女店員を、レジ係を、店長を抹消する。客たちは手押し車式の買物籠が蒸発するのを見て、一瞬呆然と宙に手を差しのべるが、そのうち客たちの姿も虚空に呑み込まれる。私は消費面から生産面へと遡及していく、重工業も軽工業も抹消し、原材料もエネルギー源も消滅させる。農業も？　そう、それもだ！　私が原始社会への逆行を意図しているのだと言われないために、狩猟も漁撈も排除する。

　自然は……自然もまたまやかしだということはよく承知している。なくなってしまえ！　足の下にしっかりした地面があれば充分だ、あとはどちらを向いてもなにもない方がいい。

　私は大通りを散歩し続けているが、今はもう大通りは荒涼として凍てついた果てしない平原も同じだ。もう城壁もなければ、見渡す限り、山も丘も、川も、湖も、海もない、玄武岩のように固い氷の張った灰色の平たい拡がりが続くだけだ。いろんな物を断念するのはそれほどむつかしいことではない、とにかくやってみることだ。不可欠だと思っている物をなにかひとたび棄てることができたら、ほかのいろんな物もなしにすませられるのがわかるだろう。さて私はこのなにもない空漠たる面と化した世界を歩いて行く。地面を撲りつけるみぞれまじりの風が消え去った世界の残りかすを吹き払って行く、たったいま枝から摘み取ったばかりみたいな熟れたぶどうの房、赤ん坊用の毛糸のちっちゃな靴が片方、油を塗った自在継ぎ手、それにアマランタという名の読めるスペイン語の小説のページの破れとおぼしい紙切れ。あらゆるものが存在することをやめたのはほんの数秒前なのか、それとも何世紀も前なのか？　私はもう時間の感覚を失っていた。

私が大通りと呼び続けているこの空虚な一筋の線条のかなたに、明るい色の毛皮のコートに身を包んだほっそりした人影が歩み寄って来るのが見える、フランツィスカだ！　長いブーツをはいた脚の活発な運び、両手をマフに入れたその様子、風になびく縞模様の長いマフラーでそれと分かる。大気は凍てつき地面にはなにもないから見透しはいいのだが、私はやたらと手を振り、彼女に呼びかける仕種をする、だが彼女は気がつかない、まだ距離がありすぎるのだ。私は大股で歩み寄って行く、と言うか少なくとも自分では歩み寄っているのだが、しかし進み具合を測る基準点となるものがなにもない。私とフランツィスカとの間を結ぶ線上にいくつかの人影が現われる、外套を着て帽子をかぶった男たちだ。私を待っているようだ。何者だろう？

近づいてみると、その正体がわかった。D課の連中だ。だがいったいどうしてあんなところにいるのだろう？　なにをしているのだろう？　私があらゆる役所の職員をすべて抹消した時に連中も消してしまったと思っていたのに。どうして私とフランツィスカの間に突っ立っているのだろう？　《連中を消してやろう！》と私はそう考え、精神を集中する。ところが、連中はまだふたりの間に立ちはだかっている。

「やあ」と連中は言う。「あんたもわれわれの仲間かい？　そいつはいいや！　あんたがわれわれに手を貸してくれたおかげで、まあそれが当然だが、なにもかもすっかりきれいに片付いたよ。」

「なんだって？」私は叫ぶ。「あんたたちも抹消していたのかい？」

私を取り巻く世界を消し去ろうとして、これまで以上に度を越してしまったというその時の私の気持を説明しておこう。

「でも、あんたたちはいつも増加や強化や多様化を口癖のように言ってた連中の側じゃあなかったのかい……」

「それがどうしたってんだい？　別に矛盾はないさ……いろんなことを予測すれば当然のことさ……発展を示す曲線はゼロから始まるんだ……あんたも状況がデッド・ポイントにあったことは気づいていたろう、退化していたんだ……そうした過程には従うほかはないのさ……傾向的に見て、短期的にはマイナスに思えることも、長期的に考えればそれを刺激に変えることもできるんだ……」

「でも私にはあんたたちのようなつもりはまったくなかったんだ……私の意図はまた別だったんだ……私はまたちがったふうに抹消しているんだ……」とそう私は主張し、こう考える、《奴らの計画におれを引き込もうと思ってもそうはいかないぞ！》
私は逆戻りして、ふたたび世界にいろんな事物を、ひとつひとつあるいはみんないっしょに蘇らせ、それらの事物のいろんな色をした手に触れられる実質を、連中の空無化計画に対する堅固な防壁として対置したくてたまらなくなる。私は目を閉じ、その目をまた開く、きっとまた大通りに人や車が群がり、もう街灯がともり、新聞売り場の屋台の上には最終版の新聞が並んでいるにちがいないと思って。ところが、なにもない、周囲の空虚はいっそう空虚さを増し、地平線に見えるフランツィスカの姿はまるで地球の球面のカーブを昇ってくるかのようにごくゆっくりとしか近づいて来ない。生き残っているのは私たちだけなのだろうか？　私は事実に気づき始めるとともにしだいに怖くなってくる、私が自分の意志で抹消し、そしていつでも好きな時に蘇らすことができると思い込んでいた世界が本当に消滅してしまったのだ。

「現実をよく見ることだな」とD課の課員たちが言う。「まわりを見渡せば分かるだろう。宇宙全体が……なんと言うか変容しつつあるんだ……」そして彼らが指さす空を見上げると、星座は見られず、天体図は混乱し、星々はこっちの方では寄り集まり、あっちの方ではまばらになって、次々と爆発するものもあれば最後の光芒を放って消滅していくものもある。

「大切なのは、間もなく新しい連中がやって来た時に、D課がその行き届いた組織系統や職員構成を完全に有効なまま保持しているということなんだ……」

「で、その《新しい連中》ってのはいったい何者なんだい？　その連中はなにをするんだ？　なにが望みなんだ？」そうたずねながら、ふと見ると私とフランツィスカとを隔てる凍った地面の上に謎めいた罠のように細い割れ目が走っている。

「それを言うのは時機尚早だ、われわれがわれわれの言葉でそれを口にするのは。今のところはまだ彼らの姿を見ることさえできないが、いることは確かなんだ、それにもう前から連中がやって来つつあるという情報はわれわれには入ってたんだ……でもわれわれもいるってことを連中が知らないなんてことはあり得ないんだ、以前に存在したものとの間に存在しうる唯一の連続性を代表するわれわれがね……連中にはわれわれが必要なんだ、われわれに頼らざるを得ないんだ、残存しているものの指揮、管理をわれわれに委ねざるを得ないんだ……世界はまた結局われわれの望むように始まることになるんだ……」

ちがう、と私は考える、私がフランツィスカと私とのまわりに存在し始めることを望んでいる世界はお前たちのものなんかじゃあない。私は今この瞬間フランツィスカといっしょにいたら楽しいだろうと思われるような場所を、雰囲気をすみずみまで細かく思い描いてみようとする。たとえば鏡がたくさんあって、その鏡にクリスタルのシャンデリアが輝いているカッフェ、オーケストラがワルツを演奏しており、バイオリンの調べが大理石のテーブルの上を漂う、そして湯気を立てるカップ、クリームケーキ。湯気に曇ったガラス窓の外には、人間や物にあふれた世界がその存在を感じさせている。好意をも敵意をも感じさせる世界の存在、うれしくなるような物や立ち向かっていくべき物……そうしたものを一生懸命に思い描こうとするのだが、もう私はそうしたものを存在させるすべを知らない、空虚はより強く、地面全体を覆い尽くしていた。

「連中と交渉に入るのは容易じゃあないだろう」D課の課員たちは続ける、「へまをしたり、怪しまれたりしないようにする必要があるからな。新しい連中の信用を得るためにはあんたがいいとわれわれは考えたんだ。きれいさっぱりと抹消する際のあんたの手際は大したものだったし、それに旧支配組織との関わりがいちばん少ないからな。であんたが出かけて行って、D課とはなにかということを説明し、不可欠、緊急の課題には連中にどんなに役立つか話してほしいってわけさ……あんたに任せるからいちばんいいように片を付けてきてほしいんだ……」

「じゃあ行ってくるよ、連中を探しにね……」私は急いで言う、今逃げ出さないと、今すぐにフランツィスカに追いついて彼女を救わないと、手遅れになるからだ、罠は閉ざされようとしているのだ。D課の連中が私を引き止めて質問したり指図を与えたりしないうちに、私は小走りに凍てついた地表の上を彼女の方に向かって駆けて行く。世界は、あらゆる具体的な名は消えて、抽象的な言葉のほかは書くことのできない一枚の紙切れにと化している、《ガラスびん》という言葉でも書いておけばそれでよかろう、《シチュー鍋》とでも、《シチュー》とでも、《煙管》とでも書けるのだが、文体上の要請から言ってそれはまずかろう。

私とフランツィスカとの間の地面にいくつも裂け目が、溝が、クレバスが口を開く、私は絶えずその穴に片足を呑み込まれそうになる、その割れ目はしだいに拡がり、間もなく私とフランツィスカとの間は断崖で、深淵で隔てられることだろう！　私は向こう岸へと跳び移る、下は底なしで空虚が無限に続いているのが見えるだけだ、私は空虚の中に散らばった世界のかけらの上を跳んでいく、世界はこなごなになりつつあるのだ……D課の連中は引き返すように、それより先へ行かないようにと絶望的な身振りをまじえて私に呼びかける……フランツィスカ！　ほら、もうあとひと跳びで君のそばにたどり着けるんだ！

彼女はそこに、私の目の前に、目を金色に輝かせて、微笑んでいる、その小ぶりな顔は寒気でやや赤味が差している。「あら、間違いなくあなただわ！　大通りを歩くたびにあなたに会うわね！　いつも散歩ばかりして過ごしているなんて言わないでよ！　ねえ、そこの角っこに鏡がいっぱいあって、オーケストラがワルツを演奏しているカッフェがあるのよ、連れてってくれない?」

第十一章

男性読者よ、あなたの行方定まらぬ航海もそろそろ上陸地点を見出す時だ。大きな図書館より以上にあなたを無事安全に迎え入れてくれる港があろうか？　あなたがそこから出発し、本から本へと世界じゅうをへめぐったのちに戻ってきた町にも図書館はある。読み始めた途端にあなたの手から蒸発してしまったあの十冊の小説がその図書館にあるかも知れないという希望がまだ残っている。

ようやく屈託のない心穏やかな一日があなたに開ける、あなたは図書館へ行き、蔵書リストを調べる。あなたは歓喜の叫びを、それも十回、上げそうになる、あなたの探す著者名と題名とがみんな蔵書リストにきちんと記載してあるのだ。

あなたは貸出し用紙に記入して、それを手渡す、ところが蔵書リストに番号の間違いがあるせいかその本は見つからないようだが、調べておこうとそう図書館員が言う、あなたはもう一冊の本を頼む、するとその本は貸出し中になっているのだが誰がいつ持って行ったのかがわからないのだと告げられる。あなたの求める三番目の本は製本の仕直しに出していて、一カ月もしたら返ってくるだろうということだし、四番目の本は目下修理中の書庫の中に入っているというわけだ。あなたは次々と貸出し用紙に記入し続ける、だがなにやかやの理由で、あなたの求める本はどれひとつとして手にできない。

図書館員が本を探し続けている間、あなたはより幸運な読者たちがそれぞれの本に読みふけっている机にいっしょに座って辛抱強く待っている。左右に首を伸ばして他人の本を覗いてみる、もしかしてその連中の誰かひとりがあなたの探している本を読んでいるかも知れないと思ってだ。

あなたの正面にいる読者は視線を手に持った本の上にとどめずに宙に漂わせている。だがそれは放心した目つきではない、その目の青い虹彩にはなにか一心に集中したさまが見て取れる。時折ふたりの視線が合う。そのうちその読者はあなたに言葉をかける、と言うよりも虚空に向かって語りかけているようなのだが、しかし確かにあなたに語りかけているのだ、「私がしょっちゅう視線を宙に漂わせているのを見ても変に思わないで下さい。実際のところこれが私流の本の読み方なのでして、こうしないと読書の効果がないんです。ある本に本当に興味を感じると、私はほんの数行しか読み進むことができないんです、その本が提起する思惟や感情や問いかけやイメージに囚われてしまって、私の頭は別方向に脱線し、思惟から思惟へ、イメージからイメージへと飛躍していき、そうした推論や空想の全行程を行きつくところまで行かなくては気がすまず、その本から離れて、ついにはその本を見失ってしまうのです。私には読書の、滋養に富んだ読書の刺激が欠かせないんです、たとえどの本もほんの数ページしか読み進めなくともです。でもその数ページの中にだけでも私にとっては究めることのできない全宇宙が含まれているのです。」

「よくわかります」ともうひとりの読者が、読んでいる本のページから蒼白い顔と赤い目を上げながら、口をはさむ、「読書は非連続的な断片的な作業です。と言うよりも、読書の対象は粒状の、花粉状のものなんです。文字の氾濫する水面の中から読者の注意力はきわめて濃縮された意味を表わす微細な部分を、言葉の配置を、比喩を、構文上の関係を、論理の道筋を、語彙の特殊性を識別するんです。それらは作品の核を構成する基本的な微粒子のようなものであって、残余の部分はすべてそのまわりを回転しているのです。あるいはいくつもの流れを吸い込み、呑み込む渦の底の裂け目のようなものと言えましょう。その本がもたらす真実が、その本の究極的な本質が、かろうじて感知しうるほどの閃きとなって、啓示されるのはそうした裂け目を通してなのです。神話や神秘が蝶の脚の先についた花粉のように目に見えないほど小さな粒子で構成されているのであり、そのことをわきまえた者だけが啓示を、啓蒙を期待できるんです。そのために私は、あなたが言ってたのとは逆に、一瞬たりとも本の行から注意を怠るわけにはいかないんです。なにか貴重な手がかりを見逃すまいと思うと注意をそらしてはならないんです。こうした意味の凝塊した部分に行き当たるたびに、私はその塊の部分が鉱脈となって伸びていないかどうか調べるためにそのまわりを掘り続けなくちゃあならないんです。そういうわけで私の読書は決して終わることがないんです、何度も読み返し、そのつど文章の襞の間に新たな発見を求めるんです。」

「私ももう読んだ本をまた読み返す必要を感じますね」と三人目の読者が言う、「でも読み返すたびにまた別の本を初めて読むような気がするんです。私自身が変わり続けるので以前には気がつかなかった新しいものが見えてくるのでしょうか？　それとも読書は多くの変数をいっしょにして形作るという構造になっていて、同じ形は二度と繰り返されることはないのでしょうか？　前の読書の感動をもう一度味わおうとすると、そのつどまた別種の思いがけぬ感動を受け、そして以前のものは味わえないんです。ある時には読書と読書の間で進歩があるように思えることがあるんです、たとえばテキストの精神をより深く洞察するとか批評の客観性が増すとかいう意味においてですね。また逆にある時には同じ本を何度も、あるいは夢中になってあるいは気乗りせずにあるいは反感をもって、読んだそれぞれの記憶が、時間的遠近感もなく散らばり、それぞれになんの脈絡もなく並んでいるように思えることもあるんです。それで私が到達した結論は読書というのは対象の存在しない作業であるということか、読書の真の対象は読書自体であり、本は補助的な支え、あるいははっきり言ってかこつけにすぎないものだということなんです。」

四人目の読者が口をはさむ、「あなたがたが読書の主観性を主張するのならその点では私も同意します、でもあなたがたが言うような遠心的な意味においてではありません。私が読む新しい本のひとつひとつが私がそれまでに読んだいろんな本の総計からなる総体的な統一的な本の一部に組み込まれるのです。でも安易にはそうなりません、その総括的な本を合成するには、個々の本がそれぞれ変容され、それに先立って読んだいろんな本と関連づけられ、それらの本の必然的帰結、あるいは展開、あるいは反駁、あるいは注釈、あるいは参考文献とならねばならないのです。何年来私はこの図書館に通って来て、本から本へと、書棚から書棚へと渉猟しているのですが、でも私は唯ひとつの本の読書を押し進める以外のことはしていなかったと言えましょう。」

「私にとっても私の読む本はすべて唯ひとつの本へと導かれるんです」と五人目の読者が積み上げた本の山の向こうから顔を覗かせながら言う、「でもそれは私の記憶にかすかにしか残っていない、ずっと以前の一冊の本なのです。私にとっては他のあらゆる物語に先立ってひとつの物語があり、そしてすべての物語がそのこだまを帯びているように思えるのですが、そのこだまはすぐ消えてしまうのです。私は幼いころに読んだその本を求めて読書をするのですが、それをふたたび見出すには私の覚えていることはあまりにも僅かしかないのです。」

突っ立ったまま鼻面を上に向けて書架を調べていた六人目の読者が机の方に近寄って来る。「私がいちばん大事にするのは読書に先立つ瞬間です。時には題名を見るだけでおそらくは存在しない本への願望がかきたてられるし、時には書き出しや最初の数行を読むだけでいいんです……要するに、あなたがたが想像力を働かせるのにごく僅かなことで事足りるとすれば、私はもっと少なくてすむのです。つまり読書の期待だけで。」

「私にとってはいちばん大事なのは終わりです」と七人目の読者が言う、「でも私の言うのは闇の中に隠れた、究極の、本当の終わり、その本が導こうとする到達点のことなんです、私も本を読みながら裂け目を探します」と赤い目をした男に向かって言う、「でも私の視線が言葉の間を掘鑿するのははるか遠くに、《終わり》という言葉のかなたに拡がる空間に描き出されているものを読み取るためなんです。」

あなたも自分の意見を言うべき時が来たようだ。「みなさん、私は書かれていることだけを本の中に読み取るのが好きだということを、まず前もって言っておかねばなりません、そして細部を全体に結びつけ、ある本を読めばそれはそれで決定的なものとして考えたいんです、それにそれぞれの本が異なった新しいものを持つものとして、一冊一冊切り離して考えるのが好きなんです、そして私はとりわけ本を最初から最後まで読み通すのが好きなんです。でもここしばらく前からどの本もすっかり狂ってしまってるんです、この世にはもう途中で中断してしまう物語しか存在しないような気がしているんです。」

五人目の読者があなたに答える、「私がお話ししたあの物語も最初の部分はよく覚えているんですが、あとはすっかり忘れてしまっているんです。『千一夜物語』の中の話にちがいないと思うんですけど。そこでいろんな版やいろんな国語への翻訳を突き合わせてみているんです。いろいろと異同のある、よく似た物語はたくさんあるんですが、でもどれも違うんです。私はそれを夢に見たんでしょうか？　でもその物語を見つけ出し、それがどんな結末になるのか突き留めないかぎり落着かないんです。」

「カリフのハルン・アッ・ラシードは」とあなたの好奇心を見て取って、五人目の読者が語り出したその物語はこんなふうに始まる、「ある夜、寝つかれぬままに、商人に姿をやつし、バグダッドの町の通りに出て行きました。一艘の小舟が彼を乗せてティグリスの流れを下り、とある庭園の格子戸まで連れて行きます。庭の池のほとりでまるで月のように美しいひとりの女がリュートに合わせて歌を歌っています。女奴隷がハルンを屋敷に導き入れ、彼にサフラン色のマントを着せかけます。庭で歌っていた女は銀の安楽椅子に座っています。女の椅子のまわりに置いたクッションにはサフラン色のマントを羽織った七人の男が座っています。《あなただけがまだでしたのよ、と女は言います、遅かったですわね》そしてかたわらのクッションにハルンを座らせます。《高貴な殿方のみなさんは盲目的に私に服従することを誓いました。今その証拠を見せていただく時が来たのです》そう言って女は首から真珠の首飾りをはずします。《この首飾りには白い真珠が七つ、黒い真珠がひとつついています。今その紐を引きちぎって、真珠の玉を瑪瑙（めのう）の盃に入れますから、黒い真珠を引き当てた方にカリフのハルン・アッ・ラシードを殺して、その首を持って来ていただきます。そしてその代償には私の身体を差し上げましょう。でもカリフを殺すことを拒めば、その方はほかの七人の方に殺されることになり、そして残りの方でまた黒い真珠の籤（くじ）引きを繰り返していただきます》ハルン・アッ・ラシードは震えながらその手を開くと、そこには黒い真珠があるではありませんか。そこでハルンは女に向かって言います、《運命とあなたの命とに従いましょう、でもそんなにあなたの憎しみをかきたてるとはいったいカリフはどんな無礼を働いたのか、話していただけませんか》ハルンはその話が聞きたくて、たずねます。」

　幼いころの読書のこの残片も、あなたが読書を中断された本のリストに書き加えねばならないだろう。でもどんな題がついていたのだろう？

「題がついていたとしても、それも忘れてしまいました、あなたが適当につけて下さいな。」

話がそこでとぎれるその言葉が『千一夜物語』の精神をいかにもよく表わしているようにあなたには思える。そこで図書館で手にすることのできなかった本の題名のリストに、あなたは『その話を聞きたくて、たずねる』という題も書き加える。

「ちょっと見せていただけませんか?」と六人目の読者が言い、題名を書き連らねたリストを手に取ると、近視用の眼鏡をはずしてケースに入れ、老眼用の眼鏡を別のケースから取り出して掛け、そのリストを大きな声で読み上げる。

《冬の夜ひとりの旅人が、マルボルクの村の外へ、切り立つ崖から身を乗り出して風も目眩も怖れずに、影の立ちこめた下を覗けば絡みあう線の網目に、もつれあう線の網目に、月光に輝く散り敷ける落葉の上に、うつろな穴のまわりに、——いかなる物語がそこに結末を迎えるか?——その話を聞きたくて、たずねる。》

彼は眼鏡を額の上にずり上げる。「ええ、こんな書き出しで始まる小説を」とその男は言う、「間違いなく読んだ覚えがあります……あなたは書き出しだけ知っていて、その続きを見つけたいんでしょう、そうでしょう? 以前は、小説はみんなこんなふうな書き出しで始まってましたから厄介ですよね。淋しい道を通りかかった誰かが、なにか注意を惹かれるものを、なにか謎やあるいは予告を秘めたものを目にして、その説明を求め、そして長い物語が物語られるってわけです……」

「でも、勘ちがいなさってますよ」とあなたはその男に言う、「それは本文じゃありません、……

いくつも題名を並べただけのものです……『旅人が……』」

「ああ、旅人は最初の方に出て来るだけで、そのあとは全然触れてありませんでした、彼の役割は終わったのです……その小説はその旅人の物語じゃあなかったんです……」

「でも私がどんなふうに終わるのか知りたいと思っているのはその物語じゃあないんです……」

七人目の読者が口をはさむ、「あなたはどんな物語にも始まりと終わりがなくちゃあならないって思うんですか？　昔は物語の終わり方が二つしかありませんでした、いろんな試練を経て、主人公と女主人公が結婚するかそれとも死んでしまうかでした。あらゆる物語が伝える究極的な意味には二つの面があるのです、生命の連続性と、死の不可避性です。」

その台詞に一瞬あなたは考え込む。それから突然あなたはルドミッラと結婚する決心をする。

第十二章

男性読者と女性読者よ、今やあなたたちふたりは夫婦だ。大きなダブルベッドであなたたちは併行して読書している。

ルドミッラが読んでいる本を閉じ、自分の枕元の明かりを消して、頭を枕の上に落として、言う、「あなたも明かりを消したら？　まだ読み疲れないの？」

そしてあなたは言う、「もうちょっとだ。もうすぐイタロ・カルヴィーノの『冬の夜ひとりの旅人が』を読み終わるところなんだ。」

訳者あとがき

「あなたはイタロ・カルヴィーノの新しい小説『冬の夜ひとりの旅人が』を読み始めようとしている……」というように、この作品はおよそ読者の意表を突く書き出しで始まる。わが国でもすでに数多く紹介されているカルヴィーノの作品の熱心な読者なら、この書き出しからしていかにもカルヴィーノらしく感じ、この小説の主人公というか狂言廻しの役割を務める「**男性読者**」と同じく、思わず釣り込まれるように読み始めることだろう。ましてや「ここ数年作品を発表していなかったイタロ・カルヴィーノの新しい本」となればなおさら興味津々だ。そして読者は「この作者の他とはまごうかたなき調子をそこに認める気構え」でこの本に取り組むだろうが、「ところがそんなものは全然認められはしない。でも、よく考えてみれば、この作者が他とはまごうかたなき独自の調子を持っているなどといったい誰がいままで言っただろうか？　むしろ、この作者は一作一作とはなはだしく調子を変える作者として知られている。そしてまさしくそうした変化の中にこそ彼らしさが認められるのである……」というわけだ。このように、カルヴィーノ自身、なかば茶化しながら、なかば自負心をこめて、自分が次々と斬新な方法を創案する作家であることを認めている。
『冬の夜ひとりの旅人が』に至るまでのカルヴィーノの作品についてはこれまでにもすでにいろいろと論じられていることであるし、ここにあらためて紹介する必要もないと思われるが、いちおう大ざっぱに彼が「一作一作とはなはだしく調子を変え」てきたその軌跡を、彼の「そうした変化」のあとをたどってみよう。

まずカルヴィーノはみずから参加したパルチザン闘争の経験を基にした長編小説『くもの巣の小道』（一九四七）によって文学の世界に踏み出した。この小説は戦後のイタリア文学の主流をなしていたネオレアリズム文学の範疇に入るものとも言えようが、しかし、彼のこの作品は、ネオレアリズムの他の作家たちの抵抗小説がナチ・ファシズムと積極的に闘ういわばヒーローを小説の主人公にしているのに対して、ピンという野性的な浮浪児を中心に据えており、そして暴力と混乱に満ちた当時の苛酷な現実を少年の目を通して眺めることにより、一種寓話的な雰囲気をかもし出すとともに、局部的な現実に密着した微視的な視点ではなく、逆に現実全体を、そうした現実の中における人間性を、巨視的に把える視点を得ているのである。そうした意味で『くもの巣の小道』はネオレアリズムの抵抗小説の中でも一種独自な性格を持つものである。

次いで一九四九年に発表された短編集『最後に烏がやって来る』は『くもの巣の小道』に引き続き、やはりネオレアリズム的手法でパルチザン活動の体験を描いたものであるが、やがてカルヴィーノはのちに『われわれの祖先』と題して一巻にまとめられた三部作『まっぷたつの子爵』（一九五二）、『木のぼり男爵』（一九五七）、『不在の騎士』（一九五九）によってその軌跡を大きく変化させる。この一連の作品ではネオレアリズム的要素は払拭され、それにかわって『くもの巣の小道』においてすでにその萌芽が見られた寓話的な要素が完全に支配的になる。この時期は戦後のイタリア文学の主流であったネオレアリズムの小説がようやく行き詰まりを見せはじめた時期であり、そしてカルヴィーノのこの三部作はその独特の手法によって欧米の文学界に広く反響を呼んだのであるが、しかし『われわれの祖先』三部作に見られる寓話的な作風はただ単に手法的に奇を衒ったただけのものではない。カルヴィーノの資質、また彼の作家としての内的要請の必然の帰結なのである。寓話ほど、象徴という手段によって、ひとつの現実を包括的に、巨視的に描き出すのに有効な方法はない。カルヴィーノは現実というものをそのように包括的に、巨視的に把えたいという自己の内的要請に基づいて寓話という方法に行きついたのであり、寓話的方法によって現実に対する文学上の新しい視点を見出したのである。たとえばキリスト教徒とトルコ人との間の戦争で砲弾によってまっぷたつになってしまった子爵の身体がそれぞれ独立した存在となって別々に行動するという奇想天外な物語『まっぷたつの子爵』は第二次大戦後の冷戦構造下で二極化した世界、あるいはそうした現実のもとでまっぷたつにされたように感じる人間の状況をも寓意したものであろうし、また厳格な貴族の父親に反抗して木にのぼった少年が地上の世界を、現実を足下に眺めながら地上に足を下ろすまいと決心して一生を樹上で暮らすという筋立てになった『木のぼり男爵』は受け入れがたい現実にまみれることなく、だがそれから目をそらすこともなく、毅然としてそれを高みから鳥瞰的に把えようとすることを知識人の取り得るひとつの立場としたカルヴィーノ自身の態度をも表わしていようし、また騎士道にのっとった完璧な行動を示す中身に肉体を持たない甲冑のお化けである騎士と肉体そのものといおうか、無教養な、本能のままに動く、いわば野獣人間である従者を軸に展開される『不在の騎士』は現代社会における分裂した人間性のアレゴリーでもあろう。

このように『われわれの祖先』三部作は、寓話という方法を用いて、それぞれひとつの現実を見事に把えることに成功しているのであるが、一九六〇年代に入ると、カルヴィーノは『レ・コスミコミケ』（宇宙喜劇、一九六五）、『柔かい月』（原題「ティ・コン・ゼロ」一九六七）の姉妹篇とも言うべきふたつの短編集によってふたたび著しい「変化」を示してみせる。今度は彼はその奔放きわまりない想像力と該博な科学的知識を道具に、SF的発想で、クフウフク（Qfwfq）という時空を超えた存在である語り手に、宇宙生成や生命発生など宇宙史、生命史の諸局面に立ち合わせ、物語らせる。このふたつの作品は、一見、奔放な想像力の遊び、あるいははなはだ洗練された知的遊戯にも見えるのが、カルヴィーノにとっては、方法論的にも、作家としての態度の上でも、非常に重要な意味を持っているように思われる。それは語り手のクフウフクが時間、空間の枠を超えて、どこにでも姿を現わし、いろんな局面を、いろんな現実を目撃する存在だという点である。つまり、語り手＝作者はもはや樹上から足下の現実を眺める「木のぼり男爵」のように一定した視点に立つことは不可能なのである。おそらくは、現実はひとりの語り手＝作者がひとつの定まった視点から把え、描くにはあまりに複雑化、多様化してしまったというカルヴィーノの認識（そしてこれはカルヴィーノに限らず真摯に現実に取り組もうとする現代作家の多くが逢着している困難でもあろう）がこのようなクフウフクという遍在的な語り手をして物語らせるという方法を思いつかせたのであろう。

こうしたSF的発想の『レ・コスミコミケ』や『柔かい月』とはうって変わった趣きを『見えない都市』（一九七二）は持っているように見える。これはマルコ・ポーロが派遣使として訪れた広大な蒙古帝国の版図内の諸都市のありさまを皇帝フビライ汗に報告するという形で、様々な空想上の都市を描き出すという仕掛けになっている。しかし、この作品も、方法的には『レ・コスミコミケ』や『柔かい月』と同根のものであると言えよう。つまり語り手マルコ・ポーロは、クフウフクほど神出鬼没、変幻自在ではないにしても、支配者たる皇帝フビライ汗自身も把握できないほど広大な領土をあちこち旅してまわる存在であり、そして様々な都市を、言いかえれば様々な現実の象徴を目撃するのである。語り手のマルコ・ポーロはそれらの都市の、現実の象徴の持つ意味を説明したり、解釈したりはしない。ただ広大な帝国内に点在する多様な都市の姿をありのままに報告するのみである。それらの象徴の持つ意味を理解、把握し、秩序づけることは聴き手たるフビライ汗に、つまりは読者にゆだねられているのである。「いつの日かこの表象をことごとく知るときには」と、フビライ汗はマルコに問いかける、「朕はわが帝国をついに所有し得ることになるのだろうか？」と。このように『見えない都市』においては語り手マルコ・ポーロ＝カルヴィーノは聴き手フビライ汗＝読者に大きな役割を背負わせているのである。

こうしたことは『宿命の交わる城』（一九七三）ではいっそう顕著になってくる。森の中の城の食堂に、またほの暗い居酒屋に居合わせる語り手たちは物語ることをしない。語り手たちは言葉を失っ、、、、ている。ただ黙って絵模様の入ったタロット・カードを並べていくだけであり、語り手たちが順番に数枚ずつ並べていくカードの絵模様からそれぞれの物語を読み取るのはそこに居合わせる者たちなのである。たがいに脈絡のないカード＝象徴のつながり具合がひとつの物語を生み出し、最後には方陣に並んだカードの絵模様が縦、横、斜めにと様々な物語を織りなし、一冊の本が、ひとつの世界が形造られる。語り手＝作者が提供するのはたがいに脈絡のない様々な象徴のみであって、それらをつなぎ合わせて、ひとつの物語にし、そうして出来た無数の物語の総体からひとつの世界の姿を読み取るのは読者の側にまかされるのだというような方法論をもカルヴィーノは『宿命の交わる城』の物語全体によって象徴的に伝えようとしているのではなかろうか。このような方法は混乱し、多様化した、支離滅裂の世界を全体的に把え、表象し、それにひとつの脈絡を、秩序を与えることの不可能に近い困難さを語り手＝作者が認識したところから生み出されたと言えよう。この作品では語り手が言葉を失った存在であることが、物語ることの困難さを認識した語り手の、多様化し、混乱した現実の様々な姿に脈絡を与え、ひとつのまとまった姿として描き出すことの不可能さを認識したカルヴィーノの苦しみ、絶望をも象徴しているにちがいない。だがそうした不可能や絶望に屈せず、語り手＝作家としての務めを果たそうとする強い意欲の中からカルヴィーノが見出したのがこうした方法であり、『宿命の交わる城』という作品なのである。

河島英昭氏の訳筆になる『宿命の交わる城』の日本語版のあとがきの末尾にカルヴィーノはこう記

している。「私はつねに自分の作品をまったくちがったものにしてゆきたいと感じている。それゆえ、過去には何も書いたことがないような心構えで、つねに出発したいのだ」と。そして『宿命の交わる城』以後「数年」厳密には六年間にわたって「作品を発表していなかった」カルヴィーノの最新作がこの『冬の夜ひとりの旅人が』（一九七九）である。

六年あまりにわたる沈黙をカルヴィーノは無為に過ごしていたわけではない。それは言葉を失った語り手が新たに物語るすべを見出すための骨身をけずるような年月であったろう。その結果が、カルヴィーノの言葉どおり、前作とは「まったくちがった」感じを与える、この型破りの作品『冬の夜ひとりの旅人が』となってわれわれ読者の前に呈示されたのである。

さて、読みはじめたかと思うとすぐに中断してしまう、それぞれまったく別個の物語の間で右往左往する「**男性読者**」とそれにまつわる「**女性読者**」ルドミッラを軸に展開されるこの奇妙な作品をどう解釈すればいいのだろうか？　もはや訳者が「要領の得ない」解釈などことごとしく述べることなどは差し控えた方がいいだろう。なにしろこの本の第一章にカルヴィーノは「本が直接に伝達するはずの、あなたが、多かれ少なかれ、本から汲み取るはずの解釈以外に軽々しく付け加えることが出来るような解釈はないのだ」とちゃんと一本釘を差しているのだから。

ただ言えることは、『冬の夜ひとりの旅人が』は、外見上は、『見えない都市』や『宿命の交わる城』と「はなはだしく調子」が変わっているものの、ここにもやはり前の二作と共通するカルヴィーノの認識が、方法が読み取れそうだということである。ここにもやはり言葉を失った語り手がいる。

すなわち書けなくなった作家サイラス・フラナリーである。フラナリーが書けないのは「あらゆるものを含む」本を書くという「とんでもない野心、おそらくは誇大妄想的錯乱」のせいである。そして彼はこう考える、「おのれの外にあるものに言葉を与えるためにおのれ自身を抹消しようとする作家には二つの道が開かれている、そのページの中にあらゆるものを汲み取り尽くして、唯一の本となりうるようなものを書くか、それともその部分的なイメージを通じてあらゆるものを追究しうるように、あらゆる本を書くかである。あらゆるものを含む唯一の本とは完全無欠な言葉が啓示された聖なる書物以外にはあり得ないだろう。しかし私はそうした完全無欠さを言葉にこめうるとは思わない、私の問題は外にあるもの、書かれていないもの、書き得ないものを扱うことにある。私にはあらゆる本を書くよりほかにありうる限りのあらゆる作家の本を書くよりほかに道は残されていないのだ。」

ここにカルヴィーノの認識と方法とが示されている。そしてカルヴィーノは偽作者、剽窃者、いんちき翻訳家エルメス・マラーナのうしろに「おのれ自身を抹消し」、ペテン師マラーナの手によって、「ありうる限りのあらゆる作家の本を」、つまりビュトールや、ギュンター・グラスや、ボルヘスの作品、あるいは日本の小説、ソ連の反体制派の作品などをもじったパロディーからなる未完の物語をいくつもでっち上げさせているのである。これら、各章の間にはさまれた、たがいに関連のないいくつもの物語の断片は、『見えない都市』における様々な都市、あるいは『宿命の交わる城』におけるタロット・カードの絵模様と同じく、さまざまな象徴としての役割を果たしている。こうしたいろんな象徴を読み取り、それらをともあれひとつにつなぎ合わせるのは読者の役目である。こうした作品では「読者」が主人公として前面に出てくる。主人公の「**男性読者**」はたがいになんの脈絡もなさそうな物語の断片を、混乱した現実の様々な象徴を、なんとかひとつにつなぎ合わそうとして、途方に暮れ、右往左往する。しかし、よく考えてみれば、この「**男性読者**」なる人物のうしろには作者のカルヴィーノが巧妙に姿を隠しているのだ。この本を読み終えてみれば、われわれは結局「**男性読者**」の介在によって、それぞればらばらの物語群が『冬の夜ひとりの旅人が』という一冊の本に織りなされていることに気づくからであって、こうした役割を受け持つ「**男性読者**」はほかならぬ作者の機能を果たしていることになるからである。

ひとつの確固として定まった視点を持ち得ぬ、複雑、多様化した現代では、「部分的なイメージを通じてあらゆるものを追究しうるように、あらゆる本を書く」しかないというようなおよそ作家にとっては不可能に近いほどの困難をカルヴィーノは認識せざるを得なかったのであろう。だが、カルヴィーノはその不可能事に、困難に挑み、そうした絶望的な現代の状況や作家としての苦悩に満ちた認識をも、ほとんど苦渋のあともとどめずに、見事に『冬の夜ひとりの旅人が』の中に表象しているのである。まさに「文学の魔術師」カルヴィーノならではの手腕であろう。

それにしてもこの作品がわれわれ読者に要求することは多い。カルヴィーノは作家にとって絶望的なほど困難な現代の状況下での書くことの苦しみと同時にそのよろこびをも読者が共有するよう要求しているかに見える。カルヴィーノが最後には作者の分身たる「**男性読者**」と理想的読者像たる「**女性読者**」ルドミッラを結婚させているのは暗にそうしたことをも寓意してはいないだろうか。

カルヴィーノの言葉で言えば、「要領を得ない」、「曖昧な文句」をくどくどと連ねてきたが、読者には訳者が「軽々しく付け加え」たこのような解釈などにまどわされることなく、この本をありのままに読むにしくはなかろう。作者は「ただ書かれていることだけを読む」ルドミッラを理想の読者像としているからである。

脇　功

一九八一年八月

白水Uブックス版訳者あとがき

『冬の夜ひとりの旅人が』（一九七九）は、イタロ・カルヴィーノ（一九二三―一九八五）の晩年の作品である。冒頭、ある男性読者が書店で最近刊行されたばかりのカルヴィーノの『冬の夜ひとりの旅人が』を手に入れ、早速読み始めると、最初の方にこう書いてある、「この作者は一作一作とはなはだしく調子を変える作者として知られている、そしてまさしくそうした変化の中にこそ彼らしさが認められるのである……」と。この点を『冬の夜ひとりの旅人が』に先立つ作品を二、三、取りあげて、検証してみよう。

まず『不在の騎士』（一九五九）は、イスラム教徒勢がヨーロッパに侵入し、シャルル・マーニュ魔下のキリスト教徒勢と戦を交える中世が舞台になっている。そして、主人公、アジルルフォは、シャルル・マーニュの軍勢の中でもいわゆる騎士道の鑑（かがみ）であるが、彼は中身に肉体を持たない甲冑のお化けという奇想天外な存在として描かれている。物語の舞台も、主人公も、『冬の夜ひとりの旅人が』とは、およそ調子が違う。アジルルフォは甲冑を脱げば、彼の存在自体が消えてなくなるので、片時も脱がない。眠るときもそうであるが、もっとも、アジルルフォには、眠る必要は一切ないからだった。こうしたアジルルフォは前以って定められた厳密な騎士道の鑑から外れたものはなにひとつ受け入れられない。彼には、行軍の最中に居酒屋の酒をかっぱらって、乱痴気騒ぎをする仲間たちに我慢がならぬし、果ては、松ぼっくりがばらばらに不規則に地面に落ちているのさえ気に入らず、それを拾い集めては規則的な図柄に並べかえたりするのだった。彼はこうした混乱した現実に我慢がならず、甲冑の中には肉体がないので、顔には出さないものの、絶えず浮かぬ思いを抱いているのだった。そのうちに、アジルルフォがシャルル・マーニュに取り立てられ、恩賞や、位階や、称号を積み重ね、キリスト教徒勢の中でも随一の武将にのし上がるそもそものきっかけとなった一件に疑義が呈され、彼はその疑いをはらすべく、確たる証拠を求めて、旅に出る。しかし、およそ彼が固く信じる騎士道世界とは異なり、混乱を極めた多様な現実の中では、アジルルフォの無実を証明するものは一向に見当たらない。しばらくたって、アジルルフォの跡を追ったひとりの騎士が森の間の草地でアジルルフォの甲冑一式がばらばらに転がっているのを目にする。確固とした意志と意識を備えたアジルルフォはまわりの混乱した現実との軋轢に絶望し、自ら甲冑を脱いで、おのれの存在を消し去ったのである。

『見えない都市』（一九七二）は、『不在の騎士』とはまるで異なる印象を与えるものである。元の皇帝フビライ汗がその広大無辺な征服地に点在する自分がまた行ったことも見たこともない無数の都市にマルコ・ポーロを派遣して、その有様を報告させようとする。この作品は、マルコ・ポーロが見た（想像した）ままの架空の都市の報告と、それを受けてのフビライ汗の感想からなる。マルコ・ポーロがフビライ汗に報告している数多くの都市の中のいくつかを取り上げてみよう。エウサピアという都市では地下に地上の生きた人間たちとまったく同じ墓地を作り、地上の人間が死ぬと、その望みに合せて地下の墓地も改変されるのである。そのうちに地下の死者たちの都市に合せて生者たちは地上の都市を改変するようになり、この都市では、いずれが死者か、いずれが生者か分からないのである。またレオーニアという都市では日常品の消費が旺盛で、前の日に少しでも使ったものは廃棄する。レオーニアの繁栄は毎日棄てては、新しい物と取り替えられる品物の量によって測られるのである。こうして膨大な量の廃棄物は町の郊外の遠くまで埋め尽くし、果ては同じような慣わしを持つ近隣の諸都市のごみ捨て場のごみと混じり合う有り様である。また、ペンテレシアという町へ行こうとするが、わびしげな郊外が周囲幾マイルにも広がっていて。いっこうに都心部にたどり着けない。マルコ・ポーロは結局都心部にたどり着けないまま、その町を去る。これらの都市は廃棄物に取り囲まれた都市や、乱雑に計画性もなく伸び広がったメガロポリスなど、二十世紀の都市問題を連想させる。フビライ汗はマルコ・ポーロから自分の版図内にあるこのような奇妙な都市の報告を受けて、こう自問する、(いつの日かこの表象をことごとく知るときには、朕はわが帝国をついに所有し得ることになるのだろうか?)と。

さて、『冬の夜ひとりの旅人が』であるが、読みはじめたかと思うとすぐに中断してしまい、それぞれまったく別の物語が展開する中で右往左往する男性読者と、それにまつわる女性読者ルドミッラは(それに我々一般読者も含めて)、この作品をどう受け止めればいいのだろうか? 確かに、『不在の騎士』や『見えない都市』に続き、『冬の夜ひとりの旅人が』に先立つ『レ・コスミコミケ』（宇宙喜劇、一九六三）や『宿命の交わる城』（一九六九）など時空を超越したQfwfqを主人公にした作品や、また黙ってタロット・カードを脈絡もなく並べていって、その絵模様の繋がり具合からそれを見る者たちが、ひとつの物語を形作る作品など。本書の冒頭で、カルヴィーノ自ら言っているように、「この作者は一作一作とはなはだしく調子を変える作者として知られている」というのは確かな事であるかもしれない。しかし、以上に簡単に触れたことからも、カルヴィーノの根幹にはある一貫した世界認識が見て取れる。ある意味では、彼の文学的営為は無限の多様性にと分解、剝離する世界を、そういうものとして認識した上で、何とか一つのまとまりのあるものとして読み取ろうと努めることにある。中世の混乱した、多様な世界の中で、自己を見失い、自らその存在を消す甲冑のお化けアジルルフォ。マルコ・ポーロが描出する、多様な諸都市の有り様を前に困惑し、「いつの日かこの表象をことごとく知るときには、朕はわが帝国をついに所有し得ることになるのだろうか？」とおよそ不可能な、絶望的な感慨を述べるフビライ汗。同じことが『冬の夜ひとりの旅人が』の読者にも言える。乱丁本か、ペテン師のいんちき本か、偽作者、剽窃家の陰謀か、読み始めたかと思うとすぐ中断してしまう、それぞれ別個の物語を読まされる読者は、ある意味では、フビライ汗と同じ立場にいる。イタリアの地方都市とおぼしい駅に始まり、パリや、北米や、南米、果ては日本を舞台にしたものまで、世界各地の有り様は、マルコ・ポーロが描出する諸都市と同様に、多様に分裂した世界の象徴なのである。『冬の夜ひとりの旅人が』の物語の中の男性読者と女性読者（そして、われわれ一般読者も）、フビライ汗と同じく何とか一つのまとまりのあるものとして読み取ろうとして困惑する。この作品に書けなくなった作者フラナリーが登場する。フラナリーが書けないのは世界の無限の多様性を認識しながら、その「多様なあらゆるものを含む」本を書こうとする野心のせいである。そしてフラナリーが到達したのは、「おのれの外にあるものに言葉を与えるために」あらゆるものを「その部分的なイメージを通じて追究する」という方法である。これは作中人物フラナリーの口を借りてのカルヴィーノ自身の方法論であろう。さらに、『パロマー』(一九八三)では、もっともカルヴィーノに近い存在のパロマーにこう語らせている、「事物の表面を知った後で初めて、わたしたちはその下にあるものを求めるところまで行き着くことが出来る。だが、事物の表面は無尽蔵なのだ」、これがカルヴィーノの認識である。言い換えれば、あらゆるものをその部分的なイメージを通して全て描き出そうとする、と言うか、世界をそういうものとして見、かつ描き出しうる視点、方法を飽くことなく追求することにあった。

『不在の騎士』、とりわけ『見えない都市』から『冬の夜ひとりの旅人が』では、こうしたカルヴィーノの世界認識とその表現方法がいっそう顕著に見て取れる。

しかし、フラナリーは、「世界の無限の多様性を認識しながらも、その多様なあらゆる物を含む本を書こうとするとんでもない野心」のせいで書けなくなった。確かに、それは一人の作家にとっては、不可能に近いことかも知れない。カルヴィーノにとっても、そうであったろう。その証拠に前作『見えない都市』から『冬の夜ひとりの旅人が』までの間に長いブランクがある。その間、多様化し、混乱した現実のさまざまな姿に脈絡を与え、一つのまとまった姿、作品として描き出すことの困難さにカルヴィーノは苦しみ、辛酸を味わったのであろう。しかし、『冬の夜ひとりの旅人が』には、そうした苦渋のあとがまるで見られない。まさしく「小説の魔術師」カルヴィーノの手腕であろう。『冬の夜ひとりの旅人が』では、従来の小説の手法とは絶縁した、まったく新しい手法が構築されている。カルヴィーノの死に際して、多くの作家たちが追悼文を寄せているが、ジョン・アップダイクの追悼文の一部を引用しておく、「カルヴィーノの死とともに世界文学のもっとも知的輝きをもった星が、最も洗練された声が消えた」。しかし、カルヴィーノの死によって、その「星」が、その「声」が消えたわけではない。その知的輝きは、その声は、今後も長く生き続けることであろう。事実、本書を含めて、カルヴィーノの作品のほとんど全てが日本語で読めるし、今もアップダイクの言う「最良の読者の愛」を日本でも得ている。『冬の夜ひとりの旅人が』の拙訳が初版（一九八一、松籟社）からちくま文庫版（一九九五）を経て、今回、さらに白水Uブックスから刊行されることになったのも、その証拠であろう。

二〇一六年七月

脇　功

著者紹介
イタロ・カルヴィーノ　Italo Calvino
1923年、キューバに生まれる。父親はイタリア人の農学者、母親は植物学者。2歳の頃、一家でイタリアのサン・レーモに移住。トリノ大学農学部に進学し、第2次世界大戦中はパルチザンに参加、戦後、その体験をもとに書き上げた長篇第一作『くもの巣の小道』（47）で、ネオレアリズモ小説の旗手として注目される。50年代には『まっぷたつの子爵』（52）、『木のぼり男爵』（57）、『不在の騎士』（59）の《我々の祖先》三部作で奇想に満ちた寓話的世界を創造。『イタリア民話集』（56）の編纂も手掛ける。『レ・コスミコミケ』（65）、『見えない都市』（72）、『宿命の交わる城』（73）、『冬の夜ひとりの旅人が』（79）など、変幻自在な語りと実験的手法を駆使した作品で世界的な評価を受け、「文学の魔術師」と評される。1985年死去。

訳者略歴
脇功（わき・いさお）
1936年生まれ。京都大学大学院文学研究科博士課程修了（イタリア文学専攻）。訳書にイタロ・カルヴィーノ『柔かい月』（河出文庫）、『不在の騎士』『砂のコレクション』（松籟社）、ディーノ・ブッツァーティ『七人の使者・神を見た犬』『タタール人の砂漠』（岩波文庫）、『待っていたのは』（河出書房新社）、ルドヴィコ・アリオスト『狂えるオルランド』（名古屋大学出版会）、ガブリエーレ・ダヌンツィオ『快楽』『罪なき者』『死の勝利』（松籟社）、『ランペドゥーザ全小説』（作品社）などがある。

編集＝藤原編集室

本書は1981年に松籟社、1995年に筑摩書房より刊行された。

白水uブックス 207

冬の夜ひとりの旅人が

著　者　イタロ・カルヴィーノ
訳者©　脇　功
発行者　岩堀雅己
発行所　株式会社白水社
東京都千代田区神田小川町3-24
振替　00190-5-33228　〒101-0052
電話　(03) 3291-7811（営業部）
　　　(03) 3291-7821（編集部）
www.hakusuisha.co.jp

2016年10月15日　第1刷発行
2023年12月28日　第5刷発行
本文印刷　株式会社精興社
表紙印刷　クリエイティブ弥那
製　　本　加瀬製本
Printed in Japan

ISBN978-4-560-07207-3

乱丁・落丁本は送料小社負担にてお取り替えいたします。

白水uブックス

海外小説 永遠の本棚

まっぷたつの子爵［新訳］

イタロ・カルヴィーノ著　村松真理子訳

トルコとの戦争へ出かけた子爵は砲弾で体を引き裂かれ、右半身だけで領地に帰ってきた。人間存在の歴史的進化を寓話的に描いた三部作《我々の祖先》の第一作を清新な新訳で贈る。三部作執筆の経緯を作者自ら解説したエッセー（本邦初訳）を併録。

木のぼり男爵

イタロ・カルヴィーノ著　米川良夫訳

十八世紀のイタリア、男爵家の長子コジモは、十二歳のある日、かたつむり料理を拒否して庭園の樫の木に登った。以来、一生を樹上で暮らすことに。恋も冒険も革命もすべてが木の上という、奇想天外、波瀾万丈の物語。